인생
레시피

인생
레시피

가족이 꿈꾸는 행복

이경채 (한나) 지음

P 프로방스

Contents | 차 례

도서관에서
이 책을 발견하기를
바라며

가꿀수록 행복한 인생

나는 | 글과 함께 살았다. 잘 쓰고 못 쓰고의 차원이 아니라 내 삶엔 언제나 글이 있었다. 그래서 나는 좋은 작품을 냈느냐의 기준 보다 꾸준히 글을 쓰느냐의 기준으로 아주 당당한 문학인이다. 지금도 각종 기념일이면 카드나 편지를 쓰고 있고, SNS를 통해서도 수많은 편지를 쓰고 있다. 떼려야 뗄 수 없는 글과의 인연은 아주 오래전부터 있었다. 내 부모님이 재능에 관심이 있었고, 초등학교 때부터 읽게 된 독서가 있었고 중학교 때 국어선생님이 계셨다. "너는 문학에 재능이 있구나."라고 하신 그 말씀은 아직도 내 가슴을 뛰게 만든다. 영혼의 북소리다.

대한민국에서 여자로 살아간다는 것이 그리 녹록치는 않다. 그동안 내 청춘은 한 남자의 아내로서, 아이 둘의 어머니로서 정말 열심히 살았다. 그 점에서도 나는 부끄러움 없다고 말할 만큼 열심히 살았다. 내가 좋은 아내, 좋은 엄마라기보다 나에게 가족이 되어준 좋은 남편과 좋은 아이들이 있었다. 성실히 살아오던 어느 날, 내 인생의 절반을 넘어선 시점이 되었을 때 나는 나의 삶을 선택하기로 했다. 나를 증명해 보일 그 무엇, 내가 좋아하고, 내가 잘 하는 것이 무엇일까? 내가 그동안 쌓아왔던 재능이 무엇일까를 끊임없이 고민했다. 그 결과 글쓰기 외 또 하나의 도구는 상담이었다. 아주 오랫동안 상담을 해 왔던 나였다. 그래서 글쓰기와 상담을 연결해서 베푸는 사람, 도와주는 사람, 따뜻한 사람, 나이가 들수록 더 여유로운 사람으로 살기로 결정했다.

"준비된 사람은 반드시 쓰임 받는다."

이 말은 내가 늘 스스로를 일깨우던 말이었다. 그 신념 덕분인지 다섯 곳에서 크고 작은 문학상을 받았다. 또 내가 좋아서 배우기 시작했던 가정사역과 상담, 코칭에 관련된 각종 자격증과 수료증이 서른 가지가 넘는다. 지금까지 열심히 공부했다는 증거물이다. 그 덕분에 내 뇌신경은 크게 손상된 것이 없고 부부 문제로 크게 속을 썩어 보았거나 자녀 문제로 크게 속을 썩은 일이 없다. 나이가 들수록, 또 상담현장에서 수많은 내담자를 만나보면 볼수록 나는 지상 최대의 행복을 누리는 사람이었다는 것을 알게 되었다. 고맙게도 나는 어릴 적부터 사랑탱크가 가득 차 있었고, 결혼하고 살아오는 동안에서 그 탱크의 사랑용량은 줄지 않았다. 이젠 사랑의 그릇을 좀 더 넉넉하게 퍼내려고 결심했다.

이 책은 그 작업의 일환이다. 그래서 아주 거창한 이야기가 아니다. 죽을병에 걸렸다 기적과 같이 회복된 이야기도 아니고, 이혼을 하니, 죽니 사니 부부갈등을 겪었다 어떤 계기를 통해서 회복되었다는 이야기도 아니고, 우리 자식들을 전 세계인이 다 아는 유명인을 만들었다는 그런 이야기도 아니다. 그저 내가 살아오면서 너무도 '평범' 해서 이야기가 될 것 같지도 않은 그 일이 가장 '비범' 한 이야기가 될 수 있다기에 용기를 내어 본 것뿐이다.

그리고 누구보다 내 사랑하는 아들과 딸에게 전해주고픈 이야기들로 구성하였다. 지금은 자신의 인생을 준비하고 있는 시기이지만 곧 결혼해서 자신들의 가정을 꾸밀 것이다. 남편으로, 아내로, 또 부모로서의 삶을 시작할 텐데 그 아이들에게 친정 부모 같은 책이 되었으면 하는 바람이다. 모를 땐 묻고, 속상할 땐 울고, 그러면서 친정부모가 그 오랜 세월을 어떻게 살았는지에 대한 지혜를 얻을 수 있기를 바란다. 자녀를 양육하고 가정을 세우면서 지금도 공사 중인 마음으로 평생 가꾸고 배워간다.

　돌이켜 보니 나는 이십년이 넘도록 상담학 공부를 했다. 그렇게 오랫동안 공부를 지속할 수 있었던 이유는 상담학이 사람을 세워주는 학문이었기 때문이다. 그리고 누구보다 가장 큰 수혜자는 나 자신이었다. 상담학을 공부하는 동안 내가 치유되었고 사람들과의 관계를 회복시킬 수 있는 힘을 갖게 되었다. 프로이트와 동시대의 심리학자인 아들러는 "건강한 사람은 사회적 관심이 높고 용기를 잃지 않고 그리고 상식에 맞춰 생활한다. 인간이 하는 일 중에 가장 어려운 일은 자신을 알고 자신을 변화시키는 것이다."라고 했는데 나는 인간이 하는 일 중에 가장 어려운 일을 해 낸 셈이다. 그 덕분인지 나와 관계되는 다른 사람들을 조금씩 도울 수 있었는데, 그렇게 시작된 다른 사람들과의 관계는 그저 피상적인 관계와는 달랐다. 그리고 누군가의 내면을 가꿀 수 있도록 돕는 일은 얼마나 행복하고 보람된 일인지 모른다. 그 경험들을 그냥 기억으로만 갖고 있기엔 너무 아까워 글을 쓰기 시작했다. 좋은 기억의 저장임과 동시에 또 누군가에게는 치료제가 될 것을 기대한다.

이 책은 각 장이 관계형성으로 마음 가꾸는 이야기로 가득 차있다. 마음을 가꾸는 일에 한 가지씩 실행한다면 행복에너지가 올라갈 것이다. 나를 찾아 떠나는 내면의 여행을 하게 되어 회복과 치유가 일어나 소중한 시간이 된다. 행복한 퍼즐을 맞추는 시간으로 변화와 성장도 일어나는 시간이 되길 소망한다.

나는 도서관에 자주 간다. 게을러지고, 뭔가 막히는 것이 있을 때도 가고, 정기적으로 간다. 도서관에 가면 나는 금세 안정된다. 그곳에서 스스로를 힐링하고 다른 사람을 도와줄 에너지를 충전한다. 그래서인지 도서관을 천국으로 비유한 어느 프랑스 철학자의 말을 가슴으로 느끼며 산다. 도서관에서 이 책을 발견한다면 많이 기쁠 것 같다. 모든 것이 은혜이고 감사하다.

그저 책을 읽고 미소를 짓게 되었다거나, 따뜻한 사람의 잔잔한 감동을 느꼈다거나 어떤 작은 결심을 하게 되었다는 이야기만으로도 충분히 행복할 것 같다.

이 책이 나오기까지 도움을 주신 분들과 추천사를 기쁜 마음으로 써주신 분들께 진심으로 감사를 드린다. 정태기 박사님 (치유상담대학원대학교 총장)은 내가 상담을 공부하게 된 첫 번째 스승이다. 잔잔한 음성으로 마음이 항아리가 되라는 말씀이 늘 귀에 쟁쟁하다. 이영훈 목사님은 저자가 다니는 교회의 담임목사님이다. 매주 절대 긍정과 절대 감사로 평생감사로 이어지는 말씀이 내 삶의 지표가 된다. 황충상 교수님은 수년간 나의 동화로 문학지도하고 계신 이 시대에 보기 드문 청렴한 문학가이시다. 신성종 목사님은 나의 문학공부를 지도해 주시고 인격적으로 아껴주는 분이시다. 고병인 교수님은 집단 상담으로 깊은 마음을 읽어주신 귀한 분이시다. 강영선 연신원 총동문 증경 회장은 청년 시절부터 나를 아끼고 격려하고 믿음으로 용기를 주신분이시다. 서우경 교수님은 코칭공부로 나의 상담과 코칭으로 양 날개를 달아주신 분이며 나의 롤 모델로 슈퍼바이저시다. 정동섭 교수는 긍정심리학으로 공부를 하며 수년간 부부 멘토시다. 김진옥 사무총장님은 연대 상담 동문회로 아낌없는 응원을 해주시는 분이시다. 이명진 교수님은 지정의를 갖춘 상담의 이론과 실제로 배움을 주셨다. 주수일 대표님은 가정회복을 수십 년 한 부부의 아름다움을 본을 보이신 대 선배님이시다. 박호근 대표님은 하프타임 공부를 통해 인생 사명 선언서를 재확립한 분이시다. 조현섭 교수님은 성격 심리학으로 인지행동으로 중독심리로 푸근한 상담교수님이면서 따뜻한 친구 같은 스승이다.

김종환 평론가는 나의 에세이스트를 수년간 지도한 진솔한 선생님이시다. 이희범 원장님 평생 동역자로 가정을 회복하고 치유하는 일에 쓰임 받는 분 변함없는 마음 감사하다. 그외 지면을 빌어 다 적지는 못하지만 많은 분들이 나의 스승이고 인생학교의 선배님이시다. 글 사랑 가족들 나를 응원하고 격려해 주신 한분 한분께 감사를 드린다. 가족과 함께 소중한 첫 번째 책 출산을 할 수 있도록 은혜주신 영원한 코치 예수님께 감사드린다. 나의 마음에서 '너는 행복자로다' 음성이 들린다. 삶의 모든 재료가 인생 레시피다.

2017년 정월에

저자 이경채(한나)

"관계에 대한 회복과 치유를 위한 지침서"

가정을 세우는 일에 앞장서는 사역자들은 크게 이론가들과 실천가로 나눠진다.

이 책의 저자 이경채(한나) 작가는 현장에서 부부들을 변화시키는 풍부한 임상의 경험을 가지고 있다. 그러나 좋은 이론으로 무장한 교재로 사용할 수 있을 정도로 소장하고 싶은 마음이 가는 저서이기도 하다. 이한나 작가는 내가 25년 전 미국에서 박사학위를 취득하고 한국으로 들어와 임목원에서 교수로 강의할 때부터 열심히 공부하던 학생이었다. 그 이후 치유목회연구원을 개설하면서 지금까지 한결 같이 상담과 가정 사역에 매진하고 있는 애틋한 제자이기도하다. 어느 심리학자는 현대 그리스도인의 관심사는 영성과 성격 유형, 내적치유, 그리고 관계를 통한 행복한 가정생활로 모아지고 있다고 주장한 적이 있다. 이 책은 이들 주제를 포함해 부부관계는 물론 부모와 자녀, 사춘기 청소년 등 관계에 대한 회복과 치유를 위한 지침서로 사용해도 될 만큼 생동감 있게 다루고 있다. 아무쪼록 저자의 사역이 우리나라를 행복한 나라로 만드는 일에 크게 기여하게 될 것을 의심치 않으며 기쁨으로 이 책을 추천하는 바이다.

정태기 박사 (치유상담대학원대학교 총장)

"관계정립에 대한 좋은 길잡이가 되어줄 것"

한 개인이 바르게 성장하여 사회에 영향력을 행사할 수 있는 가능성은 무궁무진합니다. 이를 위해 어려서부터 한 인격체로서 긍정적 자화상을 가지고 성장할 수 있도록 돕는 가정의 역할이 매우 중요합니다. 또한 가족 구성원들이 서로 어떠한 관계를 가지고 살아가느냐가 중요합니다.

우리는 성경에서 모범적인 부부의 모습과 자녀 교육법을 살펴볼 수 있습니다. 대표적으로 에베소서 5장 33절은 "그러나 너희도 각각 자기의 아내 사랑하기를 자기 같이 하고 아내도 그 남편을 경외하라"라고 말씀하고, 에베소서 6장 4절은 "또 아비들아 너희 자녀를 노엽게 하지 말고 오직 주의 교양과 훈계로 양육하라"라고 말씀합니다.

이한나 작가의 『인생 레시피』는 한 사람을 올바른 인격으로 세워주는 가정의 사명을 상담과 성경적으로 풀어서 설명해주고 있는 책입니다. 이 책은 긍정적 자화상의 확립과 가족 구성원 간의 바람직한 관계정립에 대한 좋은 길잡이가 되어줄 것입니다. 이 책은 독자들에게 부부관계, 부자관계, 부녀관계, 모자관계, 모녀관계 그리고 마지막으로 자신과의 관계를 어떻게 정립하고 생활해야 하는지에 대해 유익한 교훈들을 담고 있습니다.

『인생 레시피』를 읽는 모든 독자들이 올바른 관계 맺기를 통해 감사하며 긍정적인 마음가짐을 가지고 살고, 행복한 인생을 꾸려나가시길 소망합니다. 그래서 나 자신을 비롯하여 내가 속한 가족 구성원 모두가 성경

적 가치관을 토대로 바른 자화상을 정립하고 이웃에게 긍정의 에너지를
전할 수 있게 되기를 바랍니다.

이영훈 담임목사 (여의도순복음교회)

추천서 ③

"우리 내면의 목소리를 참자아의 목소리로"

사람 행복은 어디에서 오는가? 인류는 유사 이래 이 물음에 많은 답을
해왔다. 그리고 오늘날 행복은 그 답에 묶이어 있다. 행복의 본디 얼굴을
다시 이야기할 시기에 필독을 권장할 좋은 책이 출간되었다.

상담 전문가로서 수필가이며 동화작가인 이경채 님의 저서 〈인생 레시
피 _ 가족이 꿈꾸는 행복〉에 갈채를 보낸다. 우리 내면의 목소리를 참자아
의 목소리로 듣게 하는 책이기 때문이다.

"도서관에서 이 책을 발견한다면 많이 기쁠 것 같다."

이 말은 저자의 말이자 독자의 말이 되기에 이 책을 주저함 없이 추천
할 수 있다.

황충상 교수 (소설가, 동리문학원장)

"아름다운 향을 지닌 정원처럼 아름다워"

필자는 국내의 글들은 잘 읽지 않는다. 읽어도 대강 속독법으로 몇 분 동안에 맛을 보는 정도다. 그러다가 가끔 '야 이것 보통 책이 아니야' 할 때는 정독을 한다. 그런데 이경채(한나) 작가의 『인생 레시피』는 처음부터 와 닿는 분위기가 달랐다. 아무리 좋은 불고기도 꼭꼭 씹어 먹어야 맛을 알듯이 한나 작가의 글도 한번 읽고 두 번 읽고 또 읽으면 읽을수록 더 단 맛이 난다.

필자가 한나 작가를 만난 것은 필자가 운영하는 『크리스천 문학나무』 계절 지를 통해서이다. 다른 여러 곳에서 수필가로 등단했으면서도 또 다시 새로운 장르인 동화에 도전해서 동화작가로 인정받은 분이다. 작가의 이력도 화려하다. 특히 심리연구를 통해서 많은 사람들에게 심리치료사로서 인정받은 것도 그렇고 연신원에서 대학원과정을 밟은 것도 그렇다.

사실 글을 쓴다는 것은 성도들이 신부 앞에서 고해성사를 하는 것과 비슷하다. 자기 안에 있는 모든 것을 토해내야 하기 때문이다.

차이점이 있다면 고해성사는 신부와의 사이에서 비밀리에 행하는 것이기 때문에 자신의 잘못이 밖으로 알려지지 않지만 그러나 글을 쓰는 것은 모든 사람들 앞에서 토해낸 고백이기 때문에 하나도 비밀이란 것이 없다. 심지어 깜박하고 남의 글을 그냥 사용해도 표절의 시비가 생긴다.

한나 작가의 『인생 레시피』란 책은 제목부터가 그가 살아온 삶과 학문, 문학 등 모든 것을 토해낸 글이다. 보통 술 취한 사람이 토해낸 것을 보면 냄새가 나고 역겹지만 이 책은 아름다운 향을 지닌 정원처럼 아름다워 연인과 함께 산책을 하는 기분을 주기 때문에 날마다 가까이 하고 싶은 책이다. 한나 작가는 행복이란 가장 가까운 사람과 잘 지내는 것으로 소박하게 표현함으로써 행복은 저 멀리 산 너머에 있는 것이 아니라 바로 여기 우리 안과 주변에 있음을 말해준다. 그래서 어떻게 하면 가까운 사람들과 잘 지내는 방법을 하나씩 일깨워준다. 특별히 각 단원 마지막에 두개씩의 Point를 통해서 구체적으로 생각해보게 만들고 있다. 요컨대 한나 작가의 글은 그가 결론에서 말한 것처럼 '도끼를 갈아서 바늘을 만드는 자세로' 쓴 고백서요 연구서이다. 마치 화가가 자신의 얼굴을 그린 '자아상' 처럼 꾸밈없이 연구하는 자세로 쓴 것을 칭찬하고 싶다. 빨리 책이 출판되어 대화하는 마음으로 계속 가까이 두고 싶다.

신성종 목사 (크리스천문학나무대표)

추천서 ⑤

"인생의 건강한 회복을 꿈꾸며"

가족 간의 관계를 점검하고 돌아보게 하는 맛있는 인생의 레시피, 이 시대는 겉으로 보기에는 전혀 알 길이 없지만 힘들고 찢긴 가슴을 안고 살아가는 사람들을 있다. 『인생 레시피』 책을 통해 사람들에게 천천히 음미하고 깊이 생각하며 이 책을 읽는 동안 힐링을 전해준다. 행복을 얻게 될 것이다. 이한나 작가는 또 자기를 사랑하며 자아실현을 하고 있는 평생 공부하는 작가입니다. 인생의 건강한 회복을 꿈꾸며 상담과 코칭공부를 하고 상담현장에 접목시킨 따뜻한 위로의 책이다. 이 책을 기쁜 마음으로 추천 합니다.

강영선 (연세대학교목회상담총동문회 증경 총회장)

"생명의 양식이 될 것으로 확신한다"

사람들은 지원, 보살핌, 안내, 사랑, 정서적, 영적인 성장을 구하기 위하여 첫째로, 자신이 자신을 돌보는 관계를 맺음으로서 자신을 사랑하고 양육하는 능력을 배운다. 우리가 자신과 가지는 관계는 어떠한 형태로든 다른 모든 관계에까지 연결된다. 두 번째로, 가족이나 친구와 관계를 맺으면서 일상적인 친밀감의 욕구를 충족시킨다. 세 번째로, 보다 높은 영적인 힘과 맺는 관계를 통해서 우리는 자연의 질서와 흐름을 지각하고 수용하는 방법을 배운다. 그러면서 세상과 다른 생물들 가운데서 우리가 차지하는 중요한 위치를 보는 법을 배우지만 또한 우리가 인류의 작은 부분에 지나지 않는다는 사실도 배운다. 네 째로, 우리가 몸담고 있는 가정 공동체, 직장 공동체, 사회 공동체와의 관계를 통해서 우리는 자신과 다른 사람에 대한 책임감을 배운다. 기여하는 방법, 얻어가는 방법, 우리가 한 번 도 만난 적이 없는 사람들과 보살핌을 주고받는 방법, 독립적으로 살아가는 방법을 배운다.

이토록 관계는 세상에서 가장 중요하고 영적인 단어이다. 저자는 이 관계에 초점을 맞추어 그동안의 독서치료, 상담, 풍부한 경험으로 관계의 시작이 가정, 자신, 공동체와의 대화임을 강조하고 있다. 가족 간의 대화, 관계, 가정의 회복에 목말라하는 많은 독자에게 생명의 양식이 될 것으로 확신한다.

고병인 교수 (고병인가족상담연구소장 D.Min,
한국기독교상담심리학회 증경회장/감독)

"자신의 삶을 보다 풍요롭고 아름답게 가꾸기를"

전체적으로 이 책은 내용 구성이 너무도 탄탄합니다. 인생에서 정말로 필요한 전문적인 분야의 지식들을 너무도 재미있고 진솔하게 잘 정리해 주었습니다. 저자의 한편의 따뜻한 수필과 내용이 알찬 상담 · 코칭 전문 서적을 한꺼번에 맛본 기분입니다. 자신의 삶을 보다 풍요롭고 아름답게 가꾸기를 원하는 모든 사람들에게 이 책을 강력하게 추천합니다.

서우경 (연세대학교 겸임교수, 한국코칭진흥원 원장)

"사람을 향한 사랑이 면면히 흐르고 있다"

"우리는 누구나 살아가면서 다양한 관계 속에서 다양한 역할을 감당하게 된다. 효도하는 아들딸 이면서, 동시에 배우자를 행복하게 하는 사람이 되고, 또한 현명한 부모가 되어 존경받는 어버이가 된다는 것이 결코 쉬운 일은 아닐 것이다. 그래서 누구나 인생의 단계에 따라 아름답게 살아가려면 지혜가 필요하다. 저자는 이 한 권의 책 속에서 인생의 길에 터득해야 할 수 많은 지혜들을 소박하면서도 아름다운 필치로 잘 전달하고 있다. 저자의 글 속에는 하나님을 향한, 자연을 향한, 사람을 향한 사랑이 면면히 흐르고 있다."

이명진 교수 (다움상담코칭센터 대표)

"이해와 사랑으로 대화로 헤쳐나 갈 방법 제시"

인생은 쉬지 않고 여행하는 나그네와 같다고도 합니다.

그러기에 각박한 세상을 살면서 나와 같이 걸어줄 누군가가 있다는 것을 느낄 때 참으로 든든하고 좋은 것 같습니다. 하지만 항상 같이 있는 가족과 부부는 가장 소중하면서도 소홀하기 쉬운 관계인 것 같습니다. 건강한 가정은 부부의 사랑과 화목에서 출발하고 가정이 든든히 서려고 하면 부부의 사랑이 든든해야 합니다.

남편이 있어야 할 자리와 아내가 있어야 할 자리 자녀가 있어야 할 자리에 있고 그 역할을 충실히 할 때 상대에게 복이 되고 가정이 행복하게 되는 것입니다.

『인생 레시피』는 힘들고 각박한 세상에 가족을 중심으로 서로의 이해와 사랑으로 대화로 헤쳐나 갈수 있는 방법을 제시하는 책이라고 생각합니다.

저자의 일생의 걸친 관계의 책은 경험으로 이루어졌습니다. 오늘의 자신은 결국 절반은 내 수고로 된 것이 아니라 상대방의 수고로 된 다는 것을 알려주는 책입니다. 아름다운 가정을 만들고 훌륭한 자녀를 만들기 위해 노력하는 모든 분들께 "인생 레시피"를 적극 추천합니다.

(주)예일 이큅먼트 이근재 대표 (예일 로저스)

"좋은 글과 말로 기쁘고 행복하게 해주어"

작가는 마치 자기가 너무 좋아하는 사람을 나무 뒤에 숨어 살짝 훔쳐보는 여고생처럼 수줍어했고 조용했다. 겸손했다. 따뜻했다. 아니 본인의 피부 톤처럼 맑고 순수했다. 그녀를 처음 본 나의 느낌이다. 그리고는 훌쩍 몇 년이 지났다. 이제 우리는 남을 의식하지 않고 살아도 될 나이가 되었다. 그러나 작가는 어디서든 조용하고 겸손하고 순수하고 수줍어한다. 늘 타인을 먼저 배려한다. 뿐만 아니다. 작가는 요즈음 보기 드문 현모양처이다. 좋은 아내요 어머니다. 평생을 남편 뒤에 있어야 해서 생긴 태도가 아니다. 본시 그랬을 것이다.

간간히 시를 쓰신다는 이야기를 들었다. 작가에게 참 어울린다고 생각했다. 그냥, 본시 모양대로 조용조용 한 두 편 이겠지 했다. 그런데, 어느 날인가 상을 받았다고 했다. 그리고 얼마 지나지 않아 작가도 참여한 단편집을 선물 받았다. 솔직히 그것만으로도 놀랐다. 그런데 이제 온전히 자기만의 생각을 담은 책을 낸다고 한다.

작가는 나에게 내 마음 어디엔가 꼭꼭 숨겨두고 간직하고 싶은 보석이다. 스승을 친구로 만들 정도로 좋은 그녀의 인품이 많은 이들에게도 전달되었으면 좋겠다. 그리고 앞으로 더 좋은 글과 말로 우리를 기쁘고 행복하게 해주었으면 좋겠다. 꼭 그렇게 될 것이다. 그리하여 이 책을 기쁜 마음으로 추천한다.

스승이면서 친구인 **조현섭** 교수
(총신대학교 교수, 한국중독심리협회 회장)

"행복한 일상의 삶을 통해 경험한 자이실현"

어느 심리학자는 현대 관심사는 영성과 성격유형, 내적치유 그리고 행복한 가정생활로 모아지고 있다고 주장한 적이 있다. 이 인생 레시피 책은 이들 주제를 포함해 부부관계는 물론 부모 자녀관계, 더 나아가 인간관계 등의 주제를 생동감 있게 다루고 있다. 위기에 처해 있는 분은 회복을 경험하게 되고, 행복한 부부와 가족들은 더 행복한 가정생활을 누릴 수 있는 비결을 배우게 될 것이다. 행복한 일상의 삶을 통해 경험한 자이실현의 가능성을 보여준 책이다.

저자가 심혈을 기울어 낸 이 한권의 책을 통해 개인과 가정 더 나아가 우리나라를 행복한 나라로 만드는 일에 크게 기여하게 될 것을 의심치 않으며, 기쁨으로 이 책을 추천합니다.

이희범 (지구촌 가정훈련원원장, 한국 가정사역 협회회장)

"자신의 삶을 보다 풍요롭고 아름답게 가꾸기를"

25년이 넘게 상담 및 가정 사역을 해 오신 이 한나 작가께 우선 존경을 표한다.

25년 전이면 1990년 경 인데 그때는 상담이나 가정사역이라는 말자체가 상당히 생소한 때였는데 이 작가는 일찍이 이 분야대한 사명을 느끼고 이 일을 해왔기 때문이다. 그러니까 오늘 날 시대를 준비하시면서 사역자들을 많이 부르셨는데 이 작가도 여기에 포함이 되어있었다는 얘기가 되는 것이다. 이제 상담과 가정사역이 인간관계의 회복은 새로운 방향이고 핵심 가치들이 되어 가고 있다. 이것이 바로 자신과 가정 행복을 위해 해야 할 일이다. 우리들의 습관과 성품과 문화가 창조의 원리에서 너무나 많이 떠나 있었다. 그런데 이 책을 보면 모든 인간관계에서와 가정에서 풍성하고도 행복한 삶을 누릴 수 있는 원리들이 잘 서술되어 있다. 이 책을 추천한다. 우리들의 왜곡된 행복 관과 가치관과 문화를 극복하고 풍성한 삶을 누릴 수 있는 많은 지혜를 얻을 수 있을 것이다.

(주)칠성섬유 대표 **주수일** (한국 가정사역협회 이사장)

"친밀한 가족 간에 행복을 맛보게 될 것이다"

가족 구성원이라는 부모와 자녀, 부부, 사춘기 청소년 등 관계에 대한 회복과 치유를 위한 지침서로 사용해도 될 만큼 저자의 삶을 통해 녹아내린 내용이다. 인간관계 아름다운 가정을 위한 '보석비빔밥' 레시피를 손에 놓은 지금, 나는 천국의 열쇠를 쥔 것처럼 더없이 행복하다. 이 책은 사랑과 행복, 행복에 대한 핵심적인 주제들을 쉽고 명료하게 전하고 있다. 읽어보라. 지금보다 더 행복하고 친밀한 가족 간에 행복을 맛보게 될 것이다.

김진옥 (연세대학교목회상담총동문회 사무총장)

"새로운 만남 맛깔나게 하는 관계 되기를"

이한나 작가의 글은 한마디로 설레임이다. 새로운 만남과 관계 속에서 오는 설레임과 그 설레임을 글로 진솔하고 담백하게 담아내고 있다. 그리고 그의 글 속에는 인생의 중요한 만남과 그 관계를 맛깔나게 만들 수 있는 인생의 레시피를 만나게 된다. 부부, 부자, 부녀, 모자, 모녀, 자신에게까지 이르는 가장 중요한 사람들과의 관계를 풍성하게 하는 레시피가 담겨져 있다. 요즘처럼 메마르고 관계가 아프게 깨어지는 시대에 작가와의 만남을 통해 인생을 새롭게 맛을 내는 책이 될 것이라 생각하며 관계의 어려움이 있는 가정과 개인에게 일독을 강추한다.

하프타임 한국대표 박호근 (진새골가정문화연구원 박호근 원장)

"자신이 장기간에 걸쳐서 실행해온 결과물"

　한 문화 사회학자(엄기호)가 한국사회를 편만 있고 곁이 없는 사회라 분석했다. 그 곁의 출발은 가정이다. 그런데 한국의 가정은 흔들리고 있다. 우리는 가족이 모두 함께 모여 식사하는 그런 가정을 잃어버렸다. 가족이 모여도 대화하는 대신에 스마트폰을 드려다 보며 서로 용건만을 통고한다.

　가정의 위기는 현대사회의 근본적인 위기다. 인류의 역사가 전쟁과 폭력의 잔혹사였지만 그래도 유지될 수 있었던 것은 혈육적 유대감으로 결속된 가정의 건강성 때문이다. 사랑과 관용과 자비는 혈육의 정으로부터 출발한다. 미래에 인류가 멸망한다면 현대과학의 파괴성 때문이 아니라 가정이 파괴된 사회에서 자란 인류들의 마음의 파괴성에 근본적인 원인이 있을 것이다.

　이런 위기의 시대에 가정을 살리자는 운동이 일어남은 자연스런 현상이다. 그러나 그 타개책이라는 게 대부분 관념적 이상적인 추상성에 그치기 십상이다. 이 책의 강점은 탁상의 설계가 아니라 저자 자신이 장기간에 걸쳐서 실행해온 결과물이라는 것이다. 현장실행의 단계에서 수없는 수정의 결과가 바로 이 책이다. 가족 구성원들 간의 관계위기에 봉착한 현대의 가정에 큰 도움이 됨에 틀림없다. 적극 권하는 바다.

김종완 교수 (문학평론가)

"이 책은 가히 전 국민을 위한 인성교육 교과서"

우리는 최순실 사태를 보면서, 잘못된 인성이 개인의 삶 뿐 아니라 나라를 불행하게 만들 수 있다는 것을 실감하고 있다. 똑똑한 사람이 되는 것보다 착한 사람이 되는 게 더 중요하다는 교훈을 얻고 있다. 인성은 "타인, 공동체, 자연과 더불어 살아가는데 필요한 인간다운 성품과 역량"이다. 배려와 소통을 배워야 한다. 사람은 감사할 때 고맙다 말하고, 잘못했을 때 미안하다고 말할 수 있어야 한다. 저자 이한나는 이 책에서 우리 각자가 어떻게 자신을 사랑하고 이웃을 사랑할 수 있는지를 안내하고 있다. 엄청난 양의 독서를 통해 얻은 삶의 지혜를 시인의 필치로 나누고 있다. 행복한 삶을 위해서 자신과의 관계부터 시작해 부부관계, 부자, 부녀, 모녀 등의 관계에서 우리가 어떻게 행해야 하는지 자상한 지침을 주고 있다. 이 책은 가히 전 국민을 위한 인성교육 교과서라 할 수 있다. 남녀노소 모두에게 읽어보라고 권하고 싶은 책이다.

가족관계연구소장 **정동섭** 교수 (Ph.D)

Part 01

남편과
아내
마음 가꾸기

평생연인 부부관계

01

배우자의
어린 시절을 이해하자

"인간은 다른 사람과의 관계 속에서 하나의 인격이 된다."
(Emil Brunner)

행복이란 | 가장 가까운 사람과 잘 지내는 것이다. 가까운 사람과 잘 지내려면 그 방법을 알아야 하고 알려면 배워야 하고 배워서 또 익혀서 달인 되어야 한다. 달인이 되었는지의 여부는 검증을 받아야 한다. 마치 운전 면허증처럼 말이다. 운전면허가 있어야 자동차를 몰 자격이 주어지듯 결혼에도 면허증이 필요하다. 결혼하는 처녀 총각에게는 결혼예비학교 졸업장이 필수다. 결혼 면허증의 핵심은 결혼의 목적, 남자와 여자의 차이, 자녀출산과 양육계획, 경제계획, 효도원칙, 대화법, 갈등처리 등등이 있다. 그 중에서 가장 급하고도 중요한 것은 남자와 여자의 차이점에 대한 이해다.

나는 어릴 때부터 아버지가 어머니를 하염없이 아껴주고 배려하는 것을 보고 자랐다. 아버지는 매일 아침 일찍 우물에서 펀 물을 물지게에 져서 부엌 물통을 채우셨다. 우물에는 그 무거운 물지게를 지고 오는 여자들이 적지 않았던 때였다. 겨울이면 장작불을 손수 지펴주시고 잠자리에 들 때면 이부자리를 먼저 펴셨다. 자식들의 공부에 대한 관심도 많으셨는데 그래도 배우신 분이라 어린 자녀들의 학습지도까지 해 주시면서도 늘 어디 아프거나 불편한 것이 없는 지 세심하게 살피는 분이셨다. 어린 내 눈에도 아버지는 자상함이 몸에 밴 분이었다. 어머니 또한 부지런하면서도 재주도 많으신 분이었다. 요리도 잘 하셨으며 정이 많아 나눠주기를 좋아하시는 분이셨다. 그러면서도 지혜로워서 자식들끼리 다툼이 생기면 엄하고도 자상하게 중재를 해 주셨다.

그런데 결혼을 하고 보니 시부모님은 그 반대였다. 시부모님은 훌륭한 분이셨음에도 시아버지가 시어머니에게 하는 것이 친정아버지가 하시는 것과 너무 달랐다. 나로서는 이해할 수 없는 일이었다. 이런 것을 이해하는 것도 시간이 꽤 많이 걸렸다. 시부모님을 이해하게 된 것은 남편의 어린 시절 이야기를 듣게 되면서부터였다. 남편도 시부모도 다 이해할 수 있었다. 가족이 되어 이해한다는 것이 얼마나 큰 행복인지 온 몸으로 느꼈다. 또한 동시에 가족이 되어 서로를 이해지 못하는 것보다 더 큰 불행이 없다는 것도 그동안 상담을 해 보면서 수없이 보고 있다.

우리 부부가 처음부터 서로를 이해하게 된 것은 아니었다. 그 접촉점은 '부부행복학교' 라는 프로그램을 접하면서부터였다. 그 프로그램에선 꼭 읽어야할 필독서가 있었다. 나중에야 그것이 독서치료 (bibliotherapy)였다는 것을 알았다. 그 필독서 중의 하나가 폴 투르니에의 〈서로를 이해하기 위해서〉라는 책이었다. 폴 투르니에는 20세기에 기독교에 가장 큰 영향력 있는 저술가로 평가되는 사람으로서 스위스 제네바에서 살았던 크리스천 정신의학자이다. 그 책을 읽고 나에게 강하게 남은 내용은 "서로를 이해하기 위해서는 타고난 차이점을 인정해야 한다."와 "이해하기 위해서는 자신을 표현해야 한다."는 것이었다. 서로의 차이점을 인정해야 한다는 것은 쉽게 동의가 되었는데 이해하기 위해서 자신을 표현해야 한다는 건 선뜻 이해하기 어려웠다. 나는 표현하지 않는 것이 가정의 평화를 지키는 것이라고 여겼었기 때문이었다. 내 말은 결국 내가 표현하지 않아서 나도 남편도 이해하지 못했다는 말이었다. 그렇다면 나만 힘들었던 것이 아니라 내 남편도 표현하지 않는 나 때문에 무척이나 힘들었을 수도 있다는 뜻이었다.

〈서로를 이해하기 위해서〉를 읽은 후부터, 우리 부부는 틈만 나면 어린 시절에 대한 이야기를 나누었다. 밤을 꼬박 샌 적도 몇 번이나 있었다. 그럴 때면 타임머신을 타고 과거로의 여행을 다녀온 느낌이었다. 서로 이야기를 하다 보니 웃기보다 울었던 시간이 더 많았다. 나도 이야기를 하다 보니 감정이 복받쳐 눈물이 나왔고 남편도 이야기 하다 말고 울음을 삼키곤 했었다. 또 남편은 내 이야기를 듣다 울고 나는 남편의 이야기를 듣다 울었다. 듣다 보니 상대가 자동으로 이해되는 '아하 경험'이었다. 나도 모르게 고개를 끄덕이며 "아하, 그렇구나."라고 되뇌게 되었다.

상담공부를 하고 보니 그것이 그냥 운 게 아니라 '울어준' 눈물이었다는 것도 알았다. 슬픔을 완결하려면 충분히 울어주는 시간이 필요하다는 것이 심리학의 창시자 프로이트의 말이었다. 그럴수록 상대를 이해할 수 있게 됨과 동시에 더 신비로운 경험은 나 자신에 대해 이야기하는 것이 부끄럽지 않다는 점이었다. 따지고 보면 화장기 하나 없는 민낯을 그대로 드러낸 것인데도 전혀 부끄럽지 않았다. 그렇게 가면을 벗고 이야기를 나누다 보니 어린 시절의 상처, 꾸었던 꿈, 그리고 수치스러웠던 이야기조차 아무런 거리낌이 없었다. 그렇게 서로가 연합된다는 것을 느낄 때면, 둘은 동화나라의 어린왕자와 어린 공주가 되어 있었다.

부부가 서로의 마음에 초점을 맞추려고 노력하니 관계의 변화가 일어났다. 그 정도 수준에 이르니 서로 서로 관찰자가 되고 치료자가 되고, 그 과정에 또 새로운 치료를 가져와 더 깊은 결속이 이뤄져 합력하여 선을 이룬다는 말의 의미를 온 몸과 마음으로 느끼게 된다.

서로를 이해하기 위해서 어린 시절에 대한 이야기를 많이 해야 한다는 말은 사실 낯선 일이 아니다. 연인들은 만나기만 하면 이야기꽃을 피운다. 그 이야기의 소재 가운데 단연코 어린 시절에 대한 이야기도 들어 있을 것이다. 자기가 얼마나 괜찮은 사람이었는지를 끊임없이 보여주려 한다. 다만, 부부가 되었을 때는 오히려 남들에게는 절대로 하지 못할 이야기를 나누는 것이다. 거기엔 용기가 필요하다. 이해하고자 하는 열망이 있어야 하고 사랑과 용기가 바탕이 되어야 한다. 그렇게 하다 보면 자연스레 타고난 기질을 인정하게 되고 배우자의 말과 행동에 대해 마음 깊이 이해하고 수용하게 된다. 그래서 어린 시절에 대한 이야기를 많이 나눌수록 부부관계는 더 깊어진다. 수십 년 다른 문화와 환경에서 성장한 사람을 이해한다는 것은 쉬운 일이 아니지만 오히려 그 다름이 대화의 풍성한 소재가 된다. 낯설음을 친밀감으로 바꾸는 것이다. 따라서 대화가 끊이지 않는 부부는 매일 매일 예술품을 탄생시키는 예술가인 셈이다.

표현하려고 노력하면 내면에 깊이 쌓여진 무의식을 하나씩 꺼낼 수 있게 된다. 무의식의 근원을 꺼내서 이야기를 나누다 보면, 나의 말과 행동을 무의식적으로 결정하게 만든 요인의 뿌리를 알게 된다. 동시에 배우자가 표현하는 이야기를 듣다 보면 배우자의 말과 행동의 이유를 알게 된다. 나의 내면에도, 그의 내면에도 말 못하는 어린 아이, 상처받은 어린아이, 잔뜩 주눅 든 어린 아이가 울고 있었다. 나를 이해하게 될수록 나 스스로에 대한 분노가 줄고 배우자를 이해하게 될수록 그에 대한 분노가 줄어든다.

며칠 전 식사 대접을 위해 어떤 분을 모시고 보리밥집으로 갔다. 야외로 나가 바람도 쐬고 요즘 웰빙 바람을 타고 보리밥이 웰빙음식으로 떠올랐기에 좋은 것을 대접하고 싶어서였다. 그런데 막상 보리밥집에 들어섰을 때 한 남자분의 표정이 그다지 좋지 않았다. 사연을 듣고 보니 괜히 미안해졌다. 그 남자는 세상에서 가장 싫은 음식 중 하나가 보리밥이란다. 그의 어린 시절은 너무 가난해서 보리밥과 조밥만 먹었단다. 그게 죽도록 싫어서 하얀 쌀밥을 먹기 위해 일을 하고 죽도록 공부했다고 한다. 그는 정말 성실한 사람이었지만 생존의 욕구가 워낙 강해서 돈 쓰는 일에 인색해 아내가 힘들어했다. 그래도 그의 아내는 지혜롭게 마음이 따뜻한 여자였다. 늘 남편을 격려하고 세워주었다. 그 덕분에 남 보기에 부럽지 않은 가정을 꾸려올 수 있었다. 좋은 아내를 만나 마음이 치료된 남자의 모델을 직접 보았다.

신이 인간을 만드신 창조질서에 따르면 남자와 여자는 가치와 존엄에서 동등하나 역할과 기능에서 완전히 다르다. 그러나 그 다른 것이 상호 보완적이란 점에서 신비롭다. 생물학적으로도 남성과 여성은 염색체와 호르몬과 조직 구성에서 다르다. 유전적 요인에서부터 그 특성이 결정되지만 어느 쪽이 열등하거나 우월하지 않다. 결혼이란 그 다른 특성을 가진 남자와 여자가 새로운 관계를 맺음으로 새로운 사랑과 행복을 창조하도록 만든 신비로운 장치다. 그 비밀을 아는 부부에게 자신의 배우자는 가장 가까운 이웃인 동시에 나란히 한 방향을 바라보는 동반자다. 그래서 Howell이란 심리학자는 "남성과 여성은 삶에 온전함을 이룩하는데 있어서 육체적으로나 정서적으로 서로 보완하도록 설계되었다."라고 말했다.

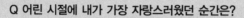

부부관계 point

Q 어린 시절에 내가 가장 자랑스러웠던 순간은?
Q 어린 시절에 내가 가장 힘들었던(아팠던) 순간은?

02

친밀감으로 참 내면을 읽자

"새는 알에서 나오려고 투쟁 한다. 알은 세계이다. 태어나려는 자는
하나의 세계를 깨뜨려야한다" (헤르만헤세)

첫사랑, | 첫 만남, 첫 출근, 첫 월급, 처음으로 탄 비행기, 첫 해
외여행... 첫 것은 늘 기분을 좋게 한다. 아마 그것은
우리를 설레게 만들기 때문이요 이런 설렘은 언제나 삶의 윤활유가 된
다. 이런 설렘이 없다면 삶이 건조하기 짝이 없을 것이다. 설렘은 늘
신선하고 삶에 영감을 불어 넣어준다. 설렘이 있어야 살아있다는 느낌
이 든다. 그러기에 설렘은 불씨와 같다. 언제라도 불꽃을 피워낼 수 있
게 한다.

설레는 그 무엇이 없다는 건 인생에서 가장 불행이다. 그래서 나는
늘 '과연 내 인생 설렘이 있는가?' 를 자주 질문한다. 그 질문을 던져야
내 안에 잠자는 거인을 깨우게 된다. 설렘과 잠자는 거인의 만남을 마
치 부화의 원리와도 같을 것이다. 어릴 때 우리 집에선 닭을 많이 키웠

다. 그 덕분에 어미닭이 유정란을 품는 것도 보았고, 그 속에서 병아리가 부화되어 나오는 것도 보았고, 그 병아리가 또 어미 닭이 되어 알을 낳는 과정을 지켜 볼 수 있었다. 어린 눈에도 신기했던 장면은 부화할 때 어미닭의 행동이었다. 어미닭이 부리로 알의 껍질 부분을 쪼아주었다. 나중에 어른이 되어서야 그 의미를 알았다. 그것이 바로 '줄탁동기(啐啄同機)'였다. 병아리가 알에서 깨어 나올 때 안에서 쪼는 것이 줄(啐)이고, 어미닭이 밖에서 그 부분을 쪼아주는 것이 탁(啄)이었다. 줄과 탁이 동시에 일어나야 부화가 제대로 진행이 되어 건강한 병아리가 나온다. 안과 밖이 서로 연합하여 껍질을 깨뜨리는 것이다. 설렘이 있어야 잠자는 거인을 깨울 수 있고, 또 잠자던 거인은 설렘을 가져야 비로소 잠에서 깨어 활동을 시작하는 것이다.

우리 가족이 부다페스트(Budapest)에서 칠년간을 살았던 적이 있다. 산책을 다닐 때면 늘 다니던 길보다 다른 길로 다녔다. 그러면 그 낯설음이 또 다른 설렘이 된다. 가보지 않았던 길에서 만나는 모든 것들은 다 첫 것이다. 집집마다 다른 대문, 지붕모양, 정원의 나무 한그루와 여러 가지 색깔의 꽃, 베란다에 드리워진 꽃들이 다 다르다. 외국이니 사람의 생김새도 달라 신기하기만 하고 심지어 개도 생김새가 달라 나를 설레게 했다. 매일 매일 지나다 보니 어느 집 마당에 피어난 작은 풀 하나도 익숙하고 그 풀에서 꽃을 피워내는 것도 보게 된다. 걷다 보면 어느새 아몬드 꽃향기에 흠뻑 취했다.

체리 열매를 직접 따 먹는 재미도 참 좋다. 잘 익은 열매를 그 자리에서 따 입에 넣으면 그 맛은 가히 일품이다. 살구나무 아래를 지나다 노랗게 익은 살구를 베어 물기도 한다. 함부로 베어 물었다간 된통 큰일을 겪어야 하는 우리네 문화와는 사뭇 다르다. 길거리로 나간 가지의 과일은 주인이 따지 않고 지나가는 나그네가 따 먹게 한다. 그 수혜자는 나 같은 이방인이나 집시들이다. 그 배려가 참 고맙다. 아래서 녹아내는 기쁨도 경험한다. 길거리 과실나무는 따지 않고 길가는 나그네나 집시들을 위해 주민들이 배려하는 것도 배운다. 그네들이 사는 모습을 보면 늘 자연과 함께하고 늘 산책하고 여행을 하고 독서한다. 삶을 즐기고 매 순간을 음미하는 듯 보인다. 그 여유와 지혜가 부럽다. 아마 그들이 그렇게 하는 이유 또한 그렇게 할 때 늘 설레기 때문일 것이다.

새롭고 낯선 것을 만날 때 설렘이 있는 것처럼 부부도 그런 설렘이 필요하다. 남자와 여자는 완전히 다르고 다르기 때문에 낯설다. 그 낯선 것이 설렘을 가져온다. 살면 살수록 다른 것을 느끼지만 그 다름이 오히려 복이라는 것을 깨닫는다. 그 다름을 통한 설렘이 결혼의 행복이 되니까. 결국 설렘은 행복 에너지다.

설렘이 복을 가져오는 이유는 설렘의 양이 많을수록 더 많은 친밀감을 가져오기 때문 아닐까? 상담 전문가이자 베스트셀러작가인 게리 채프먼은 그의 책 〈다섯 가지 사랑의 언어〉에서 "두 사람 사이에 벽이 없다는 가정 하에 친밀감을 구축하는 것은 하나의 과정이지 결과가 아니다"라고 말하였다. 그러니 매일 하루 십분이라도 설렘을 창조하는 시간을 만들어보자. 부부가 잘 맞지 않는 다는 것은 낯설고 불편한 이유가 되지만, 그것이 설렘을 위한 장치라는 사실을 안다면 오히려 더 반가울 것이다. 그 사실을 깨닫고 나면 서로의 다름을 알아가는 재미, 서로의 내면 깊은 곳까지 탐사하는 기쁨을 누릴 수 있을 것이다. 세상 사람 그 누구도 알지 못하는 깊은 내면을, 부부만이 알 수 있다면 얼마나 특별한 경험일까? 마치 가장 큰 비밀을 혼자만 알고 있는 짜릿함 아닐까?

원래 '친밀감' 이란 말은 라틴어로 '내면' 이라는 의미다. 상대의 정서적, 사회적, 육체적, 영적인 부분을 포함한 깊은 내면까지 연결되었다는 뜻이다. 또한 상담 초기에 상담자와 내담자 사이에 꼭 필요한 '라포(Rapport)' 의 말뜻도 '마음의 유대'' 이다. 서로의 마음이 연결된 상태로서 서로 신뢰하는 관계로의 전환이며 그 바탕에서 마음이 통하게 되는 것이다. 그래서 상담자의 자질 중에 가장 중요한 요소로 라포를 꼽는다. 라포를 형성하기 위해선 상대방의 그 어떤 것이라도 수용하는 절대수용의 자세가 필요하다. 마찬가지로 부부가 라포를 형성하기 위해선 배우자의 성격이나 생활 방식을 있는 그대로 받아들이는 태도가 필요하다. 수용의 자세가 공감대를 형성하는 기초다. 그렇게 친밀감의 기술을 익힌 부부는 인생의 후반부가 더 행복하다. 진솔한 내면의 만남이 가져오는 설렘이 인생의 후반전을 더더욱 빛나게 하는 것이다.

아동 심리학자이자 문학박사인 서우경 교수는 라포를 형성하기 위한 방법에서 비언어적 태도를 강조하고 있다. 나는 마스터 프랙티셔너 코치가 되는 2년 과정을 그분으로부터 배웠다. 그분은 지금도 나의 슈퍼바이저다. 코칭 공부는 상담에서 부족한 부분을 보완해주었다. 그래서인지 코칭공부를 하고 난 후부터는 상담의 결과가 훨씬 더 좋았다. 사람과 사람이 상호 신뢰라는 바탕에서 라포를 형성하는 데는 다음의 세 가지 원칙을 지켜야 한다.

첫째로, 말을 많이 하려고 하지 말라. 의사소통의 대부분이 말인 것 같지만 실제로 라포를 형성하는데 말의 내용이 차지하는 비율은 겨우 7%일 뿐이라고 UCLA 심리학과 알버트 매러비안(Albert Meharbian) 교수가 주장하였다. 그는 의사소통에서 상대방과 라포를 형성하거나 첫인상을 결정할 때 가장 영향을 많이 받는 것은 말의 내용이 아니라 목소리(38%)나 바디랭귀지(55%)라고 강조하였다.

둘째로, 목소리의 고저장단을 맞추어라. 의사소통에서 목소리가 차지하는 비율은 말 자체의 내용보다 월등히 높아 38%나 된다. 목소리의 톤, 빠르기, 악센트, 크기 등을 상대방에 맞추어라. 이 때 상대방의 단점이나 불쾌한 감정을 건드리지 않도록 주의하라.

셋째로, 동일한 신체적 반응을 해 주어야 한다. 동일한 신체반응은 코치이로 하여금 동질감을 느끼게 함으로써 자연스럽게 친밀감을 형성한다. 예를 들어 코치(coach)가 코치이(coachee)와 말의 속도를 맞추거나 비슷한 눈높이를 하고 피코치가 사용하는 몸동작을 같이 맞추면 된다. 신체적 반응은 몸의 자세, 근육 움직임, 신체의 떨림, 얼굴 표정, 호흡의 깊이, 경직 상태, 몸의 언어 등이다.

라포 형성시 의사소통에서 말로 상대방과 대화하는 언어적 비율은 7%, 비언어적인 요소는 93%를 차지하는 것으로 보아 코칭에서는 말도 중요하지만, 비언어적인 부분들을 코치가 잘 파악하여 코칭 세션을 이끌어 나가는?것이 무엇보다 중요하다.

부부관계 point

Q 나는 어떤 일을 할 때 설레는가?

Q 나는 배우자와 대화할 때 말을 많이 하는 편인가 아니면 신체적 반응을 잘 해 주는 편인가?

03

남자와 여자의 '다름'을 즐겨라

"행복이란 자신의 몸에 몇 방울 떨어뜨려 주면 다른 사람들이
기분 좋게 느낄 수 있는 향수와 같다" (랠프 월도 에머슨)

상담실에서 | 부부들을 만나면 여자들이 하는 공통적인 말은
'속았다'는 말이다. 결혼 전에는 최상의 것만
보여주던 사람이 결혼 후에는 돌변하는 것처럼 보이는 것 때문일 것이
다. 피차의 입장이 다르다. 여자는 '이렇게 나한테 잘 하는 남자라면
죽을 때까지 잘 해 주겠지'라고 철석같이 믿고, 남자는 '잡은 물고기
에게 떡밥 주지 않는다'며 일체의 관심을 꺼버린다. 그 때부터 자기를
속인 배우자에게 원수를 갚으려고 이를 갈고 평생을 죽을 때까지 싸운
다. 그런 부모의 모습을 지켜보고 자란 자녀들 입장에선 결혼이란 것
이 썩 좋은 제도가 아니다.

그러나 결혼은 모험이고 신비이다. 부부는 서로를 알아가며 성숙해
가는 순례길 동반자이다. 그 비밀을 알면 결혼 이후 매 순간이 인생의

골든타임이다. 또 부부가 되어 서로 성장하는 모습을 보는 것 또한 행복이다. 행복은 지금 신비의 여행 속 삶이라 생각한다. 서로 성장하는 삶을 상상하면 신비감을 느끼게 된다. 이 비밀을 알았던 스위스 정신과 의사였던 폴 투르니에는 이렇게 말한다. "결혼은 모험이다. 어드벤처다. 신비의 여행 속에는 모든 것이 다 들어 있다."

그렇다. 결혼이란 행복에 초점을 맞춘 모험이다. 모험이란 스릴과 위험요소가 포함되어야 모험이다. '롯데월드'의 풀 네임은 '롯데 월드 어드벤처'이다. 만약 자녀들에게 '어드밴처'가 없다면 자녀들은 그곳에 가지 않을 것이다. 자녀들이 놀이동산에 가는 것을 좋아하는 이유는 바로 그 모험 때문이다. 롤러코스터를 타는 이유도 바로 그 위험요소와 스릴이다. 죽을 것 같은 느낌, 속도, 떨어질 것 같은 느낌, 요동치는 심방박동, 머리카락을 때리는 바람, 그리고 타서 무서워 죽겠다 싶을 땐 탄 것을 후회하지만 내리고 나면 다시 타고 싶은 것 또한 모험이기 때문이다. 결혼도 똑 같다. 결혼하는 것 자체가 모험이다. 그 길에서 배려, 섬김, 격려, 지지, 공감, 사랑, 오래 참음, 양선, 희락, 절제 등을 배운다. 행복은 입체적이다. 사람마다 보는 관점이 다르고 과정이 다르다. 결혼은 두 사람이 만나 연합을 이루어나간다. 웨딩마치를 울리는 순간부터 일생을 마치며 천국 소풍을 가는 날까지 함께하는 것이 진정한부부이다.

모험은 내가 지금 가지고 있는 환경, 상황과 다를수록 짜릿해진다. 그래서 결혼은 완전히 다른 남자와 여자의 조합이어야 행복하다. 사람이 만약 똑 같다면 얼마나 따분할까? 각기 다른 생김새, 재능, 취향, 분위기... 가 있어서 그 다양성을 즐기기 때문에 인생이 그래도 살만한 것 아닐까? 2008년도에 내가 다중지능을 공부하여 다중지능평가사 1급을 취득했다. 다중지능이란 유전적으로 타고난 지능을 과학적 통계를 기초로 찾아내는 프로그램이다. 선천적인 기질과 지능을 파악하고 개개인의 기질과 적성에 맞는 진로를 탐색하게 해 준다. 유아에서 성인까지 자기재능을 알면 자기성취감을 극대화하게 된다. 타고난 기질의 특징, 기질의 장단점을 알면 급속도로 성장하게 한다. 그래서 다중지능이론은 진로코칭으로 적합하다.

내가 다중지능을 알게 되면서 상담에 활용하니 그 결과가 좋았다. 어떤 사십대 여성을 상담하였다. 소극적인 성격이라 평소 자기 역할에만 충실한 여성이었다. 그런데 다중지능을 탐사하는 과정에서 '자기이해지능' 이 높은 데다 동기부여 형이었다. 이런 사람은 지도자의 자질을 가진 사람이다. 자신이 자란 가정환경을 탐사하고 부모의 기질까지 알게 되면서 자신을 새롭게 보고 있다. 대인관계 지능도 높아서 사람 속으로 들어가야 더 행복한 사람이었다. 다중 지능을 알게 되면서 자기도 몰랐던 자신의 잠재능력을 알게 되었고 그 재능을 제대로 발휘하기 위해 노력하는 중이다. 그 여자의 성장은 눈으로 확연하게 볼 수 있었던 것은 배움을 통한 새로운 행복이었다.

　내가 초등학교 여자 아이를 다중지능이론으로 상담 해 준 적이 있다. 그 아이는 논리, 수학, 사고력, 대인관계, 음악지능, 신체지능, 언어지능은 높은데 자기 이해지능이 낮은 경우였다. 뛰어난 요소가 다른 아이들보다 월등히 많았음에도 불구하고 자기 이해지능이 바탕이 되지 않아 그 재능들이 있다는 사실도 몰랐을 뿐 아니라 학교생활에 적응하지 못하는 부적응자로 낙인 찍혀 있었다. 자기 이해가 안되니 대인관계가 될 리 없고 그 두 가지가 안 되니 다른 지능들이 있는지 조차도 알수 없었던 것이다. 그 아이에게 가장 필요한 것은 자기 이해지능을 높이는 것이었다. 감수성 훈련을 통해 자기감정을 알아차리고 분노와 짜증 같은 부정적 감정을 조절할 수 있는 방법들을 제시하였다. 그 방편으로 매일 일기쓰기, 틈나는 대로 메모하는 습관을 갖도록 하였다. 쓰는 행위는 그 자체로 마음을 차분하게 하고 생각을 정돈하게 도와준다. 또한 만남의 과정을 통해 자존감이 향상될 수 있도록 칭찬과 격려를 자주 해 주었고 마인드 맵 기술을 통해 생각정리의 기술들을 가르쳐주었다. 이후의 결과는 놀라울 정도였다. 이전과 이후가 완전히 달라졌다.

　미국의 인지 신경과학자 폴 맥클린은 인간의 뇌는 3층 구조로 이루어 졌다고 밝혔다. "우리 뇌의 맨 밑 층위 뇌간은 파충뇌다. 그 영역은 파충류 수준의 본능적 사고로서 생존과 직결되는 부분이다. 중간층의 변연계는 포유뇌라고 부른다. 파충류보다 한 단계 발달한 영역으로서 감정적 사고능력까지 갖는다. 맨 윗층의 대뇌피질이 인간의 뇌로서 이성과 고등 인지, 사고능력, 언어 사용능력과 창조적 사고력 등을 관장하는 영역이다. 이 뇌가 활성화 되어야 인간을 인간답게 만든다."

전두엽이 우수하면 연상 영역이 뛰어나 문화를 창조한다. 인간만이 찬란한 문화를 만들어낼 수 있는 것은 바로 이 전두엽 덕분이다. 게다가 전두엽에서 삶의 의미와 가치, 보람과 같은 무형의 가치는 물론, 영적인 존재에 대한 궁금증이 생기고 영성을 추구하게 된다. 전두엽은 생각하게 하는 영역이므로 이 부위를 발달시키려면 어릴 때부터 부모의 관심과 교육이 필요하다. 특히 종교교육은 이 부분을 발달시키므로 어릴 때부터 시키는 신앙교육은 평생을 살아가는 동안 행복을 느끼도록 해 주는 센스를 만들게 해 주는 셈이다. 특히 이 단계는 주 양육자인 부모가 4살 이전에 심어주는 것이 좋다.

성경 잠언은 이 사실을 진작부터 알고 있었다. 솔로몬 왕은 잠언을 통해서 "마땅히 행할 길을 아이에게 가르치라 그리하면 늙어도 그것을 떠나지 아니하리라(잠 22:6)"라고 권고한다. 어릴 때부터 칭찬과 훈계를 조율해서 아이를 바른 길로 인도해야한다 칭찬이 무럭무럭 자라게 한다면, 훈계는 잔가지를 쳐 내서 열매를 맺는 가지가 튼실하도록 만드는 일이다. 현대 가정은 칭찬만 강조하지 훈계가 사라졌다. 그래서 아이들의 밝고 명랑한 것은 좋은데 너무 산만하고 이기적이며 자기

밖에 모르는 존재가 되고 좀 더 성장하면 아무 것도 하기 싫어하는 무기력한 존재가 되고 만다. 가지만 무성해서 얼핏 보기엔 풍성한 나무 같은데, 정작 열매를 맺지 못하는 나무일뿐이다.

같은 두뇌라 할지라도 남자와 여자는 또 다르다. 왼쪽 뇌가 발달한 남자는 지성적이고 능동적이며 분석하고 통합하는데 탁월하다. 반대로 오른쪽 뇌가 발달한 여자는 직관적이고 감성적이며, 수동적이고 정서적이다. 그래서 남자의 미덕은 용기, 강인함, 경쟁심, 힘, 통제력, 지배적, 공격성에 있고 여자의 미덕은 온유함, 표현성, 반응성, 민감성, 순응성이다. 성장하면서 남자는 자율, 활동, 창의력, 추진력, 야심, 용기, 주장, 지도력과 같은 도구적 차원이 발달되는데 반해 여자는 양육, 부드러움, 따뜻함, 돌아봄, 공감, 말과 몸짓과 같은 표현적 차원이 발달된다.

겉으로 보기에도 남자와 여자는 완전히 구별된다. 신체적으로 보아도 남자는 골격이 크고 단단하나 여자는 작고 부드럽다. 여성은 월경주기, 임신, 수유와 같은 남성이 갖고 있지 않은 중요한 기능을 갖고 있으며 여성 호르몬은 남성보다 많다. 이러한 호르몬의 영향으로 여성들의 행동과 감정은 남자와 큰 차이를 보인다. 임신의 과정에서도 남자는 공격적이다. 정자는 여성의 질속으로 들어가는 동안 경쟁하고 침투한다. 여자는 자궁에서 수동적으로 정자를 받아들여 그곳에서 생명을 잉태하고 성장시킨다. 형태학적으로나 기능적인 면에서 양극성과 보완성을 지니고 있다. 그래서 남자와 여자의 갈등은 필연적이라고까지 해야 하지만 오히려 다름을 알면 알수록 신비로움에 빠져든다. 그것이 결혼의 비밀이다. 이 양극성과 보완성은 남녀의 심리에도 그대로 반영된다.

남편이 들소라면 아내는 나비다. 들소가 나비의 민감성을 흉내 낼 수 없는 것처럼 나비 역시 들소의 힘을 흉내 낼 수 없다. 우직하고 무신경한 동물이다. 미풍은커녕 강한 바람에도 끄덕하지 않는다. 들소는 나비가 좋아하는 예쁜 꽃들을 아무 개념도 없이 무참히 짓밟아 놓을 수도 있다. 그러나 지혜로운 여자는 들소를 꽃밭으로 오게 하지 않고 밭으로 데리고 간다. 잘 부리기만 하면 그 넓은 밭도 단숨에 갈아엎는다.

신혼 때 나는 주방일이 서툴렀다. 뭘 하나를 조리하는 데도 시간이 엄청 많이 걸렸다. 공부만 하고 요리를 배우지 않았기에 해 본 적이 없었다. 밥을 지어도 예술적으로 지어 꼭 삼층밥을 만들었다. 그나마 엄마 어깨너머로 배운 요리를 시도해 보았지만 쉽지 않았다. 밥을 좋아하는 취향부터 달랐다. 남편은 진밥을 좋아하는데 나는 된밥을 좋아했다. 삼층밥을 만들어내는 실력으로 진밥 된밥을 어떻게 만들어낼 것인가? 그래도 세월이 지나는 동안 실력이 붙었는지 이젠 진밥 된밥을 자유자재로 만들어낸다. 게다가 된밥을 좋아했던 나도 진밥도 좋아하고,

된밥을 고집하던 남편은 진밥도 좋아하게 되었다. 진밥이든 된밥이든 아무런 상관없다. 그저 감사하게 먹을 수 있게 되었다. 우리 부부는 그렇게 33년을 지내오는 동안 서로 존중하는 법을 배웠다. 그것은 단지 취향의 문제였을 뿐이었다.

남녀차이를 공부하면 할수록 남자와 여자는 틀림이 아니고 다름을 인정하게 되었다. 나이가 드니 요즘은 남편의 머리가 많이 빠져 저녁마다 머리에 좋은 약을 뿌리고 마사지를 해준다. 자연스런 현상으로 받아들인다. 지금의 나이가 되고 보니 이제는 서로의 눈빛만 보아도 그 느낌이 바로 전달된다. 남녀차이를 신혼 때부터 진작 알았다면 얼마나 좋았을까? 그보다 앞서 결혼하기 전부터 알았다면 또 얼마나 더 좋았을까? 그랬다면 '다른' 것을 '틀린' 것으로 알고 피차 목청을 높이고 갈등하고 힘겨워하는 시간에 서로 다르게 생긴 상대의 그릇에 무엇이 담겼는지에 호기심이 발동되고, 그 담긴 것을 하나하나 알아가는 재미를 누렸을 것이다. 결혼의 미스터리는 푸는 사람에겐 언제나 재미있는 것이지만 풀지 못하는 사람에겐 답답하게 만드는 요인이다. 그 미스터리를 푸느냐 못 푸느냐는 우리 각자의 몫이다.

부부관계 point

Q 우리 부부가 그동안 달라서 힘들었던 부분은 어디인가?
Q 나이가 들수록 이해가 되는 부분은 어떤 부분인가?

04

대화할 땐 언제나 화음을 맞추어라

"격려하고, 격려하고, 또 격려하라" (아들러)

부부 | 사이에도 대화법이 필요하다. 존 포웰은 대화의 다섯 단계
를 제시하였다. 첫번째, 일상적 대화에서 두 번째, 사실전
달, 세 번째, 내 생각과 판단, 내 개별감정, 네 번째 비전공유, 다섯 번
째 감정일치까지 다섯 단계이다. 네 번째 단계인 개별 감정의 단계는
개인의 감정을 서로 나누는 것을 의미한다. 부모역할훈련(P.E.T) 저자
토마스 고든은 대화의 개선을 가져 온 핵심 요소는 공감과 경청이라고
하였다. 그의 말에 따르면 우리가 적극적으로 공감하고 경청한다면 진
정한 대화가 이루어진다. 개별감정을 나누면 서로가 친밀한 관계가 된
다. 개별 감정을 이야기할 때 솔직한 균형과 주의가 필요하다.

연세대 교수 김지홍의 〈내 삶을 바꾸는 공감〉에서는 "개별 감정을
대화 할 때 친밀감과, 공감, 오픈하고 싶은 마음이 먼저 있어야한다."

한다고 강조한다. 마지막 대화단계 감정일치와 비전 공유의 단계로써 최정상의 대화이다. 이 단계를 오케스트라 화음이라 한다. 서로 다른 악기가 서로 다른 부분을 연주하지만 전체적으로 하모니를 이뤄내는 원리와 같다. 다른 음이 도리어 완벽한 화음을 만들어내는 기적이다. 부부의 대화가 연주와 같다면 얼마나 큰 행복일까?

　나는 부부간 대화를 합주, 또는 오케스트라에 비유한다. 서로 다른 음을 연주하고도 완벽한 하모니를 이뤄내는 것은 정말 예술이다. 이것을 나는 오케스트라 대화법이고 한다. 내가 이런 대화법을 알게 된 것은 그냥이 아니라 제대로 배울 수 있었기 때문이다. 지금으로부터 25년 전 아침 조간신문에서 보게 된 YMCA주관 '부부행복학교' 라는 프로그램을 알게 되었다. 부부행복학교라는 낯선 문구라 호기심 반 기대 반으로 전화를 걸었고 오리엔테이션을 한다기에 나 혼자 거기를 다녀왔다. 다녀온 날 남편에게도 정보를 주었다. 남편은 대뜸 "우리 부부 잘사는데 무슨 부부행복학교 가요?" 라며 퉁명스런 반응을 보였다. 그래도 나는 뭔가를 배운다는 것은 좋은 것 아니냐며 남편을 설득 해 신청했다. 우리가 참석했던 그 과정은 부부행복학교 초급과정이었다. 리더 부부 가정에서 여섯 부부가 격주에 한 번씩 12번 6개월 과정이었다. 교재가 있고 필독서가 있었다. 매일 매일 해야 하는 지침이 있었고 모일 때마다 필독서를 읽고 독후감을 제출해야 했다.

　첫날, 리더 부부가 정성스레 준비한 만찬을 마치고 공부를 시작했다. 받은 교재를 가지고 시작했는데 그동안 배웠던 방식하고 달랐다. 나와 배우자의 어린 시절에 대한 이야기나누기, 부부의 성, 가정의 진단, 자녀교육, 부부대화, 부부의 성, 가정경제원칙, 갈등의 원인과 해결방안 등등을 배웠다.

2주만에 만나면 하고 싶은 말이 그렇게 많았다. 칭찬 보약으로 서로 칭찬하는 시간도 갖는다. 감사한일 서운한 일도 서로 나누며 감사편지도 쓴다. 한 주가 지나니 매력이 끌렸다. 이주에 한권씩 책을 읽고 독후감 쓴 것을 모임에서 나누었다. 그때부터 독서하는 습관이 형성되었다. 그리고 감사편지 쓰는 것도 하나의 습관이 되었고 부부끼리 나누는 칭찬과 격려가 큰 힘이 되었다. 그렇게 할 수 밖에 없었던 것은 교재 속엔 매일 해야 하는 '체크리스트' 가 있었기 때문이다. 모일 때마다 숙제검사를 하니 안 할 수가 없었다. 다른 부부들도 열심히 해 오니 게으름을 부릴 수 없었다.

리더 부부가 만찬을 준비하고 대접하는 모습은 감동이었다. 자기들도 부부행복학교 프로그램을 통해 행복을 되찾게 되어서 자원하는 마음으로 그 일을 한다고 하였다. 그러면서 오히려 그렇게 섬기고 나눠주면서 더 행복해지더라고 했다.

부부행복학교에선 이름 대신 별칭을 쓴다. 우리 부부는 고심 끝에 청실과 홍실로 지었다. 모임은 거의 자정까지 이루어졌고 자정을 넘기는 일도 허다했다. 멀리 강원도에서 아기를 데리고 오는 부부는 다음

날에 되돌아가기도 했다. 그렇게 시간이 흐를수록 서로의 내면을 알아가니 부부들끼리는 형제보다 깊은 친밀감으로 연결되었다. 그 때 남녀차이와 자녀양육에 대한 기본적인 원칙을 알게 된 것은 정말 감사한 일이다. 그 공부를 하고 나서야 "나의사랑, 내 어여쁜 자야 일어나 함께 가자"라고 말했던 솔로몬의 아가서가 가슴으로 다가왔다. 부부의 행복이 가정행복의 시작이고 나아가 자녀의 행복이고 사회의 행복이다.

내친 김에 우리 부부는 중급반, 고급반을 거쳐 지도자 과정까지 계속 공부하였다. 수료를 하고 부부 행복학교 리더가 되었다. 우리도 배운 대로 다섯 부부를 모집해서 우리 집을 열어 부부행복학교를 시작했다. 리더 부부가 되고 보니 격주로 무슨 요리를 할까? 고민하게 되고 그러다 보니 요리를 배우게 되었다. 우리 부부가 처음 리더가 되어 만났던 부부들은 평생 잊을 수 없는 분들이다. 나무꾼과 선녀, 대통령과 영부인, 해와 달, 천생과 연분, 청실과 홍실, 바다와 시냇물 등이었다.

부부가 변화에 대한 마음이 있어서 약간의 강제성이 있어야 한다는 것을 안다. 우리부부도 서로 다른 환경에서 자라는 동안 몸에 밴 습관으로 인해 서로에게 상처를 주곤 했다. 서로 다름을 인정하는 데는 시간이 필요했다. 그래서 다소 강제적인 요소이긴 하지만 철저한 적용을 유도하기 위해 꽤 높은 금액의 벌금을 적용하기도 했다. 물론, 그렇게 모은 돈은 마지막 모임 때 쫑파티 비용으로 사용했다.

그들 중 의사 부부의 고백이다. 의사가 되기 위해 공부만하고 대인 관계를 하는 것이 서툴렀는데 부부행복을 위한 서로의 감정을 표현하고 대화기술을 배우며 많은 도움을 받았다고 고백했다. 부부행복은 대화기술 의사소통으로 공감하며 격려하는 훈련으로 서로 돕는 배필로 만들어진다. 은행원 부부는 친밀감이 부족했던 부모 밑에 자라 부부 친밀감이 늘 부족했고 그 부분에 대해 갈급해했다. 각방을 쓰며 어린 애들 하고만 지내는 아내의 모습이 안타까웠다. 부부 친밀감을 공부하고 〈화성에서 온 남자 금성에서 온 여자〉읽으며 친밀감을 만드는 데 남자와 여자의 차이가 있다는 것을 읽고 깨닫고 적용하면서 부부의 친밀감을 회복했다. 사업가 부부는 늘 공부하러 와서도 서로가 틀리다고 하면서 자주 다투었다. 그래도 과정 중의 필독서인 〈서로를 이해하기 위하여〉와 〈사랑의 다섯 가지 언어〉를 읽으며 조금씩 바뀌었다. 바라기만 하던 관계에서 서로를 돕는 관계로 전환되었다. 공직자 부부는 남편의 분노 때문에 힘들어 했는데 데이빗 A. 씨맨스의 〈상한 감정의 치유〉를 읽고 난 후 남편의 속마음 깊은 곳에 있는 내면아이를 만날 수 있었다.

그 후로도 우리 부부의 부부행복학교는 계속 이어졌다. 외국에 살 때도 유학생들을 대상으로 결혼예비학교를 진행했다. 우리가 더 많이 알고 좀 더 완벽해서 하는 것이 아니었다. 서로 공부하다 보면 어느덧 자란 콩나물을 보는 것 같아서였다. 물을 주면 다 밑으로 빠지는 것 같지만 충분히 자란다. 또 주면 줄수록 도리어 우리 부부가 더 풍성해진 다는 법칙을 경험했기 때문이었다. 다른 부부를 섬길 마음이 있으면 우리에게 돌아오는 축복이 더 컸다. 그러니 그동안 우리가 다른 부부에게 끼친 유익보다 우리가 받은 혜택이 훨씬 더 많았던 셈이다.

부부행복학교의 목적은 결혼한 부부로 하여금 아름답게 창조하고 계획하신 가정의 의미를 바로 이해하게 하여 가치 있고 의미 있는 행복한 가정을 세우는 것이다. 결혼생활에서 생기는 각종 갈등과 위기를 극복하도록 도와주는 훈련 프로그램으로서 치유와 회복의 과정이 포함된 철저한 소그룹 워크숍 프로그램이다. 소그룹 집단 상담에서 일어나는 개인의 내면 치유와 가정의 회복은 보통 사람들이 생각하는 것보다 훨씬 강하다. 식탁교제는 서로의 마음을 열어주고 분위기를 부드럽게 해주는 훌륭한 매체가 되었다. 주제 강의는 상담기법으로 본다면 '비 지시적 상담 '의 효과를 촉진시키는 역할을 한다. 특히 리더 부부로 하여금 교재의 기본내용은 물론 여러 참고 문헌이나 예화 등을 충분히 익혀 두도록 훈련시킨 것을 삶의 나눔의 내용도 우리를 성숙하게 한다. 서로에게 강한 끌어당김의 법칙이 일어나는 것이다.

퀴리 부인은 "가족들이 서로 맺어져 하나가 되어 있다는 것이 정말이 세상에서 유일한 행복이다."라고 말했다. 그럼에도 사람들이 갈등하고, 불행 속에 살며 우울과 분노, 불안 속에 사는 것은 성장과정에서 그만큼의 아픔이 있다는 것이다. 그런 사람일수록 자기에 대한 믿음이 부족하다. 그래서 그런 사람에겐 누군가가 대화를 통해 지속적으로 격려해 줘야 한다. 격려는 사람들의 내적 자원의 개발을 촉진하고 긍정적인 방향으로 나아갈 수 있는 용기를 북돋아 주기 위한 필수요소다. 또한 격려는 절망에 빠진 사람의 심리적 어려움을 스스로 제거하고 "난 할 수 있어" 라는 긍정적 태도를 형성하게 한다. 자신의 내적 능력 발견을 통해 생산적 태도로 대체하도록 돕는다.

부부관계 point

Q 나는 대화할 때 듣는 편인가? 말하는 편인가?

Q 표현된 말 뒤에 숨은 마음을 읽어내려고 노력하는가?

05

부부가 함께 책을 읽으라

"책은 위대한 천재가 인류에 남긴 유산이다" (토머스 에디슨)

부부행복학교의 | 필독서는 독서치료(비블리오 테라피)의 효
과를 낸다. 필독서는 팀원이 책을 읽어
가는 가운데 스스로 자신을 깨닫게 하는 중요한 역할을 한다. 부부행
복학교를 하는 6개월 동안 거의 이십여 권의 책을 읽게 된다. 필독서
는 강의로는 다 전달하지 못한 미묘하고 섬세한 부분까지 세심하게 전
달해 주는 장점이 있다. 또 책을 읽고 그 느낌을 서로 나누는 나눔 시
간은 그야말로 당일의 주제와 관련된 자신 및 부부의 삶을 나누는 시
간이며 이 시간에 치유가 일어난다.

독서치료에서 독서는 머리로만 읽는 것이 아니라 가슴으로 읽어야
한다. 독서 후에는 반드시 치료적 글쓰기(therapeutic writing)을 통해서
책을 읽는 동안 내면에 일어나는 감정과 생각을 요약해서 적어야 한

다. 독서치료가 책을 읽는 것으로만 알고 있다면 반쪽짜리일 뿐이다. 〈아픔공부〉의 저자 이은대는 치료적 글쓰기를 통해서 인생을 바꾼 사례다. 그는 한때 대기업에 입사한 우수한 인재였으나 퇴사 후 개인 사업과 주식에 투자했다가 하루아침에 망했다. 결국 그는 막노동꾼이 되어 생계를 유지할 수밖에 없었다. 그렇게 살 수 없다고 판단한 그는 스스로 책을 읽고 글쓰기를 시작했다. 글쓰기를 시작하면서 자신이 소중한 존재라는 인식을 새롭게 할 수 있었다. 책을 읽을수록 자신을 지탱해주는 힘이 생기는 것을 느꼈다. 독서는 자신의 영혼에 밥을 주는 행위였다. 한 해에 5권을 책을 내는 작가가 된 그는 "성공과 실패는 똑같은 말이다. 성공으로 가는 길 위에 수많은 실패들이 놓여 있을 뿐이다"라고 말한다.

독서치료를 위한 책은 다양하다. 고전, 시, 동화, 수필, 자기계발서, 성경, 상담관련 전문서적, 인문학, 가정사역에 관련된 도서 등이 있다. 독서치료의 장점은 외부에서 누군가의 도움을 통해 치유와 회복을 가져온다기보다 스스로 깨닫는 과정을 통해서 심리적 문제를 진단하고 직면할 용기를 갖게 한다는 점이다. 나아가 폭넓은 세계관을 갖게 됨으로서 문제를 바라보고 해석하는 차원을 높이게 된다. 문제란 그 문제의 차원에서 한 단계 올라서서 보이는 순간부터 더 이상 문제가 아니다.

보통 사람들도 좋은 글이나 시 한 편을 읽고 나면 치유 효과를 경험한다. 우울이나 불안을 제거한다. 불안을 유발하는 무의식을 탐사해냄으로써 자동치유가 되는 것이다. 시와 수필, 소설을 읽으면 작가의 의식세계를 알 수 있다. 또한 등장인물의 내면을 탐사하는 과정을 통해서 자신과 동일시하거나 새로운 관계경험을 하게 된다. 그래서 책을 한 권 읽어도 수많은 사람을 만난 것과 같은 효과를 낸다. 그러니 좋은 책 한 권이 한 사람의 일생을 통째로 바꾼다는 말이 결코 과언 아니다.

독서치료의 효과를 경험했기에 이후 이화독서 치유학회에 소속되어 〈아픈 영혼 책을 만나다〉의 저자 김영아 교수와 26년 동안 독서치유그룹 〈신성회〉를 이끌어온 이영애 작가로부터 독서상담에 대한 지도를 받았다. 〈책읽기를 위한 치유〉, 〈치유가 일어나는 독서모임〉의 저자 이영애는 가장 실제적인 독서치료를 해 온 사람이다. 그녀의 남편 정동섭 교수는 한국가족관계소장으로 〈행복심리학〉, 〈부부연합의 축복〉, 〈자존감 세우기〉 등 15권의 저서와 폴 투르니에 〈서로를 이해하기위하여〉를 위시한 50여권의 번역서를 낸 가정사역자다. 이영애 작가는 지금도 왕성하게 활동을 하고 있으며 체험형 독서모임을 만들어 전국에 독서지부를 토착화시킨 오리지널 독서치유모임의 선구자다. 그녀의 책 〈멋진 남편을 만든 아내〉를 보면 책을 통한 치유와 성장이 어떻게 이루어 지는지를 알 수 있다.

나는 지금도 여전히 독서치료 마니아다. 지금도 〈글 사랑 독서 모임〉을 통해 비블리오 테라피를 육년 째 하고 있다. 〈에세이스트, 크리스천 문학나무〉라는 문인회 활동도 하고 있는데 문학수업을 끊임없이 하는 이유는 문학이 내 삶을 풍성 하게하는 원동력이 되고 있는 까닭이다. 이건숙 소설가는 1981년 한국일보 신춘문예 당선하고 장편소설 〈나는 살고싶다〉,〈사람의 딸〉창작집 〈꿈꾸는 여자〉, 〈미인은 챙넓은 모자를 좋아한다〉수필집등 삼십권이 되는 책을 출간하였다. 백세시대에 "멋있는 여자는 책을 많이 읽는 여자다." 책을 읽으면 영혼이 맑아진다. 그는 "글쓰기를 해야 치매가 안오고 자기성장으로 나를 산다."는 지론이다.

지금도 끊임없이 글을 쓴다. 건강도 매일 챙기고 영혼을 아름답게 가꾸라고 한다. 책을 읽고 쓰는 일을 통해 말과 글을 사랑하다보면 마음까지 저절로 치유된다. 〈마더 와이즈〉어머니의 지혜라는 프로그램을 진행하면서도 독서치료를 적용하고 있다. 매 주 만나 독서 나눔을 한다. 가정, 부부, 자녀교육에 관한 도서를 선정해서 서로 이야기 한다. 엄마라는 공통분모를 가지고 있기에 그 시간은 언제나 행복하다. 서로 이야기 하려고 앞 다투어 말하려 하다 보니 늘 시간이 부족하고 아쉽다. 어떤 날은 쉬는 시간도 없이 이야기를 나눌 때도 있는데 그럴 때면 마음 깊숙이 박힌 못이 뽑혀 나온다. 책을 통해 치유도 되고 지혜도 얻는다. 그만큼 행복이다. 그렇게 읽고 정리하고 또 말하는 과정을 통해 자기성장이란 열매를 맺는다. 엄마가 그렇게 성장했다면 그 혜택은 자녀들에게로 돌아간다. 지혜로운 어머니는 독서하는 어머니다. 독

서하는 일이야 말로 자녀에게 주는 최고의 사랑이다. 훌륭한 어머니이
다.

　독서가 가져오는 최고의 유익은 차원 높은 생각이다. 차원 높은 생
각에서 창의성이 발현되는데 애플컴퓨터를 만든 스티브잡스는 "창의
성은 연결이다"라고 하였다. 전혀 새로운 것을 만들어 내거나 기존에
있던 것들을 새로운 연결고리로 재연결해서 또 전혀 새로운 것을 만들
어야 한다. 그러기 위해선 생각 너머의 생각인 메타인지가 필요하다.
〈메타 생각〉의 저자 이영익 교수는 "새로운 생각을 폭발시키는 점화
장치의 역할을 한다. 메타생각은 생각을 모으고 생성하고 통합하고 확
장하고 지배하는 최상의 생각이다."라고 하였다. 메타 생각, 메타인지
는 상위 0.1%의 우수한 집단의 특성이다. 메타라는 단어는 '더 높은,
초월한' 뜻으로 일반인들이 죽었다 깨나도 알 수 없는 생각을 해 낸다
는 뜻이다. 자신의 인지활동을 관찰하고 평가하고 점검하고 통제 관리
하는 능력이다. 메타인지가 탁월한 사람은 어떤 일을 시작 할 때 거기
에 필요한 자원과 전략을 제대로 알고 있는지 점검하고 나타날 수 있
는 경우의 수인 가상의 리스크(risk)를 미리 생각해 두기 때문에 불필요
한 실수를 줄일 수 있다.

　메타인지의 능력을 갖추려면 아주 특별한 독서법이 필요하다. 독서
광으로 알려진 세종대왕의 독서법은 백독백습(百讀百習)이다. 백번 읽고

백번 필사하는 것으로써 인간의 한계를 초월한 독서법이다. 그는 그 치열한 독서법을 왕자 때는 물론 왕위에 올라서도 결코 그치지 않았다. 그래서 세종은 조선 시대 역대 왕들 중에 인문 고전을 읽고 토론하는 경연을 가장 많이 한 임금으로 알려져 있다. 언젠가 세종대왕이 인문고전 연구기관이었던 집현전에서 이렇게 말했다. "우리 모두 목숨을 버릴 각오로 독서하고 공부하자. 조상을 위해 ,부모를 위해, 후손을 위해 여기서 일하다가 같이 죽자."사람을 진정 사랑하는 마음이 없으면 독서의 의미가 없다고 했다. 세종대왕과 같은 마음을 자신의 마음에 깊이 담으려는 처절한 노력이 중요하다.

어디 그 뿐이랴. 동서고금을 막론하고 독서의 중요성을 강조한 사람은 수없이 많다. 인류 전체를 통틀어 가장 위대한 왕으로 꼽히는 이스라엘의 2대왕 다윗왕은 성경을 꿀송이로 비유했다. 그가 위대한 왕이 될 수 있게 한 원동력이 바로 독서였다.

부부관계 point

Q 나는 한 달에 몇 권의 책을 읽는가?

Q 내가 지금까지 살면서 가장 감명 깊게 읽은 책과 그 이유는?

06

〈사랑의 언어〉를 발견하라

"격려하기 위해서는 상대가 공감하는 것과 상대의 관점에서
세상을 보는 것이 필요하다" (게리 채프먼)

상처 | 하나 없는 사람도 없을까? 나는 나 혼자만 아픈 줄 알았다.
세상에 이토록 처절한 인생이 또 있을까 싶었다. 나만 홀로
세상 밖에 튕겨져 나와 진흙탕에서 뒹굴고 있다고 생각했다. 그런데 눈
을 떠 보니 세상에는, 그것도 바로 바로 내 주위에 나와 똑같은 나보다
훨씬 더 무거운 사람의 무게를 지고 사는 사람들이 많았다. 겉으로 보
기에는 전혀 알 길이 없었지만 모두가 찢긴 가슴을 부둥켜안고 살아가
고 있었다. 그래서 그 어떤 사람도 사랑이 필요하지 않은 이가 없었다.

행복도 배워야 하는 기술이요, 매일 매일 공급해야할 에너지가 있
다는 것을 알게 된 이후 나는 내 가족에게 평생 보약을 지어 주기로 했
다. 부부행복학교에 온 참가자 부부들에게도 부부끼리, 자녀에게, 가
족 상호간 서로서로에게 칭찬 보약 세 첩씩 먹이라고 주문했다. 물론

그들에게 먼저 보약을 지어준다. 한주에 한 번씩 전화나 문자 메시지로 칭찬보약을 전달한다. 그렇게 해서 이들이 자기 삶으로 돌아가 실천하도록 돕는 것이 우리의 사명이다. 생활 속에서 적용이 되지 않는다면 그저 한낱 피상적 지식에서 끝난다. 그러나 철저한 삶의 적용을 지침으로 삼고 시간을 두고 조금씩 몸에 익히도록 한다. 사람은 들었다고 쉽게 변하지 않는다. 그 중에 단 한 가지라도 생활에서 실행해야 열매를 거둘 수 있다. 그래서 비록 천천히 진행하는 듯 보이지만 생활 습관으로 정착이 되면 그 효과는 정말 놀랄 정도로 탁월하다. 마치 오랫동안 뭉근하게 고을수록 효능이 높은 한약처럼 말이다. 그래서 그 효과를 경험한 사람은 매일 매일 그 보약을 먹어야 살맛이 나고, 또 주변 사람들에게 보약을 먹이는 사람으로 바뀐다. 체험해 본 사람이라야 다른 사람에게도 전하는 법이다.

그렇게 6개월 동안 리더 부부와 참가자 부부들이 연습을 하다 보면 눈에뛰게 숙달된다. 한동안은 리더 부부가 슈퍼바이저 역할을 하는데 늘 확인하고 격려해 준다. 혹 부족한 부분을 정확하게 짚어서 나아질 수 있도록 돕는다. 팀원들끼리도 상호 촉진자가 되게 만든다. 시간이 흐를수록 팀원들 상호간에서 칭찬하는 게 익숙해진 것을 보는 재미가 리더부부의 특권이다. 그래서 부부행복하교는 6개월이라는 다소 긴 기간을 두고 시행한다. 그래야 체질화가 되고 인격화되며 좋은 습관으로 굳어질 수 있다.

사실 부부행복학교를 통하여 얻는 큰 수확은 자녀문제의 해결이다. 현재도 가정사역협회 회장을 역임하며 오랫동안 현장에서 많은 가정을 회복시켰던 이희범 원장은 이렇게 말한다. "우리는 우리의 자녀를 20~30년씩 키우는 책임을 하나님으로부터 부여받은 존재다. 따라서 전문가가 되어 자녀를 가르쳐야 한다. 그러기 위해서 부부가 먼저 배워야 한다."

사실, 가정사역자들도 열심히 공부한다. 그들이라고 해서 완전한 존재들이 아니다. 그럼에도 불구하고 다른 부부를 돕고 가정을 살려낼 수 있는 것은 배워야 한다는 사실을 누구 보다 잘 알고 있기 때문이다. 가정에 관련된 일을 하는 단체들이 회원이 된 가정사역협회가 구성되어 있는 매월 정기 모임을 갖고 있다. 정보를 교환하고 공부한다. 대화기법을 강의하는 그들도 열심히 배운다. 내가 그 모임에 〈대화기법〉을 공부하러 간 적이 있었다. 미국에서 가정사역기관 '패밀리 터치'를 운영하는 원장이자 〈마음을 움직이는 10가지 대화 기술〉의 저자인 정정숙 박사를 초청한 컨퍼런스였다.

또 나는 지난 2013년 가정 사역학회 주관 컨퍼런스에 참여하였다. 〈사랑의 5가지 언어〉의 저자이자 의사이면서도 동시에 교육자인 미국의 게리채프먼 박사를 초청한 자리였다. 책으로만 읽었던 저자를 직접 보는 감격도 있고 친필 싸인까지 받은 책이라 더 애정을 갖고 볼 수 있다는 장점도 있었다.

채프먼은 인간에게는 관계가 중요하다고 강조했다. 그 관계를 길게 유지하려면 자신이 사랑받는다는 체험이 먼저 필요하다고 강조하였다. 또한 사랑한다면 상대방에게 의미 있는 방식으로 전달해야 함을 역설하였다. 그 방법론이 5가지 사랑의 언어인데 사랑의 언어란 내 말이 아니라 상대방의 언어로 말하는 것을 의미한다. 인정하는 말, 선물 주고받기, 봉사의 행위, 질적인 시간 함께 보내기, 신체적 접촉의 5가지다. 주의할 점은 피차 서로 사랑한다 할지라도 주파수를 맞춰야 한다는 것이었다. 대부분의 가족문제는 주파수가 맞지 않아서 생기는 것이다. 따라서 배우자의 관계에서는 물론 자녀와의 관계에서도 사랑의 언어를 배워야 한다고 강조했다.

우리부부도 다섯 가지 사랑의 언어 중 어디에 해당되는지를 탐색했다. 남편은 인정하는 말이 사랑의 언어였고, 나는 질적인 시간 함께 보내기였다. 나온 결과를 가지고 서로 이야기를 나누고 삶에 어떻게 적용할 지를 의논하였다. 그 자체가 이미 행복이다. 채프먼의 사랑의 언어는 부부관계를 진단할 때 유용한 도구다. 독서치료를 하는 집단이나, 강의할 때, 부부상담할 때 적용해 보면 효과가 아주 좋다. 사랑을 느끼는 언어가 다르다는 것을 알고 나면 부부는 서로 공감하는 능력이 향상되어 있어 마치 퍽퍽했던 기계에 윤활유를 친 것처럼 이내 부드러워진다. 사실, 그것만으로도 행복하게 바뀌는 사례는 얼마든지 있다. 즉, 행복의 비법은 그렇게 어려운 것이 아니다. 그래서 일찍이 톨스토이는 행복한 가정은 비슷한 모양새를 갖추고 있으나 불행한 가정은 저마다 이유가 있다고 했다.

얼마 전 전역을 앞 둔 직업군인들을 대상으로 강의를 할 때가 있었다. 그 때도 나는 채프먼의 〈5가지 사랑의 언어〉를 잘 써먹었다. 검사 결과를 가지고 각자의 사랑의 언어가 무엇인지 발표하게 했는데 그 중 한 남자는 울면서 고백했다. "전 지금껏 군인으로 살아오면서 아내와 가족에게 함부로 대했습니다. 가족이 마치 내 밑의 부하들인 냥 일방적으로 명령하고 그들 위에 군림했었습니다. 사랑의 언어가 따로 있다는 것은 전혀 몰랐습니다. 생각해보니 제 아내와 아이들이 얼마나 힘들었을 지를 이제야 알게 되었습니다."그 고백 옆에 있던 그의 아내가 오열했다. 또 한 군인은 "저는 제 사랑의 언어가 무엇인지 저도 몰랐습니다. 오늘 검사해 보니 저의 경우는 '터치(touch), 즉 스킨십이었습니다. 그리고 아내도 저와 같다는 것을 알았습니다. 결국 내가 받기 원하는 것을 아내에게 해 주면 된다는 것을 알았습니다."라고 하면서 이제부터 가족관계에 윤활유를 자주 치겠다고 했다.

채프먼의 5가지 사랑의 언어는 일종의 선호자극에 대한 내용이다. 상대방이 좋아하는 방식으로 표현을 해 주라는 것이다. 나에게 있어서 사랑의 언어란 가족과 함께 하는 질적인 시간이다. 그래서 선물을 하는 것을 좋아한다. 선물도 그냥 선물만 주는 것이 아니라 반드시 카드나 편지를 동봉한다. 이것은 어릴 때부터 습관이다. 나는 장녀로 자랐기 때문에 부모님과 형제들의 선물을 잘 챙기는 사람이었다. 성탄절이 가까워지면 밤새 카드를 만들고 어린 동생들이 창문에 걸어놓은 큰 양말이나 보자기에 선물을 넣어주었다. 어린 동생들은 산타 할아버지가 존재한다고 철썩 같이 믿었다. 결혼 전까지는 월급봉투를 통째로 드린 적도 있었고 언제나 감사편지를 담은 선물을 드렸다. 명절이나 성탄절 생일날도 어김없었다. 장성해서도 어머니날에 달아드릴 카네이션만큼은 밤을 새워가며 직접 만들었다. 지금도 누구에게나 감사와 사랑의 편지 주는 것을 좋아한다. 결혼을 하고 내 사랑하는 아이들이 태어나고 자랐을 때는 카드나 스티커로 사랑의 편지를 써주었다. 도시락이나 필통 속에 넣기도 하고, 겉옷 주머니에 넣기도 하고 홀로 밥 먹을 식탁에 두기도 했고 아이들의 책상 위에 써 놓기도 했다. 출근하는 남편의 가방이나 양복주머니에도 넣어 주었다. 그렇게 편지 쓰는 것은 수십년 나의 습관이었고 그로 인해 우리 가족은 서로를 위해 편지를 쓰고 감사를 표현하는 것이 자연스럽다. 자녀들도 어디 나갈 때는 메모를 남겨 놓고 나갔다. 올 추수감사절에도 감사 카드를 백장 이나 써서 작은 정성과 함께 전달했다. 가족 이웃 친구 상담하면서 감사하고 싶은 사람들이었다.

또한 사랑의 언어란 상대방에게 초점을 둔 사랑표현법이다. 가장 우선되는 사랑의 언어가 '인정' 인 사람에게는 인정의 표현들을 해 줄 때 활력을 얻는다. "잘했어요", "도와주어 고마워요", "정말 예쁘네요",

"굉장히 잘 했어요", "최고예요"와 같은 표현이다. '함께하는 시간'을 사랑의 언어로 인식하는 사람에게는 함께 책을 읽거나 같이 운동을 하는 것, 같이 산책하거나 외식하는 것, 차안이든 어디서든 도란 도란 이야기를 나눌 때 사랑을 느낀다. 사랑의 언어가 '신체적인 접촉(touch)'인 사람은 안아줄 때 사랑을 느낀다. 주의 할 점은 아무리 가족이라도 예의가 있어 10대 이상의 자녀라면 접촉은 조심해야 한다. 접촉은 어릴수록 효과적이라 유아에게 있어서 접촉은 애착을 통한 심리적 안정을 형성하게 하는 도구다. 이렇게 자란 유아는 '안정애착'을 형성했다고 하는데, 이렇게 자란 아이는 인정이나 칭찬 욕구에 갈급해하지 않는다. 사랑의 언어가 "선물"인 사람에겐 작은 선물을 해 주는 것이 좋다. 그에게 있어 선물은 "내가 너를 생각하고 있어"로 전달된다. 물론 거기에 사랑의 편지를 담는다면 금상첨화다. 사랑의 언어가 "봉사"인 사람은 배우자나 자녀들이 원하는 것을 도와줄 때 사랑을 느낀다. 요리를 해 주거나 청소를 해 주는 것, 과제를 도와주는 것이 좋다.

사랑의 언어를 알게 된 후 나는 부부상담 장면에서도 유용하게 활용한다. 아주 심각한 것은 아니지만 최근에 부정적인 감정이 자꾸만 누적 되어서인지 배우자만 만나면 분노를 터뜨린다는 부부를 상담했다. 두 사람의 제일 사랑의 언어를 탐색해 보니 남편은 봉사의 언어인데 반해 아내는 인정의 언어였다. 이런 경우 일반적으로는 남자와 여자의 역할이 바뀌었다고 말하는 경우다. 밖에서 일하는 남자는 인정의 언어를 기대하고 아내는 자상하게 도와주는 남자를 기대하는 봉사의 언어를 기대한다. 그러나 이 부부는 정반대였다. 자영업이라 부부가 함께 출근했다 함께 들어온다. 아침 일찍 나갔다 저녁 늦게 들어오는 데 24시간을 같이 붙어 있는 셈이다. 남편이 자기 와이셔츠를 다려 입고 집안 청소도 곧잘 한다. 그런데도 아내는 그게 그다지 마음에 들지 않는다. 왜냐하면 아내의 제 일 사랑의 언어가 인정이라 자기를 인정해 주는 것을 더 원했다. 남편은 가정을 위해서 헌신하는데도 아내가 알아주지 않아 섭섭했다. 아내는 집안일 같은 것은 자기가 할테니 그냥 자기를 인정해 달라고 요청했다. 남편은 집안일을 그렇게까지 열심히 하지 않아도 된다는 것을 알고 마음이 편해졌다. 대신, 아내는 남편이 크고 작은 일을 해 주는 것을 좋아하는 것을 알고 그 에너지를 집이라는 환경에서만 사용하지 않고 밖으로 전환하게 하였다. 즉 봉사활동을 하게 함으로써 만족을 얻도록 하였다.

결혼의 행복이란 배우자가 원하는 언어가 무엇인지 알고 거기에 맞춰줄 능력을 가질 때 만들어진다. 그렇게 할수록 부부의 정서적 탱크에 사랑을 채우는 것이다.

부부관계 point

Q 나의 〈사랑의 언어〉 유형는 무엇인가?
Q 배우자와 가족구성원의 〈사랑의 언어〉는 무엇인가?

07

선명한 애정지도를 그려라

"인간은 가을에도 봄날을 맞이할 수 있다" (폴 투르니에)

"행복한 │ 유년기를 보낸 사람이라면 누구나 평생 글을 써도 남에 이야기 거리가 있다" 미국 소설가 플래너리 오커너의 말이다. 이처럼 기억에 남아 있는 추억을 다른 표현으로는 '애정지도' 라고 한다. 이 말을 쓴 사람은 미국의 부부 전문가 존. 가트맨 박사다. 그는 행복한 애정지도 있으면 정서가 안정되고 우리의 감정과 마음을 지배한다고 말하면서 부부사이에도 '애정지도' 가 중요하다고 강조하였다. 즉 평소 쌓아두었던 긍정적 감정이 갈등이나 큰 사건이 생겼을 때 발생하는 부정적 감정을 대체할 수 있다는 것이었다.

나에게 있어 어릴 적 추억, 즉 '애정지도' 는 강원도 평창의 작은 개울가의 영상이다. 엄마가 빨래 할 동안 아빠는 어항으로 물고기를 잡았다. 어항 안에 떡밥 넣고 물속에 넣고 기다리면 물고기가 그 속으로 들어간다. 그렇게 어항을 두고는 족대로 고기를 잡았다. 그물코가 꽤 촘촘했던 것으로 기억하는데 우리 형제들은 물고기를 몰아 족대 안으로 들어가게 했다. 조그만 고무신을 물속에 넣어 송사리를 잡기도 하였다. 작은 송사리를 관찰하다 다시 놓아 주었다. 큰 바위에서 방망이질 하는 엄마 흉내를 낸 적도 많았다.

오프라 윈프리는 "내가 이미 수천 번도 넘게 말했지만 나는 이 자리서 한 번 더 말하고 싶다. 세상에서 부모가 되는 일보다 더 중요한 직업은 없다"라고 말했다. 그녀의 표현을 빌면 부모는 자녀의 내비게이션의 역할을 할 때 가장 행복하다. 오래 전 P신도시가 개발될 때 그곳을 갈 일이 있었다. 초행길인데다 개발이 한창인 곳이어서 도로도 좁고 이정표도 제대로 없었다. 할 수 없이 내비게이션을 켰는데 내비게이션이 안내한 목적지는 황당하게도 농로였다. 다행히 잘 빠져나오긴 했지만 과속을 했다면 자칫 큰 사고로 이어질 뻔 했다. 내비게이션이 방향을 잘못 잡으니 운전자는 안내 해 주는 대로 왔다지만 결국 잘못된 길로 온 것이다.

그 반대의 경험도 있다. 외국에 살 때였는데 겨울이라 빨리 어두워졌다. 길도 좁고 어두우니 방향을 잡을 수가 없었다. 간간이 마주 오는 차량의 불빛과 내비게이션 불빛만이 비출 뿐이었는데 내비게이션의 안내를 따라 갔다. 그저 믿을 수밖에 다른 도리가 없었다. 그렇게 몇

십 분을 가니 목적지가 보였다. 인생 내비게이션도 마찬가지다. 날마다 업데이트를 해 주거나 실시간 정보를 받는 최신형을 사용해야 한다. 요즘은 스마트폰에 내장된 내비게이션이 실시간 정보를 알려주니 참 유용하다.

부부관계의 내비게이션이 있다면 그것은 '애정지도' 이다. 애정지도를 잘 그리는 부부가 행복하고, 아무리 높은 파도가 와도 그 파도에 올라탈 수 있다. 평소에 신뢰를 쌓으면 위기가 온다해도 풀어 갈 수 있다. 사랑의 지도를 잘 그린다는 것은 서로에 대해 많은 것을 아는 것을 의미한다. 부부관계가 되었든 부모 자녀 관계가 되었든 행복한 가정엔 반드시 '애정지도' 가 있다. 애정지도라는 말을 만든 가트맨 박사는 '행복한 관계의 집을 위한 7가지 기본원칙' 을 집을 빗대어 말했다. 사랑의 지도 그리기, 호감과 존중 쌓기, 마음으로 다가가는 대화, 긍정적 감정의 밀물현상, 올바른 부부싸움방식, 서로의 꿈을 이룰 수 있도록 돕기, 함께 만드는 우리 집 문화 등이다. 이 내용은 최성애 박사 〈행복수업〉에 소개되어 있다. 존 가트맨은 이렇게 말한다.

"사랑의 지도 혹은 애정지도를 그리는 것은 상대가 좋아하는 친구는 누구인지, 좋아하는 음식이 무엇인지, 취미는 무엇인지, 꿈은 무엇인지를 아는 것입니다. 서로 나누다 보면 서로의 관계의 깊이와 넓이는 물론 높이를 측량 할 수 있습니다. 상대방을 수용하는 그릇도 커집니다. 더 깊이 들어가서 상대방이 세상을 살아오는 동안 가장 감동스러웠던 일, 가장 수치스러웠던 일, 가장 힘들었던 일, 힘들 때 누구에게 찾아가고 쉬고 싶은지, 앞으로 5년 10년 안에 꼭 이루고 싶은 일에 대한 이야기까지 나눈다면 더더욱 깊은 결속으로 연결 될 것입니다."

우리 부부는 결혼 전부터 신혼에서 지금까지 어린 시절에 대한 이야기를 많이 나누었다. 그러다 보니 특별히 좋아하는 음식이 뭔지도 서로 잘 안다. 남편이 좋아하는 음식 중 한 가지는 찐빵이다. 길을 가다가 찐빵 집만 보면 꼭 걸음을 멈추었다. 참새가 방앗간을 그냥 못 지나가듯이 말이다. 어린 시절 학교 다닐 때 찐빵집 앞을 지나다 보면 김이 모락모락 나는 찜통에 있는 찐빵에다 하얀 설탕을 뿌려주는 것이 너무 먹고 싶었는데 돈이 없어 잘 못 사먹었다. 그 찐빵집 주인은 학교가 끝 날 때는 솥뚜껑을 자주 열었다. 광고 효과를 낸 것이다. 남편은 그때 찐빵을 못 먹어서 키가 덜 컸다고 늘 얘기를 했다. 그렇게 말할 때마다 남편의 눈가는 촉촉이 젖어 있었다. 그 이야기를 들은 후로는 남편이 찐빵집 앞을 기웃거려도 비난하지 않았다. 오히려 내가 선수를 쳐서 찐빵 집이 보이면 "여보 차 좀 세우세요"라고 해 놓고 쏜살같이 달려 가 사다가 먹으며 옛추억을 떠올렸다.

우리 부부의 찐빵 사랑은 이후로도 계속되었다. 외국에 살 때는 아예 찐빵을 만들어 먹었다. 수시로 만들어 솥단지째 남편에게 안겨주었다. 딸과 함께 만든 찐빵을 만들어 "아바마마! 찐빵 대령했사옵나이다!"라고 외치면 남편도 "공주! 중전! 맛이 기가 막히는구려!" 너스레를 떨었다. 그런 과정을 지내고 나니 남편은 군이 찐빵을 찾지 않는다. 차 세울 일도 줄었다. 처음 찐빵 이야기를 들을 때 한바탕 울고는 칠년 동안 찐빵을 사 날랐다.

남편이 찐빵에 목숨을 걸었다면 나는 옥수수에 목숨을 건다. 강원도에서 살았기에 강원도 찰옥수수를 많이 먹으면서 자랐다. 옥수수 파는 곳을 지날 때면 남편이 먼저 차를 세워 옥수수를 사 오곤 했다. 김이 모락모락 나는 옥수수를 건네주면서 "당신이 좋아하는 옥수수야. 실컷 먹어!"라고 했다. 시간이 흐르면서 나 또한 옥수수를 군이 찾아가면서까지 먹지 않아도 괜찮다. 이렇게 상대방의 어린 시절을 이해하고 배려하면 둘의 애정지도는 더 선명해진다.

심리학자 매슬로우는 욕구 단계 설에서 상위 수준의 욕구가 한 개인의 행동에 영향을 미치기 위해서는 하위수준의 욕구가 우선적으로 충족되어야 한다는 주장을 했다. 즉 어린 시절 욕구가 채워지지 않으면 몸은 어른인데 행동은 아이인 '성인아이'가 된다는 것이다. 그러나 누군가가 그 성인아이를 따뜻하게 돌봐주면 그 아이는 비로소 성장을 시작하여 결국 완숙된 인생의 주인공이 될 수 있다. 결혼의 비밀은 완전해서 만난다기보다 불완전한 사람끼리 만나 더 완전해지는 것을 지켜보기에 행복하다는 데 있다. 결국 배우자는 서로에게 치유자이다. 헨리 나웬의 표현을 빌려 '상처 입은 치유자(the wounded healer)'가 된다.

나아가 중년이 되고 노인이 되어가면서 부부관계는 상처를 빚어 빛나는 보석을 만들어내는 삶의 연금술이 아닐까?

그래서 "성공이란 과연 무엇인가?" 라는 질문에 아주 명쾌하게 대답을 한 랄프 왈도 에머슨은 이렇게 말했다. "장미 향기는 늘 그것을 건네는 손에 남아 있다"라고 하였다. 행복에의 욕구가 있음에도 불구하고 불행하다면 원점으로 돌아가야 한다. 우리 가족이 언젠가 동유럽 체코에 여행을 갔을 때 일행을 잃어버린 적이 있었다. 시계탑이랑 건물들의 매력에 빠져 사진을 찍다가 그만 일행을 놓친 것이다. 순간 당황했지만 그럴 땐, 이리저리 다니는 것보다 길을 잃은 그 자리에서 조용히 기다리는 것이 최상이다. 그렇게 오래 기다리지 않아도 다시 재회할 수 있었다. 원 위치에서 기다렸기에 가능한 일이었다. 애정지도를 만드는 일은 다시금 원점으로 돌아서 자신을 돌아보고 부족한 부분을 채우는 작업이다.

부부관계 point

Q 내 인생의 가장 아름다운 추억 하나를 꼽는다면?

Q 나는 부부의 〈애정지도〉를 그리기 위해 얼마나 노력하는가?

Part
02

아빠와
아들
마음 가꾸기

든든한친구 부자관계

01

'지금 여기' 를 살아라

"사람들 내부와 사람들 사이에 일어나는 일에 있어서 가장 결정적인 요인은
각 개인이 갖고 다니는 자기 가치에 대한 믿음이다" (버지니아 사티어)

행복하려면 | 자신의 정체성을 아는 것이 가장 우선이다. '나
는 누구인가?' 를 물어보지 않은 이, 자신의 뿌
리에 대해 고민해 보지 않은 사람이 행복하다는 말은 성립이 될 수 없
다. 자신에 대해 깊은 고민을 한 사람은 나로 살 것인가? 남으로 살 것
인가? 에 대한 선택의 기로에서 자신의 가치를 새롭게 인식하게 된다.
자신의 가치를 새롭게 정리하고 나면 삶의 방향을 알게 되고 그 이후
의 삶은 달라진다. 그의 마음에는 언제라도 정방향을 알려주는 인생의
나침판이 자리 잡고 있다.

이런 이론을 먼저 정립한 사람은 '자기심리학' 의 대가인 미국의 대
상관계 심리학자 코헛이다. 그는 사람은 누군가를 자기 대상으로 삼게
되는데, 자기 자신을 대상으로 삼을 때 마치 고향에 돌아온 것처럼 안

식을 누리게 된다고 하였다. 그래서 인간은 끊임없이 자기 대상을 추구하는 존재이며 그것이 삶의 기술이고 안식이라고 주장하였다. 만약, 자기대상을 알지 못하면 자신의 가면을 쓰게 만든다. 자기 대상을 발견하지 못한다는 의미는 마음 안에 늘 커다란 바위가 있어 시야를 가리고 있는 것과 같다. 그렇다 하더라도 자신의 마음을 잘 알아차리고, 자신을 위로할 줄 알고, 스스로에게 용기를 북돋아줄 줄 아는 사람은 그 바위 위에 올라설 수 있다.

독서모임에 참여한 한 청년이 있었다. 그 청년을 바라보면서 나는 '자기대상'을 발견하고 성장한 좋은 모델이라고 여겼다. 이 청년은 공동체 안에서 자신을 가장 중요하게 생각했다. 그렇다고 이기적이라는 뜻은 아니다. 시간관리가 철저하고 맡은 일을 잘 수행해 냈다. 외모도 언제 누가 보더라도 보아도 단정하다. 얼핏 보아 이기적이고 까칠한 성격의 소유자로 보일 수도 있을 정도로 당당하다. 다른 사람의 시선을 끌 수밖에 없다. 그는 지속적으로 외국어를 공부하여 외국계 회사를 다니고 있다. 이미 세계 곳곳에 친구들이 많다. 혼자 잘사는 사람은 결혼해서 살면 더 행복하게 산다. 그의 결혼생활이 그렇다. 아마 그 청년은 자신 뿐 아니라 주변 사람들까지 행복하게 만드는 멋진 인생을 엮어가고 있다.

그 청년과 비슷한 연배인데, 살아가는 삶의 양태가 정반대인 경우도 보았다. 한국에선 하늘의 별따기 라고 부르는 대기업 입사에 성공했다. 독서모임에서 만났던 청년보다 훨씬 좋은 조건에서 근무하고 연봉도 훨씬 더 높다. 똑똑하고 능력도 있다. 그럼에도 불구하고 그의 삶은 그다지 능력 발휘도 못하고 행복하지도 않다. 그는 거절을 잘 못하고 끌려 다닌다. 자기주도적인 삶을 살지 못하고 의존적으로 살았다. 그러다보니 늘 피곤하고 인간관계도 힘들었다. 자신으로 살지 못하고 남으로 산 것이다. 결국 부모님 사업을 도와드린다며 사표를 냈다. 자기 대상을 제대로 갖지 못했으니 자존감도 낮고, 삶의 방향도 모르는 청년이 되고 말았다. 그 유능함이 제대로 빛을 보지 못하는 안타까움을 지켜볼 수밖에 없었다.

우리 아들이 초등학교 다니던 어느 운동회가 있는 날이었다. 그날 아들 녀석이 장거리 달리기에서 일등을 했다. 운동신경이 썩 뛰어난 아이가 아니라고 판단했는데, 그날 일등은 놀라운 결과였다. 경기를 마친 후에 아들의 고백이었다. "한참 뛰고 있는데 제 이름을 외치는 아빠 목소리가 들렸어요. '우리 아들 잘 한다', '힘내라. 파이팅' 이라고 외쳐주는 목소리에 저도 모르게 힘이 나더라고요. 다 아빠 덕분이에요." 자기를 알아주는 아버지의 지지를 받으니 힘이 났던 모양이었다. 나는 초등학교시절에 운동회 날이면 으레 있는 장애물 경주에서 고전을 면치 못했었다. 신체 운동의 능력이 썩 뛰어나지 못했다. 뛰는 건 둘째 치고 장애물을 뛰어넘는 것이 문제였다. 조금만 높으면 여지없이 걸려서 넘어지곤 했다. 결국, 포기하거나 그 상황을 이겨내는 것 외에 방법이 없었다. 그렇다고 포기할 내가 아니었다. 틈만 나면 무엇인가를 뛰어넘는 연습을 했다. 그렇게 반복된 연습을 통해서 운동회 날은 보기 좋게 장애물을 뛰어넘는 선수가 될 수 있었다.

장애물 경기의 장애물도 그렇게 반복을 통한 연습으로 뛰어넘었다면 인생의 장애물 또한 마찬가지다. 그렇다고 포기할 내가 아니라는 스스로에 대한 정체성의 인식이 연습을 하게 했고 연습의 결과가 장애물을 뛰어넘게 했다. 확고부동한 정체성에서 열정이 나왔던 것이다. 사람은 그렇게 스스로의 가치에 대해서 알게 될 때 음악, 미술, 체육, 언어... 등 어느 분야를 막론하고 능력을 발휘하게 된다.

독일출생 심리학자 프리츠 펄스 유대인 정신과 의사가 발견한 케슈탈트 상담은 자각(awareness)을 강조하는 치료법이다. 그래서 기존의 형태와 모양을 새로운 형태와 모양으로 바꾸어가는 치료법이다. 과거를 현재화 하고 미래를 현재화 한다. 이것을 게슈탈트라고 하였다. 케슈탈트를 재구성고 재창조하게 한다. 그러면 내담자는 이전과 다른 삶을 창조해갈 수 있다. 그래서 이 치료법에서는 자신의 욕구, 감정까지도 객관적인 시각에서 바라보도록 한다. 그런 과정을 통해서 나로 살 것인가 아니면 남이 원하는 방향으로 살 것인가를 지각하게 한다. 그런 과정이 훈련된 사람은 똑 같은 음식을 먹어도 느낌이 다르다. 남들이 짜장면 먹을 때, 먹기 싫어도 분위기상 짜장면 먹는 게 아니라 내가 먹고 싶은 짬뽕을 선택하는 것이다.

상담을 아직 잘 몰라도 '빈 의자 기법' 과 같은 용어를 들어본 적이 있을 것이다. 이 기법이 바로 게슈탈트 심리치료(gestalt therapy)에서 사용되는 탁월한 심리치료기법이다. 이 이론을 만든 사람은 독일태생 유대인으로 정신과의사이면서 동시에 심리학자인 프리츠 펄스다. 그는 수많은 사람들을 상담해본 임상경험을 바탕으로 대부분의 사람들은 '현재'를 살지 못하거나 막연한 '미래'에 묶여 있다는 것을 발견했다. 그래서 그는 환자들로 하여금 과거도 현재로, 미래도 현재로 가지고 오는 '지금 여기'를 강조하는 새로운 패러다임을 구축하도록 하였는데 그 치료 결과는 놀라웠다. 즉 환자들이 새로운 게슈탈트를 형성하도록 도왔더니 문제에서 해방되는 것을 본 것이다. 그가 말하는 독일어 '게슈탈트'는 '형태', '모양'을 의미하는데 상담자나 치료자는 환자가 새로운 게슈탈트를 형성하는 것, 즉, 새롭게 구성하고, 새롭게 창조하고, 새롭게 개발하도록 도와야 한다고 주장하였다.

　펄스가 '지금여기'를 강조하는 게슈탈트 치료를 창안한 것은 사람들은 대부분 자기 자신에 대해서 알지 못한다는 것을 본 것이다. 실제로 사람들은 자신의 내면에 대해선 모른다. 그래서 미국의 여성 가족치료사인 버지니아 사티어도 이것을 '빙산'으로 비유하였다. 알고 있는 부분은 물 위에 뜬 부분이고, 모르는 부분이 물속에 가라앉은 90%의 무의식이란 것이다. 빙산은 물에 뜬 부분만을 지칭하는 것이 아니라 물속에 있는 것까지의 전체를 지칭한다. 그래서 인간이란 언제나 부분의 합 이상이다. 따라서 인간은 어떤 상황에 따라 엄청난 능력을 발휘한다. 다만 그럴 기회를 얻지 못했거나 또는 그런 자신을 인정하지 못하고 그냥 그렇게 살아가려 하기 때문에 어영부영 살다가 죽는 것이다. 그런 삶에서 벗어나려면 자기 자신이 어떻게 살았는지를 깨달아야 한다. 그래서 펄스는 자각(awareness)을 아주 중요하게 생각했다.

게슈탈트 치료에서는 환자로 하여금 "나는 이러이러한 부분에 책임을 집니다." 라고 외치게 한다. 인간은 스스로의 삶에 대해 책임을 지는 존재이기에 자신의 행동에 대한 책임을 지는 존재다. 특히 펄스는 감정에 대해서도 책임을 지라고 강조하였는데 감정에 책임을 지게 함으로써 주어진 상황의 주최자가 되도록 한다. 결국 사람이란 외부 환경에 의해 불행하기 보다는 자기 스스로 만든 생각의 틀이 불행하게 한다는 뜻이다. 따라서 인간은 늘 순간순간 지금여기(Here & now)를 살아가는 지혜를 가져야 한다.

사람들은 자기 자신의 보이는 일부분 밖에 알지 못한다. 보이는 부분은 빙산의 일각일 뿐이다. 그래서 늘 전체로서 자신을 알지 못하고 지엽적인 부분이 마치 자신의 전부인 것처럼 착각하고 산다. 인간이란 늘 부분의 합 이상으로, 그 자체로 충분한 의미가 있는 존재다. 인간만이 주어진 환경에 창조적으로 반응을 한다. 그저 짐승은 주어진 환경에 순응할 뿐이다. 그러나 인간은 순응의 차원을 뛰어넘어 그것을 정복하고 역이용하는 창조성을 발휘한다. 그래서 태어나서 독립을 하기까지 가장 오랜 시간 부모의 돌봄을 받는 가장 나약한 존재이지만 일단 성장하고 나면 창조의 주체가 됨으로써 동물들과는 비교도 안 되는 탁월성을 보이는 것이다. 따라서 펄스가 생각했던 온전한 치료란 단지 증상만을 없애는 정도를 뛰어넘어 창조적인 인간으로까지 성장하는 것을 말한다. 결국 인간의 행복은 어떠한 마음가짐을 했느냐에 따라 갈라진다. 마치 가시밭에 피어나 찔려서 형편없이 보이는 백합을 보고 실망하는 사람과 그 가시에 찔려 더 진한 백합향을 느끼고 감동하는 사람으로 갈라지듯 말이다. 따라서 사람은 언제나 자극과 반응, 그 과정에서 선택과 책임을 반복하는 영적인 존재다.

나는 상담을 공부하기 선에는 자신으로 못 살았다. 맏이였기 때문에 나는 늘 부모와 형제를 삶의 우선순위에 두며 살았고 결혼 후에도 내 마음 속에 여러 가족들이 살고 있었다. 결혼을 했음에도 친정식구들과 분리되지 못한 것이다. 내 옷을 사야 되는데 부모님 형제의 옷을 먼저 사는 습관이 있었다. 내 것을 잘 챙기지 못하고 거절을 못했으니 사는 삶은 현재인데 삶의 방식은 늘 과거였다. 상담을 공부하고 나서야 그것이 '착한아이 증후군' 이라는 것을 알게 되었고 그 역할(role)을 맡은 사람은 늘 이곳도 아니고 저곳도 아니고, 또 과거나 미래에 묶여 살 수 밖에 없는 존재라는 것도 알게 되었다. 그런 나를 보고 남편은 늘 "또 그런다. 이제부턴 좀 깍쟁이로 살아봐요. 자기 욕심 좀 챙겨 봐요" 라고 입버릇처럼 말했다. 남의 행복을 먼저 생각하고 나의 행복을 뒤로 미루는 것은 사실 내가 정말 행복하기를 바랐던 마음이 너무 컸기 때문이라는 것도 상담 공부를 통해서 알았다. 그런 나를 인정하고 난 후에 비로소 거절도 할 줄 알고 표현도 베푸는 것과 받는 것의 균형을 맞출 수 있게 되었고 지금의 나이가 되고 보니 '지금 여기'를 살게 되었다.

성 어거스틴은 "시간은 어디에도 없다"라고 말하며 지금의 여기의 삶인 현재를 중요하게 생각하였다. 요즘 사람들은 뭔가 결정하는 일에 서툴다. 그것은 과거의 것을 현재의 것으로 미래를 끌어당기는 일을 못해서 그렇다. 마음엔 언제나 두 마음이 들어 있어 갈등하기 마련이다. 나로 살지 못 할 때는 결정을 못 내리고 여러 갈래의 길을 방황한다. 그러나 두 마음의 싸움은 대립과 갈등이 아니라 통합으로 가면 서로를 세워가는 과정이다. 그래서 지금여기를 사는 사람은 전체로서의 감정과 욕구를 전체로 자각하는 민감한 센스를 가져야 한다. 민감한 센스를 가진 사람은 자신 안에 있는 재능의 가치를 안다. 그리고 자신의 존재가치를 알 때 인간은 최고의 능력을 발휘하게 되어 있다.

게슈탈트 치료는 '전경'이란 말고 '배경'이란 말로도 설명한다. 한창 이 이론을 공부할 때는 아들에게도 전해주고 싶어 카메라를 가지고 실습했다. 아들을 피사체로 선택한 후 나머지 배경은 아웃 포커싱으로 처리해서 인물이 부각되게 하였다. 즉 내가 중요하다고 여기는 것에 집중하면 나머지는 다 배경으로 처리된다. 내가 가진 문제가 커 보여도 그 또한 배경으로 처리하면 작아진다. 그리고 나는 내가 중요하게 여기는 부분에만 초점을 맞춰 확실한 전경으로 자리 잡게 한다. 대부분의 사람들은 어리석게도 배경을 전경으로 생각하고 산다. 즉 과거에 묶여 살거나 아직 오지도 않은 미래를 걱정한다. 그래서 나는 아들에게 늘 이렇게 말한다.

"'지금 여기'를 살거라. 지금 여기를 살 수 있어야 여유가 생기고 그런 사람이어야 유머도 쓸 수 있고 즐길 수 있단다. 그런 사람이어야 마음속에 큰 그림(빅 픽처)을 그리고 살 수 있고 그런 나를 만나는 사람도 편하다. 그리고 지금여기를 사는 사람은 늘 부지런하다. 탁월함으로 무장한 전문성을 갖추어라. 실력을 가진 사람은 언제 어떻게 쓰일지 모른다. 그러니 스스로에 대한 믿음을 가지고 살아라. 다른 사람도 신뢰 할 줄 아는 인간이 되어라. 어려운 일 있어도 끝까지 포기하지 마라. 일곱 번 넘어져도 다시 일어난다. 그것이 밑거름 되어 미래가 있다. 언제라도 자신의 '지금' 감정과 욕구를 잘 알아차려라. 너의 전경과 배경이 무엇인지 알아차리고 지혜롭게 분리하고 통합할 것은 통합해라. 매일 '아하!'의 경험을 하고 살아라. 그래서 신나는 인생의 주인공이 될 수 있다."

부자관계 point

Q 나로 살 것인가? 남으로 살 것인가?

Q 내가 '지금 여기'를 살지 못하도록 하는 과거는 무엇인가?

02

누군가를 도와주어라

"다른 사람을 좋아할 수 있는 최고의 방법은
그들을 도와주는 것이다" (조라 닐 허스턴)

내가 | 지금까지 살아오면서 작은 파도 큰 파도를 헤치고 올 수
있었던 것은 가족 덕분이다. 가족 간 관계를 통해 사랑과
행복을 느낄 수 있었다. 그래서 최고의 행복이란 가장 가까이 있는 사
람들과 사이좋게 지내는 것이다. 인간은 감정으로 서로를 알아가고 그
런 과정에서 마음이 넓어지고 깊어진다. 그래서 인간에겐 상대의 마음
까지 읽어내는 힘, 직관력이 있다. 상대방의 마음과 자신의 마음을 연
결하기 위해 자신의 마음을 적절히 표현하는 법도 안다. 그 비결을 아
는 사람은 행복의 창조자가 된다. 그래서 결혼은 그런 능력을 갖춘 성
숙된 사람이 해야 한다. 그에게 있어 결혼은 사람이 세상에서 할 수 있
는 가장 큰 모험이고 선물이다.

사티어 상담모임을 마치고 오던 어느 가을의 한낮이었다. 우연히

꽃에 앉아 꿀을 빨고 있는 나비를 오랫동안 유심히 관찰 했다. 나비는 대단히 예민한 곤충이라 작은 상처에도 날개를 펴지 못하고 쉽게 죽는다. 그래서 자신을 다치게 할 수 있는 것들로부터 신속히 대처한다. 그래서인지 가볍다. 꽃에 앉아도 사뿐히 내려앉으니 꽃이 상하지 않는다. 그런 존재인 나비도 꿀을 빠는 그 순간에는 고도의 집중력을 발휘한다. 몰입하는 것이다. 칙센트 미하이 〈몰입의 즐거움〉에는 "몰입은 삶이 고조되는 순간에 물 흐르듯 행동이 자연스럽게 이루어지는 느낌을 표현하는 것이다"라고 했다. 운동선수가 경기할 때, 오케스트라 단원이 연주할 때와 지휘자가 지휘할 때, 신앙인이 기도할 때, 화가가 그림을 그릴 때의 상태가 몰입이다.

몰입은 명확한 목표가 있어야 가능하다. 지난 여름휴가 때 가족과 함께 활쏘기를 했다. 온몸의 신경을 세우고 과녁을 향해 활을 쏘는데 마음처럼 되지 않았다. 화살이 과녁 중앙에 박히지 않고 다 과녁 밖에 꽂혔다. 마음을 가다듬고 집중한 후에 활을 쏘니 처음보다 훨씬 나아졌다. 내가 상담할 때도 내담자에게 집중하면 상담의 효과가 높다. 몰입 상태의 최적경험이 이미 마음과 마음을 연결해 놓았다.

아들이 초등학생일 때 강원도 태백에 있는 예수원으로 일주일간 휴가를 갔다. 산골짜기에 도착하니 맑은 공기와 들꽃 향기가 얼마나 향긋한지 꼭 고향에 온 듯 포근했다. 다락방에 여장을 풀고 그곳의 프로그램을 따라갔다. 아침은 기도와 묵상, 토리신부의 말씀을 듣고 아침식사를 했다. 오후시간은 침묵시간인데 이때는 서로 웃음으로 인사만 할뿐 말을 못한다. 침묵 시간이 끝나면 맡겨진 일들 가운데 어떤 사람은 목장 일, 어떤 사람은 목공일을 하게 하는 등 역할을 골고루 분배해 몸으로 봉사를 하게 한다. 우리가족은 목공일 돕기로 했다. 십자가 만들기를 하고 아들과 추억을 쌓았다.

예수원은 미국 성공회 소속 토리 신부가 한국 땅에 와서 세운지 50년 되는 공동체이다. 태백 산골짜기에 전 세계를 위한 기도와 한국의 통일과 한국의 영성을 위해 세웠다. 세월이 지났어도 그 고고함이 그대로다. 대천덕신부로 알려진 토리 신부는 2002년에 소천 받았는데 이 시대에 보기 드문 영적 거장이다. 그의 조용한 영향력은 대를 이어 자녀들이 충성하고 있는 것으로 여전히 드러나고 있다.

그는 왜 아무런 연고도 없는 머나 먼 한국 땅까지 와서 평생을 수고하고 기어코 한국 땅에 묻혔을까? 그의 조용한 영향력은 어디에서 왔을까? 그것은 틀림없이 누군가를 품고 그와 연합하는 것에서 나왔을 것이다. 품에 안긴 사람은 품어주는 사람의 온기를 느낄 수 있으니까.

〈나는 아버지입니다〉의 저자 딕 호이트는 전신마비 장애인 아들을 휠체어에 태우고, 자신은 그 뒤에서 휠체어를 밀며 보스턴 마라톤대회 풀코스와 하와이 철인 3종 경기를 완주한 내용을 담은 책이다. 영화로도 나와서 많은 사람들을 감동시켰다. 딕은 태어날 때 뇌에 산소공급이 되지 않아 뇌성마비 경련성 전신마비가 되었다. 태어 난지 8개월 후 식물인간이 될 거라고 했다. 하지만 부모는 아들을 포기하지 않았다. 시간이 흘러 아들은 컴퓨터로 말을 대신했다. 아버지라는 말과 어머니라는 단어에 이어 자신의 속내를 표현했던 말이 '달리다, 달리고 싶다' 라는 말이었다. 아버지는 그 말을 보고 난후 직장을 그만두고 아들과 달리기 시작했다. 열다섯 살에 8km 자전거 대회에 참여하여 끝에서 두 번째로 골인했다. 그래도 명백한 완주였다. 그날 아들은 "오늘 난생 처음으로 제 몸이 장애가 사라진 것 같았어요.."라고 말했다.

그 후 보스턴 마라톤 대회에 출전했지만 끝내 포기할 수밖에 없었다. 다음 해인 1982년 보스턴 마라톤 대회에 출전하여 완주했다. 그 후 아들의 소원은 철인 3종 경기에 나가는 것이었다. 아버지는 수영도 자전거도 서툴렀지만 자신의 모든 것을 걸고 철인 3종 경기에 출전했다. 아버지는 허리에 고무배를 묶고 3.9km 바다를 수영하고, 아들을 태운 자전거로 180.2km의 용암지대를 달리고, 아들이 탄 휠체어를 밀며 42.195km를 완주했다. 아들 딕이 할 수 있는 것은 누워있는 것 뿐이었다. 끝까지 인내하며 마침내 완주한 부자에게 사람들은 모두 기립박수를 보냈다. 아들이 "아버지가 없었다면 할 수 없었어요?"라고 하자 아버지는 "네가 없었다면 아버지는 하지 않았다"라고 말합니다.

이날 이들의 기록은 16시간 14분이었다. 그 후에도 이들 부자는 철인 3종 경기를 6회나 완주하였다. 최고 기록은 13시간 43분 37초였다. 그들의 연합적인 도전은 계속되어 마라톤 완주를 64차례, 단축 3종 경기완주 206차례, 1982년부터 2005년까지 보스턴 마라톤대회 24년 연속 완주 후 마침내 달리기와 자전거로 6천km 미국 대륙을 횡단하였다. 맨 마지막에 아들 딕이 컴퓨터로 쓴 글은 빌립보서 4장 13절 "내게 능력 주시는 자 안에서 내가 모든 것을 할 수 있느니라."였다. 아들 딕은 1993년 마침내 보스턴대학에서 특수 분야 컴퓨터 전공으로 학위를 받았다. 딕은 "할 수 있다, 아버지는 나의 꿈을 실현시켜 주었다", "아버지는 내 날개 아래를 받쳐주는 바람이다"라고 말하며 더 큰 도전을 위해 오늘도 달린다.

이들 부자는 서로가 함께 하는 그 힘으로 그 일을 수행할 수 있었다. 코카콜라 회장 무타 켄드는 "우리는 위기를 낭비하지 않을 것이다"라고 하였다. 위기를 위기로 보지 않고 새로운 기회로 보겠다는 말이다. 딕 부자는 위기를 기회로 바꾼 것이다. 아버지로서의 역할을 수행한 그는 장하다. 자녀를 위해 최선을 다한 아버지다. 아들 또한 최선을 다했다. 비록 신체적으로는 누워있지만 아버지의 동기를 이끌어 내었다. 먼 미래를 바라보고 달리는 인생이 진정한 승리자다. 이처럼 연합과 몰입이 세상을 바꾼다. 몰입을 과학적으로 연구한 긍정심리학자인 칙센트 미하이는 사람을 행복하게 하는 것은 여가나 쾌락이 아니라 일정한 목표가 있고 그것을 달성하는 과정에서의 몰입 행복이라고 말했다.

행복하고 싶은가? 그렇다면 내가 몰입할 그 무엇을 먼저 찾으라.

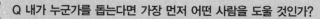

부자관계 point

Q 내가 누군가를 돕는다면 가장 먼저 어떤 사람을 도울 것인가?

Q 내가 누군가와 연합해서 한 일이 큰 성과를 거둔 게 있다면?

03

내면의 숙제를 사랑으로 풀어라

"어떠한 인간도 비밀을 지킬 순 없다. 그의 입이 조용하다면, 그의 손가락이
이야기 할 것이다." (심리학의 대부, 지그문트 프로이드)

행복한 | 인생을 살기 위해서는 내 내면의 감춰진 아름다움부터
찾아내야 한다. 이것은 어렵고 까다로운 숙제다. 대부
분 사람들은 이 숙제를 풀지 못해 불행하다. 사람은 자신이 늘 사용하
는 언어습관, 행동에서 자신도 모르는 무의식이 발동된다. 무의식에서
우리가 인식하는 것은 빙산의 일각일 뿐이다. 내면을 알려면 내면을
아는 공부가 필요하다. 충분한 내면 탐사는 그동안 자신이 품어왔던
무의식적 생각까지 전환할 수 있게 한다. 윌리엄 제임스는 "생각이 바
뀌면? 행동이 바뀌고, 행동이 바뀌면 습관이 바뀌고, 습관이 바뀌면
인격이 바뀌고, 인격이 바뀌면 운명까지 바뀐다."라고 하였다. 그렇게
생각이 바뀌면 감정도 따라 바뀐다. 생각과 감정이 바뀌면 자신의 삶
이 바뀐다. 자신 속에 내재되어 있던 사랑하는 능력과 사랑받을 능력

을 일깨우게 된다.

　중년이 되었음에도 자신의 내면을 탐사하지 못했다면 그 인생은 더 더욱 불행할 수밖에 없다. 우리나라는 최근 중년층의 위기가 나날이 증가하고 있다. 그 이유는 조기은퇴나 명예퇴직 등으로 인해 직장의 상실이 있다. 한 번 직장이 평생직장, 이른바 '철밥통'으로 불리던 영구 직장은 더 이상 볼 수 없게 되었다. 원치 않는 조기은퇴와 명예퇴직이라는 철퇴를 언제 맞을지 모르기 때문이다. 그래서인지 요즘 내가 만나는 사람들의 입에서는 "그 때가 좋았지"를 되뇌는 사람들 투성이다. 그런 위기가 오면 감정의 반응들이 민감해지고 가정적으로나 사회적으로 긍정의 방향 수치가 내려가는 것을 본다. 두려움, 불안, 혼란, 시대의 불확실성으로 뒤섞인 감정을 가지게 된다. 감정이 산만해지고 주관적인 모습을 보인다. 중년의 위기를 겪게 되면 부정적 감정은 점점 더 커지는 데 반해 긍정적 감정은 줄어든다. 그 마음에는 두려움, 불안, 혼란이 더해진다. 설상가상 시대의 불확실성은 그가 가진 부정적 감정이 완벽한 사실로 드러나게 해 준다.

　오랜 직장생활에서 인간관계에 따른 스트레스와 업무과중 또는 부적응, 과업수행능력 저하로 인해 자신도 모르고 스스로에 대한 부정적 평가를 하는 사람이 되어 버린다. 그럴 때 그에게는 속내를 터놓을만한 사람이 필요하다. 가깝게는 가족, 친구, 신앙생활을 하는 동료를 비롯해서 필요시 상담사를 만나도 좋다. 자기 스스로도 감정을 조절하는 능력을 갖추어야 하는데 쉬는 시간을 확보하여 생각을 정리하는 것부터 시작해야 한다. 무한능력을 가진 사람이라고 여겼던 젊은 시절의 생각을 뒤로 하고, 이제는 다른 사람과 나란히 걸어가는 법을 배워야 하는 시점이다.

그런데, 언제까지 외부의 도움만을 기대할 수는 없다. 중년이 되었다면 자신의 문제는 스스로 해결하는 주체가 되어야 한다. 문제해결의 핵심은 인간관계 이므로 관계 속으로 들어가는 법을 배우고 익혀야 한다. 사람을 소중히 여기고 만남을 귀하게 여겨야 한다. 그래서 수필가 피천득은 "어리석은 사람은 인연을 만나도 몰라보고 보통사람들은 인연인줄 알면서도 놓치고 현명한 사람은 옷깃만 스쳐도 인연을 살려낸다."라고 했다. 나도 상담 공부를 하면서 이십년이 넘도록 만났던 사람들을 통해 사람에겐 만남이 얼마나 중요한지를 직접 경험했다. 그래서 세상을 살면서 만남 보다 더 중요한 것은 없다고 자신 있게 말할 수 있다.

나에게는 그 때 만났던 좋은 사람들이 있다. 특히 세 부부는 지금까지 그 인연을 이어오고 있는 막역지우다. 그 인연은 이십년 전 미국에서 공부하고 돌아온 정태기 박사가 설립한 치유상담연구원의 공부에서 시작되었다. 상담공부, 부부 사랑 만들기, 가족치유, 영성회복 클리닉 등의 다양한 프로그램을 통해 서로 자연스럽게 만났다. 지금 그들은 모두 가정을 치유하고 회복하는 상담사역을 하고 전문가가 되었다.

지금도 세 부부는 정기적으로 만난다. 만날 때마다 미주알 고주알 서로 이야기를 하는데 그 이야기 속엔 행복과 감동을 주는 부분도 있고 속 깊은 내면의 부끄러운 부분도 포함되어 있다. 그래도 불편한 것이 없다. 자녀문제도 함께 해결방법을 찾고 더 나은 성장을 위해 노력한다. 그러다 보니 내 자식 네 자식 구분도 없다. 한 번은 우리 부부가 외국에 있을 때 아들이 군복무 중이었다. 한 번도 면회를 가지 못했는데 그 부부들이 마치 아들 면회 가듯 가서 맛난 것도 사 주고 용돈도 쥐어 주었다. 얼마나 고맙고 한편으로 미안했는지 모른다. 그래도 그 미안한 마음조차 허락하지 않는 그 마음이 고마울 따름이다. 그 부부들 덕분에 부자간의 친밀감을 대신 전해준 것이다.

또 33년 된 부부모임으로 〈넝쿨친구〉라고 부른다. 신혼 때부터 매월 가정에서 모여 자녀양육과 정보를 나누고 서로 기도했다. 오랜 세월 희로애락을 함께 나눈 친구들이라도 가족보다 더 친하다. 누구 한 사람이 힘들면 모두 발 벗고 나서서 도와준다. 인생의 어려운 문제를 만났을 때 함께 밤을 지샌 적도 많았다. 또 정기적인 나눔 활동도 함께 하고 있어 맹아원 방문을 한다. 그곳을 갈 때면 자녀들 동반해서 그곳 아이들 간식과 선물을 가지고 간다. 해외로 단기 선교도 함께 나간다. 매년 성탄절에는 온 가족이 다 모인다. 지난 성탄절은 삼대가 모이니 그 인원만 해도 수십 명이 되었다. 그러다 보니 자녀들끼리도 서로 친해져 자기들끼리도 정기적인 모임을 갖고 친하게 지낸다. 모일 때면 서로를 위한 칭찬릴레이, 한 해 동안 행복했던 일 등을 이야기 한다. 자녀들이 어릴 때는 옷가지와 책을 서로 교환하기도 했다. 넝쿨이란 이름은 담쟁이 넝쿨이 담을 넘는 것처럼 세상을 이기자는 취지로 시작되었다.

또한 인생의 숙제는 자기 발견을 찾는 것으로 무의식을 아는 것이다. 자신의 달란트를 알고 독특한 재능과 열정을 발견한다. 심리학 학자들은 인생의 경험 중에서 적은 부분만 기억에 남고 많은 것이 무의식속 수증기처럼 사라진다고 했다. 영혼의 지문을 통해 내안에 무의식 창고에 저장 돼 있는 것이다. 내영혼의 깊은 곳에서 무엇을 표현하고 싶어 한다.

심리학자 아들러는 '보상이론'을 제시했다. 우리가 미처 발견하지 못한 관점과 태도에 약점이 있다고 해도 강점으로 드러나는 것을 믿었다. 아들러는 연구한 역사상 위대한 작곡가들이 청각에 퇴행이 있었지만 약점을 지렛대로 삼아 강점을 발견했다고 했다. 아픔의 시간들이 오히려 영혼의 지문을 많이 만들게 한 것이다. 그것을 강점으로 전환시키고 그것을 연결해내는 사람의 영혼은 빛을 발한다. 오랜 세월 바람과 추위를 견딘 나무가 더 많은 나이테를 갖는 것과 같다고 할까?

자신의 내면을 알아가는 과정에서 무의식이란 개념을 처음으로 사용한 사람은 심리학의 대부 프로이트였다. 그는 인간의 성격형성시기를 출생에서 5세까지로 보았다. 그 이후로도 대부분의 심리학자는 이 시기를 가장 중요하게 여긴다. 이 시기의 받은 부모의 양육 방침에 의해 형성된 성품이 일생을 간다고 주장한다. 프로이드의 무의식 이론은 꿈으로 설명된다. 프로이트 심리학은 원초아, 자아, 초자아로 나눠진다. 이것을 노년에 최종 수정하여 발표한 구조모델이라고 한다. 생물학적 구성요소인 원초아는 생득적 성격으로서 본능과 쾌락의 원리가 적용되는 자아라 비이성적이다. 생득적인 만큼 유아기의 부모역할이 중요하다. 이 시기에 부모의 사랑을 받지 못할 경우 고지식하고 반사회적인 성격이 될 위험이 높다. 자아는 현실에 맞게 생각을 조절하는 성격의 경영자다. 자아가 튼튼해야 건강한 성격을 가졌다는 소리를 듣는다. 초자아는 도덕원리로써 옳고 그름을 판단하는 기능으로서 양심에 해당된다.

우연히 〈우리 아이가 달라졌어요〉 라는 TV 프로그램을 보았다. 강남에 사는 초등학교 저학년으로 보이는 여자 아이에 대한 내용이었다. 그 아이는 표정으로만 보아도 자아가 약해보였다. 그래서 의존성으로 뭉쳐 있어 부모가 뭔가를 결정해 주지 않으면 아무 것도 못하는 아이였다. 그런데, 아이가 그렇게 된 데는 너무 많은 학원을 다니는 것이 문제였다. 자그마치 12개의 학원을 요일별로 나눠서 다니고 있었다. 상담전문가는 일차적으로 학원의 개수를 줄이라고 처방을 주었고, 줄인 시간에 부모와 함께 하는 시간을 만들고 대화의 장을 만들라고 하였다. 그 장면을 보면서 자녀를 양육할 때는 무조건 칭찬과 격려로 최고라고 해주기보다는 스스로 할 수 있도록 하는 것이 더 중요하다는 것을 거듭 확인했다. 자녀를 하나의 인격체로 믿고 존중해 주는 것이다.

영국의 소설가 그레이럼 그린은 "어린 시절에는 언제나 문이 열리고 미래가 들어오는 순간이 언제나 열려 있다"고 말했다. 어린 시절은 가능성의 시기다. 어린 시절 상처가 많은 사람은 무의식의 창고에 화가 가득 차게 된다. 억압된 화는 의식이 제 기능을 발휘하지 못할 때 언제든 튀어 나와 신경질적이고 우울한 사람이 되게 만든다. 한국 사람들이 이른바, '욱' 하는 성질머리나 화병은 대부분 분노를 내장하고 사는 것에서 발동하는 것이다. 물론, 체면문화 때문에 회피나 부정, 또는 투사하는 방어기제를 사용한다. 그래서 상담자는 내담자로 하여금 충분히 울게 하고 충분히 말하게 하는 것만으로도 완전한 치료를 얻어내기도 한다.

어린 시절의 상처는 평생 영향을 미치는 트라우마로 남을 수도 있다. 트라우마를 가진 사람은 작은 말에도 쉽게 상처받고 소극적이고 위축될 수 있다. 그래서 상처치유는 반드시 해야 할 작업이다. 치유과정에서 반드시 거쳐야할 용서는 어떤 면에서 상처 준 사람을 용서한다기보다 내가 묶였던 상처라는 밧줄을 풀어내는 작업이다.

몇 달 전 우리 부부는 건강을 위해 디톡스 프로그램에 참여했다. 장 속의 노폐물을 비워주는 작업이었다. 하루정도 금식을 하며 장을 비우는 동안 남편은 아무렇지도 않았는데 위가 약했던 나는 속이 쓰리고 힘들었다. 괜한 작업을 하는 것 아닌가 싶었다. 마치 잔잔한 바다에 돌을 던져 파장을 일으킨 것처럼. 그런데 며칠이 지나니 그 파장이 잔잔해 지며 속이 편안해졌다. 사실, 무의식의 탐사는 괜히 돌을 던진 것처럼 느껴질 때가 많다. 그래서 대부분 사람들은 무의식을 덮어 놓고 외면하며 살아간다. 그러다 어떤 사건을 만나면 한꺼번에 터져 나오는 무의식의 반란을 겪는 것이다. 그러나 금식을 하는 기간을 지나고 주어진 프로그램에 따라 가다 보면 어느새 체질이 바뀌는 것처럼 무의식을 제대로 직면하면 그 때부터는 강한 심리적 내성을 갖게 된다. 위기가 닥쳐오더라도 그 또한 지나갈 것을 믿고 버틸 힘이 생긴다. 회복탄력성도 강해서 회복의 속도도 빨라진다.

내면이 건강해진 사람은 이타적인 삶으로 전환한다. 남을 도우면서 자신이 도리어 더 행복해지는 진정한 이기주의자로 거듭난다. 미국의 정신과 의사이자 베스트셀러 작가인 스캇 펙은 "사랑은 자기 자신이나 또는 타인의 정신적인 성장을 도와줄 목적으로 자신을 확대시켜 나가려는 의지이다. 사랑은 의지에 따른 행동이며, 의도와 행동이 결합된 결과다." 라고 말했다. 자신과 자녀를 사랑한다면 상대를 성장시키고 발전시키기 위해 의지적인 행동을 해야 한다는 말이다. 사랑의 동기조차 깊이 생각하라는 뜻이다. 그래서 맥스 루케이도는 "마음 깊숙이 사랑으로 한마디를 심어주어라. 그리고 미소와 기도로 양분을 주고 어떤 일이 일어나는가를 지켜보라." 고 했다.

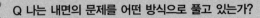

부자관계 point

Q 나는 내면의 문제를 어떤 방식으로 풀고 있는가?

Q 나에겐 내면의 이야기를 풀어놓을 친구가 몇 명이나 있는가?

04

유능한 사람은 홀로서는 법을 배운다

"자기효능감은 정신건강의 결정적 요인이다" (앨버트 반두라)

사람이 │ 자신감 있어 보이면 능력도 있어 보인다. 자기효능감은
어떤 목표를 달성하기 위해 요구되는 활동을 조직하고
실행하기 위한 자신의 능력에 대한 신념이다. 즉, 당면한 과제를 완수
하고 목표에 도달할 수 있는 자신의 능력에 대한 스스로의 평가를 가
리키는 말이다. 자기 효능감은 인간이 기울이는 노력의 모든 영역에
영향을 미친다. 그렇다고 근거 없는 자신감을 말하는 것이 아니다. 이
사람들은 자기객관화가 부족한 사람들의 특징이다. 그러나 자기 효능
감은 분명한 자기객관화를 바탕으로 어떤 상황에서 자신이 얼마나 효
율적으로 기능할 수 있는 가에 대한 신념으로서 좋은 자아상, 자기유
능감, 자신감, 긍정적 자아개념 등이다 포함된 개념이다. 따라서 상담
시 자기효능감에 접촉시키면 그 결과가 아주 좋다. 이에 나다니엘 브

랜드는 "상담을 하면서 보면 문제가 낮은 자존감이 표면에 들어난 것이 부족함 수치심 죄책감으로 나타난다. 내담자에게 분명한 자아용납과 자기 확신 자기 사랑의 결여 공통분모가 낮은 자존감이다."라고 말한다. 그들에겐 열등감을 극복하고 자존감을 회복하는 것이 중요한데, 작은 성취를 경험케 함으로써 자기효능감까지 갖게 해야 완벽한 치료가 되는 것이다.

주)예일 이큅먼트 이근재 대표를 만났다. 그는 CEO를 꿈꾸고 일개 직원에서 물류기업 대표가 된 사람이다. 일개 직원에서 그 기업의 대표이사 자리에 앉을 확률은 얼마나 될까? 청소장비를 수입하는 업체의 직원에서 물류기업 대표가 되기까지 그의 스토리다.

대학 졸업한 1992년, 청소 장비 업체 크린 텍의 영업사원으로 입사해 2003년 대표이사 자리에 올랐다. 매월 1만 km를 주행하며 전국 각지를 돌았다는 이 대표는 2년에 한 번씩 차량을 바꿨다. 예전에는 내비게이션도 없어 지도를 펼쳐놓고 길을 찾아다녔다. 그러다 보니 전국을 훤히 꿰뚫고 있다. 심지어는 개성까지 다녀왔다. 수많은 사람을 만났고 회사에서 많은 실적을 냈다. 그는 입사하면서부터 '이 회사는 내 회사다' 라는 생각을 가졌다고 한다. 청소 장비 업계의 1위 기업으로 올리겠다는 목표를 세웠다. 결국 목표 달성을 이루었고 회사에서도 인정도 받았다. 2008년에는 대표와 논의해 물류 사업부를 별도 법인으로 분리해 이근재 대표가 경영을 전적으로 맡았다. 물류업계로 새로운 도약 최고의 예일 이큅먼트 대표이다. 예일 이큅먼트는 미국 나코 메델리 얼스 핸드링 그룹의 국내 독점 판매 법인으로 국제 장비 업계에 선진화된 고효율의 장비를 소개, 보급함으로써 국내 물류업계 선진화에 일조하고 있다. 국내 최초로 부품관리 시스템을 도입해 고객의 수요에 적극 대응함으로써 고객으로부터 지지를 얻고 있다. 2013년에는 미국 나코 그룹의 또 다른 물류장비업체인 하이스터의 국내 독점 판매 법인으로 선정돼 다양한 제품을 선보이고 있다. 지금은 수백 개가 넘는 기업에서 예일 및 하이스트 장비를 공급하고 전국에 서비스 네트워크를 형성했다. 현재 예일 이큅먼트는 3자 물류, 국내 운송 사업, 물류 대행 서비스를 제공한다.

이 대표는 "지금 세상에서 가장 중요한 순간은 지금 이 순간이고, 가장 중요한 사람은 지금 내 곁에 있는 사람이며, 가장 중요한 일은 그 사람을 위해 좋은 일을 하는 것이다"를 모토로 삼고 동료 직원을 대한다. 고객의 니즈를 알고 직원들에게도 솔선수범한다. 화장실 청소까지 몸소 하는 것은 예수님이 제자들 발을 씻기며 몸소 본을 보이신 것을 모델로 삼았다. 고객과의 시간 약속을 생명처럼 지킨다. 그래서인지 이직률이 현저히 낮다. 처음 창업할 때 함께 했던 직원들이 가족처럼 지금까지 이어오고 있다. 해외연수도 함께 가고 직원 가족들 휴가도 온가족 초청으로 이루어진다. 그래서 그런지 이 대표부부는 젊어 보였다.

조직이건 개인이건 변화를 이끄는 것은 바로 실행력이다. 성공한 CEO들의 한결같은 특징은 누구보다 부지런하고 성실한 실행력이 강하다는 것이다. 대표는 대학시절 안 해본 것이 없을 정도로 아르바이트를 하며 공부를 했다.

그의 리더십 철학은 "준비된 사람은 언제 어디서나 누구에게라도 쓰임 받는다."이다. 그릇이 만들어져 있어야 그곳에 내용을 담을 수 있다. 어렵고 힘든 환경에서도 내가 먼저 솔선수범해서 최선을 다한다면 분명히 내가 만든 그릇에는 좋은 일이 있을 것이라 한다. 그래서 그는 자신에게 많이 투자하라고 한다. 긍정적인 마인드 말을 한다. 직원들에겐 배움을 이어갈 수 있도록 학사 과정을 지원하게 하고 자기계발을 위해 지원하도록 격려한다.

아마 그 기업은 조만간 국내 최고의 물류장비업체가 될 것이다. 지금은 장학사업과 독거노인과 불우한 이웃을 섬기고 있다. 희망을 주는 기업으로 계속 성장하길 소망한다. 이 대표는 카이스트 경영 대학원, 고려대 경영 대학원, 인하대 물류대학원, 서울대 GELP 과정을 수료하는 등 끊임없이 자기 계발을 하고 언제나 독서 하고 있다. 그는"비즈니스의 시작은 열정으로! 마지막은 나눔으로!"라는 신념의 열정이 활활 타오르고 있다. 추진력과 결단력이 남달랐던 나폴레옹 "생각할 수 있는 시간을 가져라. 하지만 행동을 해야 할 때가 되면 생각하기를 멈추고 바로 행동으로 뛰어들어라"라고 말했다.

05

문제를 두려워 말고 직면하라

"역경아! 이번에는 내게 어떤 선물을 주려고 하느냐?" (칭기즈 칸)

진주는 | 진주조개의 아픔으로 만들어진다. 고난은 감사와 기쁨의 씨앗이요 우리의 성장을 위한 밑거름이요 선물이다. 그래서 많은 신앙인들은 고난이 유익이라고까지 표현했다. 그리고 크게 쓰임 받은 사람일수록 고난대학의 과목들을 수강했고 합격이 되어야만 쓰임 받았다. 모세는 고난의 사십년 세월을 지나고 난 후에야 비로소 이스라엘 민족을 구해내는 지도자가 되었다. 고난 대학의 커리큘럼 중에서 가장 학점 따기 어려운 과목이 인내하기다. 고난을 겪을 때 원망하고 불평하면 실격이다. 점점 더 구렁텅이에 빠지게 된다. 그 상황에서도 끝까지 인내하고 감사하는 수준에까지 이르면 그는 비로소 합격의 영예를 얻는다. 그 때부터는 고난의 터널을 지날 때든, 형통과 기쁨의 시기를 지날 때도 과도하게 치우치지 않는다. 인생의 오르막이

있으면 내리막이 있고 내리막이 끝나면 오르막이 있다는 것을 알기에 일희일비(一喜一悲)하는 소인배는 리더가 될 수 없다. 세상에 고난 받기를 좋아하는 사람은 그 어디에도 없다. 그러나 속사람이 성장하는 비밀이 고난에 있다는 것을 아는 사람은 고생을 사서라도 하고 입에 쓴 약도 마다하지 않는다.

아들이 대학 다닐 때는 아르바이트를 했다. 새벽에 신문배달, 밤엔 학생들 영어 수학 과외를 했다. 또 낮이나 방학엔 자동차 세차도 하며 물건도 팔았다. 이런 경험이 인생의 밑거름이요 자신의 성취를 보는 것은 설렘이다. 가르친 학생들의 오른 성적도 설렘이요, 새벽 공기를 맞으며 하는 신문배달도 설렘이고, 자동차 세차로 손이 부르터도 그 일 또한 요령이 있다는 것을 터득하는 것도 설렘이다. 눈물 젖은 빵을 먹어 본 사람이라야 인생의 맛을 아는 법이다. 그래야 언제 어디서든, 또 누구에게든 배울 점이 있다는 것을 알고 고개를 숙이는 겸손한 사람이 된다. 고개를 숙인 사람이라야 보화를 찾아낼 수 있는 안목을 가진다. 광야를 지나봐야 물이 귀한 은혜를 안다. 〈초의식 독서법〉의 저자 김병완 작가는 이렇게 말한다. "온실 속에 화초로 사는 인생은 결코 아름답지도 위대 하지도 않다. 비가 오지 않고 맑은 날씨만 계속 한다면 이세상은 전부 사막이 될 수밖에 없다. 이런 이치를 이해한다면 시련과 실패. 문제와 도전은 인생을 좀도 풍요롭게, 강하게 해주고, 우대 해주는 좋은 친구의 도구라는 사실을 깨닫게 될 것이다."

예상치 않은 문제는 생기는 법이다. 그래도 그 문제는 반드시 풀어야 한다. 문제를 풀려면 그 문제의 원인을 분석하고 적절한 방법을 찾으면 된다. 내가 아무리 선한 의도를 가지고 누군가를 돕는다 할지라도 그 반응이 다르게 올 수 있다. 나에게는 이십년 전부터 상담공부를 함께 해 온 친구가 있다. 그 사람은 다른 사람에게 칭찬과 격려를 잘한다. 그게 습관이 되어 있다. 그러나 칭찬과 격려가 늘 적용되는 것은 아니란 것을 알게 되었다는 이야기를 전해 주었다. 어느 날 어떤 분을 만나는 자리에서 평소 때처럼 칭찬하고 격려하는 말을 하고 있는데, 그 사람은 되레 정색을 하면서 그런 표현을 하지 말아달라고 부탁을 하더란다. 처음엔 이해가 안 되었지만 사람만다 유형이 다르는 것을 공부한 사람이기에 이내 수용할 수 있었다고 했다.

그 친구는 사고형 누뇌의 소유자였다. 사고형 사람에게 감성언어를 먼저 사용했으니 적잖이 당황했던 것이다. 사실 이런 성향을 파악하는 장치는 우리에게 잘 알려져 있다. 이미 애니어그램, MBTI, 이고그램, 디스크, 로샤, 미술심리, 다중지능 외에도 수많은 검사도구들이 있다. 다 사람을 이해하려고 만든 것들이다. 그렇다고 그 사람이 감정이 없다는 것은 아니다. 순서를 달리 하라는 의미다. 이성형은 이성적 언어를 먼저 쓰고 감성 언어를 나중에 쓰고, 감성형은 감성 언어를 먼저 쓰고 이성 언어를 나중에 쓰는 융통성이 필요하다.

리더십에서도 일중심의 직무형 리더와 관계중심의 관계형 리더로 구분한다. 직무형 리더는 사람보다 일이 우선이라 비번과 목표를 우선 설정한다. 직무형 리더는 사람이 성장하거나 소진되는 것에는 관심이 적은 것처럼 보인다. 장점은 일의 성과를 내는데 빠르고 정확하다는 점이다. 단점은 사람을 잃을 위험이 있다. 반면 관계형은 자기와 사람을 세우는데 초점을 둔다. 장점은 친화력이 뛰어나고 융합과 단결을 잘 끌어낸다. 단점은 아무에게도 상처를 안 입히려 하다 보면 일의 지연되고 그로 인해 성과를 내지 못할 위험이 있다. 직무형이 사업가 기질이라면 관계형은 교사나 상담사, 복지사와 같은 직업이 좋다. 그렇다고 옳고 그름의 문제는 아니다. 상호 보완할 필요가 있다. 리더십이란 의지로부터 비롯되며 의도와 행동을 조화 시키는 인간의 특별한 기술이자 행동을 결정하는 요소이기 때문에 양쪽을 다 갖추도록 노력해야 한다.

> **부자관계 point**
>
> Q 내가 만약 사막을 건너가야 한다면 무엇을 준비할 것인가?
> Q 내가 진주조개라면 나에게 진주는 무엇일까?

06

베풀면 잊는 것이 좋다

"주라 그리하면 너희에게 줄 것이니 곧 후히 되어 누르고 흔들어 넘치도록 하여
너희에게 안겨 주리라 너희가 헤아리는 그 헤아림으로
너희도 헤아림을 도로 받을 것이니라" (신약성서 누가복음 6:38)

내 친구의 | 딸 슬기는 젊은 나이에 삶의 의미와 가치를 추구
하는 인생을 엮어가고 있다. 얼마 전 친구를 만날
때 슬기를 만났다. 그녀는 아프리카 짐바브웨(Zimbabwe) 선교를 마치
고 왔다. 선교활동을 마치고 돌아온 친구의 딸을 축하하는 자리가 되
었다.

슬기는 미국에서 대학을 졸업하고 한국에서 직장생활을 하고 있다.
그 아이는 자신이 서른이 되기 전 시간을 내어 아프리카 아이들을 돕
겠다는 꿈을 갖고 있었는데 그저 막연한 꿈으로 끝난 게 아니라 실천
으로 옮겼다. 짐바브웨는 꽤 잘 살던 나라였는데 지금은 너무 어려운
나라가 되었다. 물가가 얼마나 비싼지 100조짜리 지폐가 있을 정도이
다. 계란 세 개를 사는데도 지폐를 한바구니 가져가야 할 정도란다. 지

금은 달러를 공용화폐로 쓰고 있다고 하는데 그만큼 어려운 나라가 되었다. 아프리카에서 봉사하겠다는 그녀는 그 나라 아이들과 함께 생활하다 왔다. 공동체서 함께 생활하며 아이들을 직접 먹이고 씻기며 공부를 가르쳤다. 직장생활하며 모은 돈을 가지고 가서 의미 있게 사용한 것이다.

그 아이는 고등학생 시절부터 컴패션이라는 후원단체를 통해 탄자니아 7살 아이 삼손을 위해 십년 동안 월 삼만 원씩 꼬박꼬박 후원 했다. 어느 날은 용돈이 부족해 아르바이트를 하면서도 아프리카 아이를 생각했다고 한다. 그가 선교를 마치고 오는 길에 아프리카 주변국을 도는 길에 탄자니아를 거쳐왔다. 그곳에서 우연히 컴패션이란 단체가 있는 곳을 알게 되어 그곳에서 친구 부부를 만났다. 그 탄자니아 마을에서 이백 명이 넘게 장학 후원을 받지만 직접 찾아온 경우는 두 번째 한국 사람이라고 하며 축복 받은 아이라고 온 동네 축제가 벌어졌다. 7살이던 어린아이가 커서 19살이 되어 잘 지내고 있었다. 옷가지와 선물을 사가지고 초대받은 집에 들어가니 십년동안 후원한 슬기의 사진과 편지들이 온 집안을 도배로 되어 있었다.

탄자니아 아이 삼손은 자기를 십년동안 후원하는 분이라며 언젠가는 반드시 자기를 찾으러 올 것이라고 벽에 써 놓았다. 꼭 후원자가 무조건 찾으러 온다고 확신을 하고 있었다며 꿈이 이루어졌다며 기뻐하였다. 여섯 시간의 짧은 만남이었지만 그 시간에 삼손과 그 아이의 부모님과 함께 사진을 찍었다. 내내 눈물이었다. 슬기가 보낸 후원금 3만원이 그 가족의 한 달 생활비였다며 감사의 눈물을 흘렸다. 삼손 자신도 영어 선생님이 되어서 후원자처럼 꼭 돕는 일을 하고 싶다고 했다. 고난 속에서 값진 진주를 만난 것처럼 말이다. 내가 계획한 일이 아닌 인생의 위로부터 선물을 받았다고 고백하는 그 얼굴이 해 같이 빛이 났다. 탄자니아 아이는 자신이 가치 있는 사람이라고 느꼈을 것이다. 자신을 위해 먼 나라에서 보러온 사실이 그에게 큰 자긍심을 주었을 것이다.

슬기의 아버지는 핸드폰으로 문자메시지 보내는 기능을 사용하지 않았다. 사실 몰랐다. 그랬던 그가 멀리 아프리카에 있는 딸을 생각하며 문자를 배웠다. 딸을 위해 밤새도록 배우고 익혔다. "사랑하는 나의 슬기"로 시작된 아버지의 첫 문자메시지를 본 슬기는 얼마나 기뻤는지 몰랐다며 행복해 했다.

슬기의 아버지는 1970년대 어려운 시절에 후원을 받았던 경험이 있었다. 뉴질랜드에 사는 후원자가 삼년 동안 매월 삼백 원씩 국제기구를 통해 후원을 해 주었던 것이다. 그 돈으로 근근이 생활을 할 수 있었다. 그때 아버지가 받은 후원을 딸이 되갚아 준 것이다. 아버지는 뉴질랜드에 있는 국제기구를 통해 은혜를 입고, 자녀는 아프리카에 있는 아이에게 은혜를 끼쳤다. 심은 대로 거두었다.

친구 부부와 그 이야기를 나누는 동안 내내 뭉클 했다. 폐허에서 진주를 찾아낸 것과 같았다. 우리 자녀들도 '굿 피플' 이란 후원단체를 통해 몇 년째 후원을 이어가고 있다. 누구에겐 정말 보화가 될 것을 믿는다.

한 선교사 부부가 아프리카에서 평생을 살았다. 선교를 마치고 낡은 가방 하나 들고서 대서양을 건너 귀국했다. 뉴욕 항구에 도착하니 군중이 운집해 있었다. 음악대가 환영 팡파르를 연주했다. 선교사 부부는 "우리가 아프리카에서 오랫동안 선교사로 수고했다고 이렇게 환영하는구나."라며 기뻐했다. 그러나 그 팡파르는 자신의 것이 아니었다. 팡파르는 고사하고 자기들에게 관심을 두는 사람은 아무도 없었다. 그 자리는 단발비행기를 타고 단 한 번 비행으로 대서양을 최초로 건넌 비행사 린드버그를 환영하는 자리였다. 그 비행사를 환영하기 위해서 뉴욕시민들이 다 나온 것 같았다. 너무나 대조적인 광경에 선교사 부부는 숙소에 도착하자마다 눈물을 쏟으며 하나님께 푸념을 늘어놓았다.

"우리 부부는 평생을 아프리카에서 보냈습니다. 아무도 마중도 안 나왔습니다. 그런데 린드버그라는 한 청년이 단발 비행기를 타고 처음으로 대서양을 건너 유럽에 도착하니까 이렇게 많은 시민들이 팡파르를 울리고 축하의 박수를 치는군요. 너무 서글픕니다."

그 때 하나님의 응답이 들렸다.

"이 사람아! 린드버그는 고향에 돌아왔지만 너는 아직 고향에 안 돌아왔지 않느냐? 아프리카라는 객지에 있다가 미국이라는 객지에 돌아왔지 고향에는 아직 돌아오지 않았지 않느냐? 네가 돌아올 곳은 이곳이란다. 그 때는 저 팡파르가 비교가 되겠느냐?"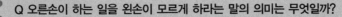

부자관계 point

Q 오른손이 하는 일을 왼손이 모르게 하라는 말의 의미는 무엇일까?
Q 베풀고 잊으라는 말은 어떤 의미일까?

03 Part

아빠와
딸
마음 가꾸기

애뜻한 부녀관계

01

임계질량이 찰 때까지 기다려라

"신이 나를 위해 풍성한 우주를 마련했고 또 내가 그것을 누리기 원한다는 믿음이야말로
부를 이루는 데 꼭 필요한 마음가짐입니다" (캐서린 폰더)

꿈은 | 반드시 이루어진다. 그 과정이 아무리 괴로워도 희망을 버리지 말고 굳세게 믿고 인내하면 이루어진다. 꿈은 우리의 소원을 두고 행한다. 시각 이미지에는 굉장한 힘이 있어 선명하고 생생히 그린 꿈은 반드시 실현된다. 그렇다고 꿈이 아무 때나 아무 곳에서나 이뤄지는 것은 아니다. 정해진 때와 장소가 있기 마련이다. 꿈이 자라는 생장점은 따로 있다. 나무의 새로운 싹과 새순 줄기와 잎을 만드는 곳이 생장점이든, 꿈도 생장점에 가 있어야 싹을 틔우고 성장한다.

내 딸은 지금 외국에서 공부하는 중이다. 아르바이트를 하며 학비를 조달하고 있다. 미국 같은 나라는 유학생 아르바이트가 금지되었다는데 그래도 딸이 간 쪽은 아르바이트를 할 수 있는 곳이라 천만다행

이다. 먹고 자고 하는 모든 문제는 스스로 해결한다. 자동차가 없으니 도보로 다닌다. 도보의 보조수단으로 퀵 보드를 타고 다니기도 한다. 우체국과 은행일도 본다. 자신이 꿈이 있기에 즐거이 받아들인다. 연료비도 아낄 줄 안다. 그 아이는 어릴 때부터 호기심이 많아 무엇이든 도전하고 똑 같은 것도 다른 관점으로 보고 색다르게 꾸미는 일을 좋아했다. 그 호기심에 어떻게 하든 시작한 일은 끝까지 이뤄내는 인내까지 가졌다. 그래서 지금도 자신이 설정한 꿈을 이루고야 말겠다는 각오를 늘 다진다. 벽에다 자신의 목표를 그림과 도표로 만들어 붙여 놓았다. 바라봄의 법칙을 믿는다. 매일 바라 볼 때마다 더더욱 분명하게 꿈꾸고, 생각하고, 선포한다. 고등학교 다닐 때는 전철역에 주차해 놓은 자전거로 학교까지 통학했던 아이였다. 그 아이는 늘 적극적 사고방식의 주인공이다.

어쩌면 그 아이는 자신이 꿈꾸면 이뤄진다는 것을 어릴 적부터 체험했던 것 같다. 그 아이가 세 살 쯤이었을 때 흰색 자동차를 그려서 벽에 붙여 놓았다. 아직 우리 집에 차가 없을 때인데, 자기가 흰색 자동차를 그려서 아빠에게 선물한 것이다. 그런데, 정말 몇 달 지나지 않아 흰색 승용차를 구입하게 되었다. 아주 어린 나이에 분명한 꿈과 실현의 관계를 체험한 것이다. 그래서 지금도 그 아이는 어떤 문제를 만나면 피해갈 궁리 대신 어떻게 풀어갈까를 생각한다. 그런 삶의 태도라면 그 아이는 틀림없이 담장을 넘어가는 담쟁이 넝쿨처럼 아주 단단하게 살아갈 것이다. 그래서 나는 토머스 칼라일의 말을 좋아한다. "목표가 확실한 사람은 아무리 거친 길이라도 앞으로 나아갈 수 있습니다. 목표가 없는 사람은 아무리 좋은 길이라도 앞으로 나아갈 수 없습니다." 또한 〈보물지도〉의 작가 모치즈키 도시타카도 " 머릿속으로만 그리던 당신의 꿈을 시각화하라. 시각화된 꿈은 반드시 이루어진다." 라고 하였다. 실제로 그는 자신의 소중한 꿈을 보물지도로 만들었다. 2003년 1월에 만든 내용이 아마존 베스트셀러 1위, 세미나 룸, 도서관 건립, 가고 싶은 여행지 등이었는데 정말 보드에 적은 모든 것들이 다 이뤄졌고 2005년에는 그의 책은 102개국 이백만명이 읽었다.

한 연구 기관에서 유럽의 백만장자 4천명을 대상으로 그들이 부자가 될 수 있었던 이유를 조사하고 발표한 적이 있다. 공통적인 대답은 첫째, 뚜렷한 목표였고 둘째, 마음속으로 그 목표가 이뤄진 것을 상상했고 셋째, 인내하며 최선을 다했다는 것이었다. 하버드 대학에서 꿈이 인생에 끼치는 영향에 대해 실험했다. 조사대상자는 지능지수와 학력, 자라온 환경이 비슷한 사람들이었다. 그들 중 27%는 꿈이 없고, 60%는 목표가 불분명하고 희미하며, 10%는 뚜렷하나 단기적 꿈을 갖고 있었다. 3%는 명확하고 장기적인 뚜렷한 꿈을 갖고 있었고 그 꿈을 종이에 기록한 이들이었다. 이들의 삶을 25년간 추적 조사한 결과 후 재미있는 사실을 발견했다. 장기적으로 명확하고 뚜렷한 꿈을 가진

3%는 25년 후 대부분 사회에서 주도적 위치에서 성공적으로 영향력을 행사하고 있었다. 단기적 꿈을 지녔던 10%의 사람들은 중상위층에서 머물렀다. 단기적 꿈을 지속적으로 달성했다. 꿈이 희미했던 60%는 중 하위 층에서 머물렀다. 안정된 생활을 하지만 10%만큼 뚜렷한 성공을 거두지 못한 것으로 조사됐다. 꿈이 없던 27%는 최하위 수준에서 생활 한 것으로 조사됐다. 바로 꿈꾸기를 멈추면 인생의 결과가 이렇게 나타난 것이다.

빠르게 발전하는 기업이나 조직도 대부분 10년, 15년의 장기목표가 있다. 지도자는 늘 스스로에게 10년 뒤의 모습을 스스로에게 묻는다. 꿈을 잉태하고 해산하는 날까지 인내와 자기관리가 필요하다. 그러기 위해서 늘 비전을 잃지 않는다. 믿음이 있으면 기적이 일어난다. 뚜렷한 목표와 꿈이 있어야 담장을 넘어 갈 수 있는 힘을 얻는다.

뚜렷한 꿈은 오랜 인내를 가능케 한다. 물론, 반드시 임계질량의 시점까지 도달해야 한다. 꿈만 꾼다고 되는 것이 아니라 꿈을 이루기 위해 준비하는 과정의 오랜 시간을 견뎌야 한다. 버텨내야 한다. 지루한 일, 힘든 일의 반복을 견뎌내야만 꿈을 현실로 만들어 낼 수 있다.

대나무 중에 최고로 치는 모죽은 씨를 뿌린 후 5년 동안 아무리 물을 주고 가꾸어도 싹이 나지 않는다고 한다. 그러다 만 5년이 지나면 손가락만한 죽순이 돋아나고 주성장기가 되면 하루에 80cm씩 쑥쑥 자라기 시작해 이내 30m까지 자란다. 5년이나 싹을 틔우지 않았던 이유를 탐색하던 학자들은 땅을 파 본 후에 그 이유를 알 수 있었다. 모죽 뿌리가 사방으로 뻗어나가 길이를 합산하면 10리에 미칠 만큼 많은 뿌리가 땅 속 깊이 박혀 있었던 것이다. 5년간 숨죽인 듯 뿌리만 내리고 있다가 5년이 지난 후 세상에 모습을 드러낸 것이다. 모죽의 임계점이 5년이었던 것이다. 성공하는 사람들은 포기를 모르는 것은 임계점에 도달할 때까지는 무슨 일이 있어도 참고 견디는 까닭이다.

모죽

부녀관계 point

Q 나는 어떤 일에 실패했을 때 환경을 탓하는가? 내 실력부족을 생각하는가?

Q 내가 반드시 채워야할 임계질량은 어떤 영역인가?

02

칭찬과 격려를 습관으로 삼아라

"나는 한 번 칭찬을 받으면 두 달 동안은 잘 지낼 수 있다" (톰 소여의 모험 저자, 마크 트웨인)

영국의 | 석유회사인 브리티시 페트롤리엄(BP)의 존 브라운 회장
은 칭찬과 격려의 힘을 아는 인물이다. 그는 한 단계 한
단계 승진하여 마침내 CEO가 되었는데, 그 공을 항상 전임 CEO 덕분
으로 돌렸다. 그래서 어떤 기자가 전임 CEO에게 어떻게 브라운의 진
가를 알아봤는지에 대해서 물었다. 그가 이렇게 대답했다. "브라운은
단연 돋보이는 인물이었습니다. 그는 항상 능력이 뛰어난 사람들은 자
기 곁에 두었습니다. 인재 기용을 두려워하지 않았던 거죠. 그는 인재
들 속에서도 자신이 최고라는 자신감이 넘치는 사람이었습니다. 그리
고 아낌없는 칭찬으로 인재를 자기 사람으로 만드는 방법을 알고 있었
습니다."

　자연이 주는 힐링과 사람이 주는 힐링이 있다. 식물이 비와 자양분

을 빨아올려 성장한다면 사람에게 비와 자양분은 격려와 칭찬이다. 약한 사람에게 보약이 된다. 어릴 때부터 부모로부터 칭찬과 격려를 받고 자란 아이는 건강한 자아상을 갖게 된다. 다만, 무분별한 칭찬은 도리어 역효과를 낼 수 있기 때문에 구체적으로 하는 칭찬법을 익혀야 한다. 물론, 진심을 담아야 상대도 진심으로 받아들인다.

코칭의 기술 중에는 페이싱(Pacing) 보조 맞추기 기법이 있다. 코치가 피코치와 대면할 때 시각과 청각, 촉각의 모든 요소에 보조를 맞추는 기법이다. 똑 같은 어투와 몸동작을 할 때 상대는 일치감을 형성한다. 이것은 라포(Rapport)를 형성하는 기원원칙이다. 즉 처음 코칭 관계를 형성할 때 상대방의 선호표상을 파악하여 그에게 맞추는 것이 중요하다는 의미다. 이렇게 하는 이유는 사람은 일반적으로 자신의 경험을 바탕으로 지각하고 의미를 만들고 수용하기 때문이다.

부부끼리, 가족끼리 사랑의 감정을 표현하는 방법도 격려와 칭찬이다. 요즘 같이 스마트폰이 발달된 시대에 SNS는 가족소통의 도구로 아주 유용하다. SNS로도 칭찬과 격려라는 보약을 몇 첩씩 보낼 수 있는 시대가 된 것이다.

나는 매일 아침이면 내 사랑하는 가족들에게 보약 3첩을 보낸다.

1.아침, 굿모닝 사랑해요!

2.점심, 점심 맛있게 들고 힘내세요!

3. 저녁, 하루 애썼어요!

이렇게 기본 3첩이다. 그러면 딸도 엄마에게 칭찬 보약을 보내오면서 명언을 보약으로 보내온다. 닭살 부부라고 보약을 또 보내온다. 가족끼리 그렇게 보약을 주고받으면 하루 종일 기분이 좋다. 켄 플랜차드는 칭찬은 고래도 춤추게 한다고 하지 않았던가? 〈대지〉의 작가 펄벅은 "가정은 나의 대지이다. 나는 거기서 나의 정신적인 영향을 섭취하고 있다"라고 하였다.

작가 권영애는 그녀의 책 〈그 아이만의 단 한사람〉의 인세를 전액 아이들을 위해 기부하고 있다. 그녀의 책은 출간 후 이내 5쇄를 찍어냈을 만큼 베스트셀러로 자리 잡았다. 나는 그녀를 직접 만나기도 했고 그녀가 출연한 '강연 백도 씨' 라는 강연현장도 직접 가 보았다. 교육부장관상까지 받은 유능한 초등학교 교사이면서 아동심리학을 공부하여 EQ 프로그램도 개발한 인성프로그램 연구가다. 그럼에도 그녀는 오히려 겸손하다. 자신이 세상을 주목한 게 아니라 오히려 세상이 자신을 주목해 주었다고 고마워한다. 그랬기에 인세를 기부하기로 결심했단다. 자기 또한 아이들과 공동 성장한 사람이란 뜻에서다.

학교에서 왕따 당하는 아이가 있으면 부모님과 반 친구들과 함께 그 문제를 풀어가게 한다. 가정에 어려움이 있거나 신체적인 발육이 늦어서 친구들이 학업에 보조를 맞추지 못하는 아이들, 그래서 늘 표정이 없고 경직된 아이들을 바라볼 때 마음이 아프다고 했다. 마음이 살아야 입맛도 있고 생기가 생겨 에너지가 발산을 할 텐데 마음이 살지 못했으니 그럴 의욕이 없는 것이다. 마음이 칭찬과 격려라는 양분을 먹지 못해 영양실조에 걸려버린 것이다. 그래서 그녀는 그런 아이들, 수치심으로 가득 차 자신감을 잃은 아이들의 멘토가 되어 준다. 또한 또래끼리도 멘토와 멘티 관계를 만들어 과목마다 함께 하는 시간을 정해준다. 이런 관계를 통해 평균 10점 정도의 성적을 내는 아이도 70점까지 올라가고 자존감까지 상승한다. 그 과정을 지켜본 반 아이들은 친구의 변화를 보고 더 큰 기쁨과 감격을 느낀다. 서로 서로 긍정적인 역동성이 교실에서 일어난다. 매일 반 아이들을 안아주고 친구들 속에 있는 잠재적인 미덕을 찾아 칭찬한다. 따뜻한 꽃샘 선생님은 제자들로부터 우주 최고의 선생님이란 상을 받았다. 한 선생님에게 받은 깊은 존중과 사랑은 아이가 평생 살아 낼 마음의 힘이 될 것이다. 이 시대에 참 귀한 교육자이다.

그녀가 그렇게 하는 데는 자신의 어린 시절 경험 때문이다. 그녀 역시 초년 시절은 늘 힘겹고 어려웠다. 그랬기에 그들이 겪는 고통을 누구보다 잘 알았다. 누군가 도우려면 보다 전문적인 지식이 있어야겠기에 감수성훈련과 아동심리분야를 공부하였다. 그 공부가 자신의 어려운 고비를 견딜 수 있도록 해 준 것이다.

얼마 전 〈일독일행〉의 유근용 작가를 만났다. 어린 시절부터 지속적으로 새엄마의 물리적 폭력과 언어폭력을 받았다. 그 때문에 힘겨운 사춘기를 보냈다. 다행히 군 생활 중 우연히 읽게 된 책 한권을 통해 새롭게 살 것을 결단했다. 지금은 CEO 작가로 거듭났고 군부대와 학교에 가서 강의하는 강사가 되었다. 그는 한권의 책을 읽고 가슴에 담아 한 가지 행동하는 일독일행을 강조한다. 지금은 '어 썸 피플' 독서 카페를 운영하고 있다. 그는 부모로부터 듣지 못했던 칭찬과 격려를 책을 통해 대신 받을 수 있었던 것이다. 그래서 그는 "하루에 한권씩 책 읽기 습관을 만들기까지 마치 내일이면 세상이 끝날 사람처럼 시간을 관리했다."고 했다.

부녀관계 point

Q 내가 누구를 칭찬하고 격려한다면 가장 먼저 누구를 할 것인가?

Q 오늘 누군가를 만날 때 코칭의 기술 중, (Pacing)보조 맞추기를 시행해 보자.

03

분명한 정체성을 가져라

"우리가 어디에서 무엇을 위해 살아야 할지 알 수 있는 혜안을 주소서" (피터 마셜)

어떤 | 사람이 독수리 알을 암탉에게 품게 했다. 그래서 독수리 새 끼는 병아리들과 함께 자랐다. 독수리는 닭처럼 살아가면서 자신이 닭이라고만 여겼다. 땅바닥을 긁어 벌레를 잡고 닭 울음소리를 내며 날개를 퍼덕거려 공중으로 두어 자씩 날곤 했다. 세월이 흘러 독수리도 늙어갔다. 어느 날 무심코 하늘을 쳐다보니 큼직한 새가 우람한 날개를 활짝 펴고 세찬 바람 속에서 우아하고 위풍당당하게 날고 있었다. 늙은 독수리는 경외심을 느끼고 동료 닭에게 물었다. "저 새는 누구지?" 동료 닭이 대답했다. "응, 저 새는 새들의 왕이신 독수리님이야. 딴 생각 품지 마, 우린 독수리와는 달라." 독수리는 끝까지 자신이 닭이라고 여겼다.

사람은 누구나 세상에서 가장 존귀한 존재다. 그래서 자신의 가치를 함부로 폄하해선 안 된다. 있는 모습 그대로 받아들여야 행복한 사람이라고 말할 수 있다. 그렇게 하기 위해선 정체성확립이라는 큰 숙제를 반드시 완수해야만 한다. 정체성이란 '나는 누구인가?'에 대한 물음이다. 따라서 자신의 정체성을 모르는 사람은 자신의 참 가치를 모를 수밖에 없고 이 세상에 태어난 존재의 이유를 알 수 없고, 존재의 이유를 모르는 사람이 행복할 리 없다. 정체성을 분명하게 확립한 사람들의 특징 중 한 가지는 저마다의 분명한 소명과 사명을 갖게 된다는 점이다. 분명한 정체성일수록 분명한 사명을 가진다. 그리고 그런 사람은 자신에 대한 '빅 픽처'를 그릴 수 있게 된다. 빅 픽처를 선명하게 가진 사람일수록 건강한 자아상을 가지고 있으며 자신은 물론 주변 사람들에게 힘있는 사람으로 비춰진다. 이런 사람에겐 사람이 따라 붙을 수밖에 없다.

심리학자 에릭슨에 의하면 십대들과 20대 초반의 성인들은 개인 정체감을 형성하는 과업에 직면 한다고 한다. 발달의 다른 단계에서와 마찬가지로 이러한 위기를 어떻게 잘 해결하느냐가 장래의 성격발달과 적응패턴을 결정짓는다고 볼 수 있다. 그의 말에 따르면 정체성은 타고 나는 것이 아니라 자신이 만들어 가는 것이다. 자신의 정체성을 찾는 방법은 사회로부터 판단된 자신을 발견하거나 자신이 생각하는 자신이거나 둘 중의 하나다. 정체성은 "나는 누구이며 어디에 속하여 있나?"라는 질문을 던지게 만든다. 과거 근데 이 전에는 이러한 물음에 정답이 정해져있었다. 사회적으로 만들어진 자기 자기만의 정체성을 찾아가는 과정 즉 자기의 정체성을 찾아 간다는 의미이다. 나의 발달 과정을 잘 알면 건강한 정신을 만들어간다. 또한 축복의 통로라는 정체성이 있다. 어디를 가든지 선한 영향력을 나눈다는 것이다.

자아 정체성은 에릭슨이 제시한 발달의 여덟 단계를 살펴보면 인생의 주기마다 어떻게 성공적으로 살아야 하는지를 알 수 있다. 청소년기의 자아정체성은 진로 탐색, 자아통제, 성 차이, 성역할 사회화와 연관되어있어 자아정체성이 높을수록 진로 결정 수준이 높다. 반대로 정체성확립이 안 된 청소년일수록 진로결정을 못한다. 그래서 청소년 우울증은 정체성을 확립하지 못한 청소년에게 나타나는 영혼의 감기라고 할 수 있다. 에릭슨은 장기적으로 명확한 정체성을 형성하지 못한 개인들은 혼미상태에 빠져 목적 없이 떠돌며 우울해지며 집중력과 의사결정 능력이 저하된다고 하였다.

자녀들이 건강한 정체성을 형성하게 하려면 부부가 사랑하는 모습을 보여주는 가정환경이 중요하다. 〈크리스천 치유 상담 대학원 대학교〉 정태기 박사는 "자식 사랑의 뿌리는 부부 사랑에 있다"고 하였다. 그래서 자식을 사랑하는데 부모가 먼저 부부로서 서로 사랑해야 한다는 전제가 깔려 있다. 유대인들은 아이의 그릇을 만드는 일에 투자한다. 어릴 때부터 깊은 신앙교육을 한다. 그리고 부부는 사랑하는 모습을 보여주되 절대로 싸우지 않는다. 자녀는 부모가 싸울 때 불안감 수치심으로 마음의 그릇이 깨진다. 흔들리는 가정에서 자라다보면 아이의 그릇이 종제기가 되고 깨진 그릇이 된다. 그런 그릇은 사람의 마음을 담지 못한다. 그러나 자존감의 뿌리가 튼튼 하게 내린 사람은 항아리가 된다. 항아리는 모든 것을 받아들인다. 그 안에서 창의성이 나오고 역사를 바꾸는 힘이 나온다. 마음 그릇이 커야 다른 사람을 수용한다.

정체성을 형성하는 탁월한 방법 중 하나가 신앙이다.

세계 최고의 재벌이었던 록펠러(John Davison Rockefeller, 1839~1937)는 부자로도 알려졌지만 기부자로서 알려졌다. 마지막에 전 재산을 기부한 것으로 유명하다. 그는 가난한 집안 출신으로 고등학교 학력이 전부였고 주급 4달러를 받으며 일했던 평범한 청년이었다. 그런 그가 석유회사 '스탠더드 오일'을 창업해 33세에 백만장자가 되었고, 43세에는 미국 최고의 부자, 53세에는 세계 최고의 부자가 되었다. 그러다 미국 석유 시장의 95%를 독점하게 되자 그에 대한 여론이 악화되었고 게다가 55세에 불치병으로 1년밖에 살지 못한다는 진단을 받았다. 이때부터 그는 자신이 지금까지 이웃을 위해 살지 못했다는 것을 깨닫고 자선사업가로 변신하여 수많은 기부를 했다. 이후 1년밖에 살지 못한다던 그가 98세까지 장수를 누리는 복을 받았다. 그것은 나눔을 실천했기 때문이었을 것이다.

시카고 대학은 록펠러가 세운 학교이다. 그는 시카고대학 설립을 위해서 11조 5000억 원을 기부하고, 이 밖에도 세계 최대 공익재단인 '록펠러재단'과 '록펠러 의학연구소'를 설립하여 병원을 짓고, 4,928 개 교회와 12개 종합대학과 12개 단과대학을 설립했다. 그의 나이 76세 되던 해에 먼저 하늘나라로 간 아내를 기념하기 위해 시카고 대학 내에 교회를 건축했는데 교회 헌당식에서 한 기자가 그에게 물었다.

"지금까지 회장님은 오랫동안 세계 최고의 부자로 살고 계시는데, 그 비결이 무엇입니까?"이에 록펠러는 이렇게 대답했다. "어머니로부터 세 가지 신앙 유산을 받은 것이 그 비결입니다. 첫 번째 유산은 십일조 생활입니다. 어렸을 때 나는 용돈을 20센트씩 받는데, 그때마다 어머니는 십일조를 드리는 습관을 가르쳐 주셨습니다. 두 번째 유산은 교회 맨 앞자리에 앉아 예배를 드리는 것입니다. 세 번째 유산은 교회 일에 순종하고 목사님의 마음을 아프게 하지 말라는 것입니다. 나는 어머니의 말씀에 따라 하나님께 많은 물질을 드리면서 20년, 30년 후에 그것이 반드시 어마어마한 열매를 맺는다는 것을 확인할 수 있었습니다. 이런 성경의 경제학을 나는 철저히 내 어머니에게서 배웠습니다."라고 고백했다.

록펠러가 하나님께로부터 받은 복은 그의 후손에게도 이어졌다. 록펠러 가문은 석유뿐 아니라 항공, 원자력, 금융 등 다양한 산업 분야에서 명성을 누렸고, 부통령(손자 넬슨 록펠러)과 아칸소 주 주지사(손자 윈스럽 록펠러와 증손자 윈스럽 2세)를 배출하는 등 정계와 재계에서 활동하며 물질의 복과 장수의 복을 누렸다. 아직까지도 미국 역사상, 인류 역사상 최고 부자는 빌 게이츠가 아니라 존 D. 록펠러라고 한다. 록펠러의 재산은 당시 미국 국내총생산 65분의 1이고 그리고 록펠러는 재산의 35% 기부한 것으로 나타났다.

부녀관계 point

Q 나는 과연 누구인가? 라고 첫 문장을 쓰고 그 뒤를 이어 써 보자.

Q 정체성을 찾아가는 방법 중 나에게 유용한 것은?

04

행복한 자존감을 가져라

"자존감과 무조건적이고 긍정적인 배려가 중요하다" (칼 로저스)

레인 | 버츨리는 "당신 삶의 상황이 나아지기를 원한다면, 그리고 현재 살아가는 방식에 어떤 변화를 원한다면 당신의 생각을 책임지는 법을 깨우쳐라." 했다.

자아상이란 자신에 대한 인지적이고 정서적인 개념과 느낌을 말한다. 자기 존중감 자기 가치감과 호환 되어 사용한다. 또한 자심감과 함께 자아 성취와 인간관계 소통에 있어 아주 중요하다. 자신에게 자녀에게 건강한 자아상을 그려주도록 노력한다. 보모는 자녀의 자아상 셀프이미지를 그려주는 사람이다. 자녀는 처음에는 백지와도 같은 도화지에 비유한다.

부모는 자녀의 자아상을 그려주는 화가와도 같다. 어떤 그림을 그려 주느냐에 따라 건강한 자아상을 형성한다.

자존감 이론을 심리학적으로 정립한 심리학자 쿠퍼 스미스는 자존감에 대해서 이렇게 정의하였다. "자존감이란 사람이 자기 자신에 대해서 통상적으로 내리고 있는 평가로서 긍정 또는 부정으로 표현되며 자신이 유능하고 중요하며 성공적이고 가치 있다고 믿는 정도를 나타낸다." 건강한 자존감은 어린 시절 부모의 사랑과 존중을 받아 애착 관계가 형성되었을 때 생성된다. 그래서 같은 부모에게서 난 형제라도 가정환경과 부모의 양육태도의 변화에 따라 각기 다른 자존감을 형성할 수 있다. 자존감이 우리 자신의 가치에 대한 판단과 감정이므로 자신을 존중할 줄 알아야 자신만의 고유한 삶을 엮어갈 수 있다.

나는 상담학을 공부하면서 자존감이 낮은 사람의 모습을 직접 볼 수 있었다. 수강 과목 중에 자존감에 대한 부분을 다루는 영역이 있었는데, 상담학은 학문의 특성상 자기를 공개하고 발표를 하는 일이 많다. 수강생 중 한사람은 자기를 표현하는 기술이 턱없이 부족했다. 눈도 못 맞추고 말도 제대로 하지 못했고 남들의 관심이나 칭찬도 부담스러워했다. 자신은 지금까지 살아오면서 자신이 사랑받을 가치가 있는 존재라는 느낌을 단 한 번도 느껴보지 못했다고 했다. 다들 안타까움의 눈물을 흘렸는데, 학기말이 되었을 때는 전혀 다른 사람이 되어 있었다. 다른 수강생들이 한 사람씩 자기 이야기를 발표하는 과정에서 동질감도 느꼈고, 또 다른 사람들과의 관계 경험이 자꾸 늘어나면서, 다른 사람이 자기를 바라보는 관점으로 자기 스스로를 볼 수 있는 여유가 생긴 것이다. 사람은 능력 유무와 상관없이 그 자체로 사랑받고 존중받는 존재라는 것을 인식하기 시작했다.

자존감 형성에 가장 큰 영향을 주는 대상은 부모들이다. 특히 유아기의 부모역할은 아주 중요하다. 이후 학령기이전, 학령기, 청소년기 등으로 성장하는 동안 부모는 자녀가 건강한 자아상을 가질 수 있도록 해 주어야 한다. "애쓴다.", "힘들지?", "인내하며 노력하니 큰일을 할 거야!", "최고야", "멋지다."등의 말을 계속 해 주어야 한다. 또 자녀의 능력을 믿어주어야 한다. 지금 당장 보이는 말과 행동 너머에 있는 자녀의 잠재력을 믿어주어야 한다. 그렇게 할 때 자존감이 올라간다. 반대로 "너는 바보다.", "너는 못한다.", "너는 안 된다." 라고 하면 자녀의 자아상은 왜곡된 채로 성장한다. 실패자의 자아상을 가지기 때문에 더 이상 나가려고 하지 않는다. 패배자의 자아상을 가진 사람은 이미 침몰하는 배와 같다.

우리 부부는 어릴 때부터 아이들을 칭찬하고 격려했다. 그랬더니 건강한 자존감을 가진 어른으로 성장했다. 요즘은 딸이 우리 부부의 결혼기념일이나 어버이날 같은 때 특별한 편지를 보내온다. 달랑 한 장의 카드가 아니라 예쁜 수첩에다 수십 장 씩 편지를 쓰고 그림까지 그려서 보내온다. 그 글을 읽노라면 딸의 자아상이 보인다. 딸은 보내온 수첩엔 그림과 함께 "나는 백조형이야"라는 제목을 붙였다. 자신을 백조로 비유했다. 물 밖에서는 완벽하게 우아하지만 물속에서는 끊임없이 물갈퀴를 움직이는 존재. 자신의 품위를 지키기 위해 열심히 살 겠다는 의지의 표현이다. 그런 딸이 사랑스럽고 자랑스럽다. 딸아이가 건강한 자존감을 가졌다는 사실이 기분 좋은 것은 그 아이의 미래가 보이기 때문이다. 사무엘 스마일이라는 심리학자는 "생각은 행동을 낳고, 행동은 습관을 만들고, 습관이 쌓이면 성품이 되고, 성품은 그 사람의 운명을 결정한다."고 했으니 딸 아이의 생각이 건강하다면 이미 운명은 핑크빛일 테니까.

메뚜기 콤플렉스라는 용어가 있다. 이 용어는 구약 성경에서 나온 이야기를 바탕으로 만들어졌다. 어떤 일을 시도하기도 전에 지레 겁먹거나 포기하는 경우를 지칭한다. 이스라엘 백성이 430년 동안 이집트에서 노예로 살다가 모세라는 영도자를 만나 탈출을 하게 된다. 홍해를 건너 광야에 도달한다. 가데스 바네아라는 곳에서 그들이 들어갈 가나안 땅을 정탐하게 된다. 이에 12지파에서 각각 1명씩 가장 탁월한 청년 12명을 선발해서 40일 동안 가나안 땅을 정탐하게 하였다. 최종 보고 장면에서 결과는 둘로 나뉘었다. 2명은 과연 가나안땅이었다고 보고하고 가기만 하면 된다고 한 반면, 다른 10명은 모든 조건을 본 후에 자신들은 그저 메뚜기에 불과하다며 온 회중을 두려움에 빠지게 만들었다. 이유는 가나안 땅의 성은 다 철옹성이고 사람들은 죄다 용사들인데 기본 신장이 2미터가 넘는다는 것이었다. 결국, 그렇게 스스로를 메뚜기라 여긴 10사람과 그 사실을 받아들인 사람은 광야에서 다 죽었고 2명(여호수아, 갈렙)은 끝내 가나안 땅에 들어갔다.

새롯 교수는 "인간은 과거를 회상할 때보다 미래를 상상할 때 긍정적인 편향을 갖게 된다."하였는데 메뚜기 콤플렉스는 과거와 현재만 보는 스타일, 지금의 상황만 바라보는 사람들의 고질병이다. 로만 빈센트 필 박사는 "만일 우리의 머리에 패배감이 떠오르거든 그러한 생각에서 아예 몸을 피하라. 패배를 생각하면 실제에 있어서도 패배 당하기 때문에 오히려 패배는 있을 수 없다는 태도를 취해야만 한다."고 말했다. 그래서 우리는 내가 어떤 자아상을 가지고 있는지 수시로 살펴야 한다. 메뚜기 콤플렉스에 묶여 일생동안 아무 것도 못하는 인생도 있다. 요즘 젊은이들을 7포세대라 지칭하는데, 그 이면엔 메뚜기 콤플렉스가 자리잡고 있다. 7포세대란, 연애, 결혼, 출산의 3포에서 인간관계와 내집 마련의 5포를 넘어 꿈과 희망까지 포함해 7가지를 포기한 세대란 뜻이다. 이 문제는 이 나라 젊은이들만의 문제는 아닌 것 같다. 미국의 성형외과 의사이면서 심리학자인 맥스웰 말츠 박사의 말에 따르면 인구 전체의 많은 사람들이 열등감을 느끼며 살고 있다고 한다. 미국 가정상담사역의 권위자인 제임스 돕슨도 같은 결과를 발표했다. 건강하고 남편과 아이들이 있고 경제적으로 안정되어 있는 가정주부들만을 대상으로 설문조사를 했는데 놀랍게도 그들 또한 낮은 자존감 즉 패배적인 자아상을 가지고 있었다.

그러나 비록 낮은 자존감을 가졌다 할 지라도 얼마든지 극복할 수 있다는 것이 희망이다. 정신분석가 이무석은 〈자존감〉에서 후천적 열등감은 얼마든 극복 할 수 있다고 하였다. 일단, 자신의 능력에 대한 부분을 인정하는 것부터 출발이다. 인정하는 그 시점부터 노력하고 출발하면 얼마든 극복해 낼 수 있다. 가난 열등감은 먼저 가난하다는 것을 인정해야한다. 그리고 가난에 집중하지 않고 인생의 목표를 정하고 이를 이루기 위해 몰두하는 것이 열등감 극복의 좋은 방법이다. 학벌 열등감은 배움의 현장으로 달려가라. 학교를 선택해 진학을 하든, 독서를 하는 것도 방법이다. 그런데 치료법은 학벌로 자신을 평가하지 않고 자신을 전체적으로 평가하는 것이 치료다. 자존감이 높은 사람은 매사에 긍정적이고 일상이 행복하다. 좋은 부모를 만난 자녀는 자존감이 높고 자신을 가치 있는 사람이라고 한다.

부녀관계 point

Q 어린 시절 사랑받고 존중받은 경험은?

Q 나의 자존감 점수는 어느 정도인가? (부록참조)

05

스스로를 코칭하라 (셀프 코칭)

"뛰어난 삶은 사는 사람은 변화를 잘 받아들이고 창조적으로
도전하는 사람이다 " (코너 헤키스)

미국의 | 유명한 경제학자 코터와 헤스키에 의하면 뛰어난 삶을
사는 사람은 변화를 잘 받아들이고 창조적으로 도전하
는 사람이다. 기업도 마찬가지로 변화에 빠르게 적응하는 기업이 높은
성과를 낸다. 즉 환경의 변화를 정확하게 예측하고 신속정확하게 대처
하는 조직문화를 가진 기업만이 장기간에 걸쳐 탁월한 성과를 낸다는
뜻이다. 이를 위해서는 과거의 틀에서 벗어나는 패러다임 전환이 필요
하다. 성공한 개인과 조직의 특징은 변화의 흐름을 재빨리 감지하고
패러다임의 전환을 시행하였다는데 있다.

　〈행복코칭〉의 저자 서우경 교수는 "우리를 향하신 목적을 향해 나
아가는 삶, 목적을 성취 할 수 있도록 도와주는 것이 코칭이다."라고
말한다. 코칭이란 사람들의 잠재력을 최대한 끌어내어 일과 조직에서

최대의 성과를 내도록 도와주는 기술이다. 잠재력을 끌어내는 두 가지 기술이 경청과 질문이다. 코칭을 만든 이유는 대부분의 사람들이 자신이 타고난 능력을 제대로 발휘하지 못하고 사는데 그 이유가 바로 마음 속 깊게 내재한 불안, 우울, 낮은 자존감으로 인한 것이었다.

탁월성의 심리학이라 일컬어지는 코칭은 막혀있는 인간관계를 개선한다. 코칭 기술은 미주와 유럽 지역에서 선풍적인 인기를 얻고 있다. 우리나라에는 1900년대 초반에 학계와 전문가를 중심으로 알려지기 시작하여 코칭, 리더십, 멘토링, 상담, 심리, 컨설팅, 마케팅, 의료 분야 등 다양한 영역에서 활용되고 있다.

코칭은 나뿐만 아니라 타인을 변화시킬 수 있다. 사람은 긍정적 마인드로 바뀔 때 변화와 성장을 한다. 자신도 몰랐던 잠재의식을 조절해 원하는 삶으로 이끌어 간다. 내안에 잠자는 거인을 깨우는 것이다. 우리의 뇌는 오감이라는 정보와 감각을 통해 들어온다. 그런데 내적인 표상이 굴곡 되어있으면 들어와서도 왜곡이 된다. 그동안 써오던 행동패턴으로 걸러지기 때문이다. 우리의 상태가 긍정적인 믿음으로 되어 있으면 자아상의 에너지가 분출 할 때 생명을 살리는 에너지로 바뀐다. 그러면 선한 영향력 긍정에너지를 가진 사차원의 영성으로 살 수 있다.

코칭의 중요한 기법은 경청과 질문인데 이 비율은 8:2이다. 그 이유는 코칭은 문제에 초점을 두기보다 그 사람이 가지고 있는 real want 에 초점을 두기 때문이다. 코칭식 질문은 이렇다. 예를 들어 "행복해지고 싶습니까?", "변화되고 싶습니까?" 라는 질문 보다 "나의 삶을 살고 싶습니까?"라고 묻는다. 즉, 문제가 아니고 원하는 것에 초점을 둔다.

특히, NLP와 코칭이 합해진 NLP코칭은 조직의 능력을 최대한 개발시켜 탁월한 성취를 이루도록 돕는 파워풀한 코칭 실천 기법이다. NLP는 신경 언어 프로그래밍이 약자로서 사람의 뇌는 언어에 의해 반응하게 된 존재라는 것을 바탕에 깔고 시작된 단기 치유 프로그램이었다. 말이나 생각만으로도 치유를 가져올 수 있다고 믿기 때문에 단회의 코칭만으로도 치유를 가져올 수 있는 기법으로 알려져 있다. NLP 코칭은 의식하면서 할 수 있는 말과 행동의 7%를 코칭 스킬을 통해서 의식하면서도 할 수 없는 무의식의 잠재역량 93%를 신경언어 프로그램을 통해서 원하는 삶을 살 수 있도록 돕는다.

우리부부는 삼년간 코칭을 꾸준히 배워 코칭 NLP 프렉티셔너 자격증을 취득했다. 한국에서는 최초 여성 마스터 코치인 연대 서우경 교수로부터 공부를 했다. 인생 후반전에 우리 자신부터 도움을 받고 싶었다. 코칭 공부를 할 때의 가장 큰 즐거움은 나 자신에게 가장 먼저 적용해 볼 수 있다는 것이었다. 코칭 자체의 철학이 변화와 성장이기 때문에 그 작업을 하면 할수록 나 자신이 성장해가는 느낌을 얻을 수 있었다. 그래서 코칭에서의 대화는 공감, 인정, 존중, 배려를 중요시한다. 코칭은 지, 정, 의가 조화를 이룬 전인 발달에 기초를 두고 있다.

관계성의 기술을 정신 활동 영역의 깊은 곳까지 탐구한다.

코칭을 배우면서 가장 좋았던 점은 나 스스로를 대상으로 코칭을 실행해 볼 수 있었다는 점이다. 이른바 셀프 코칭이다. 셀프 코칭을 위한 기법 중 하나가 미래 일기를 쓰는 것이다. 미래 일기란 내가 꿈꾸고 원하는 모습을 쓰되, 미래의 날짜를 지정하고 원하는 모든 것이 완벽하게 이뤄졌다는 사실 아래서 글을 쓰게 하는 방법이다.

일단, 10년 후 나를 표현해 보았다. 차 한 잔 곁에 놓고 미래일기를 써보는데 참 신기했다. 가슴이 마구 뛰었다. 그리고 뭔가 해 보자는 결심이 섰다. 의욕이 생겨났다. 십년 후 나의 모습이라... 상상해 보니 꽤 무게가 잡힌 내 모습이 보였다. 명품인생이라고 말할 수 있을 것 같았다. 그 때의 내 모습, 얼굴, 머리모양, 입은 옷, 말투, 목소리, 목소리 톤까지 생생하게 그렸다. 미래의 나는 나이는 숫자에 불과하다는 말의 주인공이 되어 있었다. 이렇게 미래일기를 쓰면 목표 설정과 그 목표를 향해 전진할 수 있는 힘을 얻게 된다. 생각만으로도 그 느낌을 가질 수 있다는 것이 신기하다. 코칭은 그렇게 탁월한 방법이다. 인간의 감정, 의식, 의지를 다 동원한다.

부녀관계 point

Q 내가 나 자신을 칭찬한다면 어떤 부분을 칭찬할 것인가?
Q 내가 나 자신을 코칭한다면 어떤 부분을 보완하라 할 것인가?

06

열심히 배워 남 줘라

"뛰어난 삶은 사는 사람은 변화를 잘 받아들이고 창조적으로
도전하는 사람이다." (코너 헤키스)

사람은 | 나잇값을 해야 한다고 말한다. 그 말은 나이가 들수록 움켜쥐는 삶이 아니라 나눠주는 삶의 태도를 가져야 한다는 의미요, 나이가 들수록 주변에 선한 영향력을 행사하는 사람이 되어야 한다는 의미일 것이다. 나는 내가 배운 상담과 코칭이라는 전문 지식과 경험을 통해 남을 돕는 인생을 살고 있다. 지금 내가 남을 돕는 것이 결국 나를 돕는 것이 된다. 나이를 더 먹어 내가 나를 도울 수 없을 때 그동안 심은 것과 덕을 베풀고 산 것이 부메랑처럼 되돌아올 것이다. 심은 대로 거둘 것이다.

매년 신년이나, 가을, 크리스마스 때는 음악회를 간다. 요즘은 음악회에서 해설을 하며 연주를 한다. 요즘은 음악회에서는 지휘자가 연주하기 전에 곡에 대한 해설을 곁들인다. 그러면 음악이 더 가깝게 들려

온다. 어느새 그 곡이 쓰인 시대와 음악가의 마음속에 들어온 것 같다. 신년이 되면 내가 출석하는 교회에서는 아주 특별한 콘서트를 개최한다. 함신익 심포니와 KBS관현악단, 남녀 솔리스트들이 함께 온다. 우리가 학교 다닐 적에 들어본 유명 작곡자의 이름과 그 곡을 연주해 주는데, 설명을 듣고 난 후에 연주를 들으면 지루하지도 않고 연주하는 모습을 유심히 보게 된다. 또 집에 와서도 그 작곡자의 다른 곡까지 듣게 된다. 최근에 나는 연주하는 사람들의 표정을 유심히 보게 되었는데 그들의 얼굴에는 행복이 가득했다. 그래서 듣는 사람도 좋지만 들려주는 사람도 좋다는 것을 알게 되었다. 그래서 신년음악회는 연주자나 청중이나 다 좋은 시간이고 다함께 좋은 시간으로 한 해를 열어가는 의미 있는 시간이다. 그들이 설명을 한다는 말은 음악적 고상함을

뒤로 하고 청중에게 베푸는 연주를 한다는 뜻이다. 그래서 더더욱 친근하고 편안하다.

딸이 전문 연주자가 아닌데
그렇게 열심히 배우고
익히는 것은
바이올린이라는 악기를 통해서
누군가에서 선한 영향력을
행사하기 위함이다.
그 1차 대상자가 본인일 테고
가깝게는 가족과 이웃,
멀리는 또 다른
수많은 사람일 것이다.

딸은 바이올린 연주자다. 대학에서 전공을 하는 것은 아니지만 다섯 살 때부터 십오 년을 넘게 배워 교회에서 예배반주자로 활동한다. 바이올린을 자기와 동일하게 여기며 자기 몸 가꾸듯 한다. 우리 가족이 외국에 가 있을 때는 오후에 음악학교를 따로 다녔다. 여러 분의 음악 선생님이 계셨는데 일 년 학비래야 한국의 한 달 레슨비보다 저렴

하다. 꺼티 할머니로부터 악기를 배우기전 한 시간 이론 공부를 한다. 벌리리니 선생님은 한 곡 한곡 세심하게 가르쳐준다. 기본자세와 악기를 다루는 법은 언제나 기본이다. 조금 수준이 높아지면 유명한 음악가들의 곡을 듣고 해석하고 연주를 한다. 연주를 하는 동안은 그곳에 부모가 꼭 앉아 있어야 하는 게 원칙이다. 부모가 함께 들어주며 응원해 주라는 뜻이다. 그렇게 하면 집에서 연습할 때도 어디가 틀리는지 부모가 알 수 있다. 연주가 칠러리니 선생님은 오페라 하우스 단원이다. 그분은 음악을 느끼는 법을 가르친다. 악기와 몸을 하나로 연결하라고 한다. 활이 바이올린의 현을 지날 때 서로 교감하는 것처럼 보인다. 연습하다보면 활줄이나 현이 끊어질 때도 있어 수시로 갈아주어야 한다.

고급 수준으로 올라가니 연주 기법도 다양했다. 슈베르트, 모차르트, 베토벤과 같은 음악의 거장들이 만들어놓은 곡을 연주한다. 어떤 날은 고음이 많고 어떤 날은 저음이 많다. 활을 켜서 소리를 낼 때도 있고 손가락으로 뜯어 연주하는 피치카토 주법을 쓸 때도 있다. 감성을 표현할 때는 반드시 비브라토를 쓴다. 현의 떨림이 있어야 강약을 조절하고 느낌을 전달할 수 있다. 높은 음은 새가 지저귀는 소리 같고 낮은 음이 물이 흐르는 것 같다.

딸이 전문 연주자가 아닌데 그렇게 열심히 배우고 익히는 것은 바이올린이라는 악기를 통해서 누군가에서 선한 영향력을 행사하기 위

함이다. 그 1차 대상자가 본인일 테고 가깝게는 가족과 이웃, 멀리는
또 다른 수많은 사람일 것이다. 🧭

부녀관계 point

Q 나는 내 나이에 걸맞게 살고 있는가?

Q 열심히 배워 남 주면 어떤 일이 생길까?

Part
04

**엄마와
아들
마음 가꾸기**

사랑스런모자 연인관계

01

사랑의 탱크를 가득 채워라

"영아기와 아동기의 성공적인 심리사회적 결과는 일관이고 긍정적인
정체성을 향한 길을 마련해 준다." (심리학자인 에릭슨 Erikson)

나는 | 사랑의 탱크를 채우는 일이 중요하다고 어느 곳이든 황금
률처럼 강조를 한다. 자녀의 생각을 읽어주는 따뜻하고 온
화한 부모이고 싶다. 자녀의 말 한마디에 공감하고 민감하게 반응하는
부모이고 싶다. 언행일치되는 실행력의 대가이고 싶다. 자녀 앞에서도
잘못한 것은 바로 용서를 구하는 겸손한 부모이고 싶다. 자녀의 조그
만 가능성도 크게 발전하는 모습을 그리며 격려하고 칭찬하는 부모이
고 싶다. 자녀가 장성한 후에도 나의 평생 공부하는 모습 지력, 마음의
심지가 믿음으로 승화하는 심력, 매일 틈틈이 규칙적으로 운동이나 산
책하는 체력 예술관리, 관계를 튼튼하게 하고 푸근한 매력적인 인간관
계, 자신의 신뢰와 성장을 위해 끊임없이 묵상하고 노력하는 자기 관
리력이 내면의 올바른 가치관을 가지고 평생 감사하는 삶을 살고 향기

나는 인생의 삶을 실행한다.

내가 상담을 해 준 삼십대 청년은 거의 방치되다시피 자랐다. 형제가 많아 생계가 어려워 부모는 늘 직업전선으로 나갔고 이 청년은 3살부터는 거의 혼자 놀았다고 했다. 유아기는 누군가와 교감을 통해서 자아개념과 정서발달이 이뤄지는 시기인데, 그는 애착의 대상이 없는 상태였다. 그래서 자존감이 낮고 뭘 해야 할지 몰랐다.

심리학자 에릭슨이 제시한 심리발달 단계의 8단계 중 3~5세의 유아기는 애착관계가 중요하다. 아이가 엄마를 필요로 할 때 항상 곁에 있어서 즉각 반응해 줄 때 건강한 애착 관계가 된다. 만약, 그 때 돌봐주는 대상이 없거나 신통찮게 반응하면 기본 신뢰감이 형성되지 않게 되고 나중에 어른이 되어서도 사람을 못 믿는다. 결국 사람의 마음엔 큰 용량의 사랑탱크가 있는데, 그 속에 기본적으로 채워주어야 할 사랑의 양이 있다는 말이다.

사랑탱크란 말을 하고 보니 나는 참 감사할 뿐이다. 어릴 때부터 많은 가족들이 나를 사랑해 준 덕분에 사랑탱크에 사랑이 가득 차 있기 때문이다. 나는 강원도 평창에서 맏이로 태어났다. 어린 시절에는 할머니, 삼촌, 고모, 부모님, 친척 할머니, 이웃사촌들로부터 사랑을 많이 받았다. 아주 어릴 때, 엄마와 고모가 나를 예쁘게 단장해 주던 일

이 생각난다. 그렇게 단장한 나를 데리고 고모들이 교회도 데리고 다녔다. 고모들 가는 곳이라면 어디든 나도 있었다. 심지어 고모가 데이트 하는 자리에도 내가 있었다. 아빠와 삼촌은 목마를 태워주고 자전거도 태워주었다. 결혼을 해 서울로 간 큰고모는 조카인 나를 보고 싶다며 나를 신혼집으로 데려 달라 해서 한 달이나 함께 살았다. 그 외에도 큰댁 할아버지와 할머니, 친척할머니들 사랑을 듬뿍 받았다. 큰집 삼촌들까지 자주 와 놀아주었다. 그때 아버지는 군대 계셔서 군에서 나오는 건빵 간식을 안 들고 모아서 팔아 내 어릴 때 옷을 사다주었다고 하셨다.

그러다보니 어른들을 좋아해 인삼 장수 할머니가 가끔 오시면 주무시고 가라고 치맛자락을 붙잡고 놓지 않았다. 옷장수 아주머니도 정을 주었다. 저녁에는 동네 아주머니들 마실 오면 그 틈에서도 사랑을 받았다. 마당에 멍석에 누워 옛날이야기를 듣는 것도 나의 꿈을 키우는 학교였다. 또한 엄마는 초등학교 입학하고는 매일 학교를 오랫동안 데리고 다니셨다. 커서도 학교로 도시락을 자주 싸오셨다. 우리 집 마당은 언제나 친구들 놀이터였다. 이런 가족관계 속에서 내 사랑의 탱크가 채워졌다. 우리 엄마의 교육열은 지금의 엄마들 못지않아 그 시절에 피아노, 주산, 학교 과외를 시켰다. 그럼에도 그것 때문에 스트레스를 받지 않았던 것은 부모님과의 애착관계가 잘 형성이 되었기 때문일 것이다. 내 사랑의 탱크로 그렇게 채워졌으니 나도 내 자녀들의 사랑 탱크를 아낌없이 채워주는 건 당연한 일이다. 사랑의 대물림이다.

부자로 살되 놀부네 가족처럼 살까? 가난하게 살되 흥부네 가족처럼 살까? 내 생각엔 흥부네 가족처럼 살아야 가족이 친밀감이 있다. 단칸방에 온 가족이 북적대고 이불 하나 덮고 잠을 자도 서로 접촉이 많아야 사랑의 탱크를 채우는 법이다. 어느 날은 이불하나로 온가족이 함께 잠을 자는 한 지붕 아래서 한 마음으로 사는 것이다. 그래서 현실치료(Reality Therapy)의 창시자 윌리엄 글라써는 인간의 기본요구는 사랑받고 싶은 욕구와 타인에게 가치 있다고 느끼고 싶은 욕구로 설명하였다. 욕구는 자신과 타인 앞에서 가치 있다고 느끼고 싶은 욕구"라고 표현했다.
　　그렇다고 무조건 아이의 욕구를 다 채워줘야 한다는 말은 아니다.

오히려 이렇게 하다가 아이를 망치는 경우가 더 많다. 요즘은 한국엔 헬리콥터 부모들이 많다. 헬리콥터처럼 자녀의 일거수 일투족에 다 따라다니며 지원하는 것을 말한다. 언제든 출동하는 헬리콥터를 빗대어 하는 표현이다. 자녀들의 대학진학, 수강신청, 심지어 입사시험 칠 때 면접실까지 따라오는 부모가 있다고 하니 한숨 나올 일이다. 거기서 좀 더 나가면 인공위성 맘으로 불린다. 일정궤도를 돌면서 자녀들을 예측 가능한 상태로 지켜본다. 위험하면 도와주어야지 하면서 멀리서 지켜보는 수호천사 같은 존재다. 나도 한때는 헬리콥터맘이나 인공위성맘처럼 살았던 적이 있었다. 그 심리적 탯줄을 끊는다는 것이 얼마나 아프고 힘든지 안다. 그럼에도 불구하고 그 탯줄을 끊어야 둘 다 산다기에 과감히 끊었다. 심리적 탯줄을 끊기 위해서 부모는 권위를 갖고 있어야 한다. 가정엔 자녀의 가정 지침서가 되는 가훈이 있어야한다. 그 때부터는 약간 멀리 떨어져서 자녀를 지켜보아야 한다.

나는 아이들이 어릴 때 아버지와 함께 하는 시간을 많이 갖도록 해주었다. 시간의 양도 중요하고 질도 중요하다. 아들이 유치원 시절에는 아빠랑 자전거도 타고 놀이동산 에도 갔다. 깜짝 선물을 주기도 했다. 유치원 다닐 때 크리스마스 이브에 아빠는 산타클로스로 변장을 하고 아이가 평소에 갖고 싶어 하는 로봇을 선물해 주었다. 아이는 그 순간을 지금도 잊지 못한다고 가끔 말한다.

서울 주변의 박물관이란 박물관은 다 섭렵했다. 서점에도 많이 갔다. 여행도 하고 낙엽 밟기 체험도 하고 밤 줍기 체험도 했다. 주말 농장을 하며 채소를 가꾸기도 했다. 명절이나 휴가 때엔 어김없이 시골 계신 조부님을 찾아뵈었다. 고추도 따고 고구마도 캐고 감도 따는 등 그 시간을 함께 했다. 독립하여 어른이 되기 전까지 사랑의 탱크를 많이 채워주면 정서적으로 안정되고 인간관계를 잘 맺는다.

또한 부부가 행복하게 사는 모습을 보여주는 것도 사랑의 탱크를 채우는 방법이다. 부모가 사랑하는 모습을 보여줄 때 그 사랑의 탱크는 아주 튼튼해서 새어나가는 법이 없다. 크고 작은 갈등이 있을 때도 대화로 풀어가는 것을 보여줘야 한다.

아들이 초등학생일 때 이사를 갔던 적이 있었다. 아직 길을 잘 모를 때라 아이를 학교에 차로 데려다 주고 데려오는 것을 몇 번 했었는데 추운 날이었는데 아이가 저녁때가 되어도 오지 않았다. 그 때 우리 부부는 도서관에서 시간을 보내고 있었다. 나중에야 아이가 나타났는데, 그 때 우리 부부는 야단을 치기보다 "아빠 엄마가 정말 걱정했단다. 날씨도 어두워지는데 어디 있는지도 모르고 속만 타더라." 라고 말했다. 그랬더니 아이도 겁먹은 얼굴을 풀고는 새로 만난 친구들과 너무 재미있게 노느라 시간 가는 줄 몰랐다며 죄송하다고 말했다. 추운데서 노느라 차가워진 아들 손을 따뜻하게 감싸 안으면서 시간을 지키라고 타일렀다. 그 말투 때문인지 손의 온기 때문인지 아들이 펑펑 울면서 약속을 지키겠노라 다짐했다.

〈행복 만들기〉의 저자인 지구촌 가정훈련원 이희범 원장은 자녀가 어릴 때 좋은 추억을 많이 만들어 주어야 한다고 강조한다. 그가 가정 사역의 현장에서 만났던 수많은 부부들의 갈등 이면에서 사랑받지 못한 어린 시절이 숨어 있다고 했다. 그리고 행복하게 사는 사람들은 대부분 아주 행복한 어린 시절을 보낸 이들이었다. 그렇게 살아온 사람은 좋은 사람을 만나 또 행복을 이어간다고 했다.

그를 만날 때면 늘 웃음이 가득한 얼굴이다. 그동안 가정사역을 통해 수많은 부부들을 회복시켰다. 자신이 이런 일을 하고 있다는 사실이 정말 행복하다고 말하면서 지금 죽는다 해도 "나 이루었다"는 표현을 할 수 있다고 했다.

그가 진단한 부부의 불행한 원인은 트라우마에 있고 그것은 어린 시절 사랑의 결핍으로 온다고 했다. 그러기에 결혼의 사명은 행복한 부부로 사는 것이다. 또한 내적치유를 통해 상처를 치유하고 성숙된 부부로 사는 것이다. 특히 한국 사람에게 많은 분노는 어린 시절부터 억압된 분노가 결혼관계에서 나타나는 현상이라 한다. 내재된 분노를 정확히 진단하고 치유하면 분노에서 자유로울 수 있다. 또 아팠기에 그 마음을 배우자에게도 돌리면 그 마음을 싸안을 수 있는 가슴이 될 수 있다. 그가 언젠가 가수 양희은 씨의 〈그대가 있음에〉를 부르던 기억이 난다.

자그만 개울이 바다가 되듯이 우리의 사랑도 언젠간 그렇게
거치른 돌들이 둥글게 되듯이 우리의 사랑도 그렇게 되겠지
아름다운 그대 세상의 그 어떤 어려움도 난 두렵지 않아 이 사랑 때문에
절망이 우릴 막는다 해도 그대가 있으매
슬픔이 슬픔을 눈물이 눈물을 아픔이 아픔을 안아줄 수 있죠
(힘들게 힘들게 내 상처 드러내 보일 때 함께 울어줄 수 있는 사람
그 맑은 눈빛과 따뜻한 웃음이 있는 한 아직도 세상은 살아볼 만한 거죠?)

모자관계 point
Q 내 사랑의 탱크는 얼마나 채워져 있는가?
Q 나는 가족이나 이웃에게 어떻게 사랑의 탱크를 채워주는가?

02

자아실현의 수준까지 올라서라

"자아실현은 건강한 성격의 결과다" (인본주의 심리학자, 매슬로)

어떤 │ 사람의 됨됨이를 평가하는 기준은 성격이다. 성격은 이성
적인 면보다는 다분히 정서적인 면을 더 중요하게 여긴다.
정서적인 중요한 이유는 다른 사람과 관계를 맺어야 하기 때문이다.
따라서 좋은 성격은 좋은 관계라고 해도 과언이 아니다. 성격이 좋은
사람은 의사소통 능력이 탁월하고 공감능력이 뛰어나다. 사람은 누구
나 좋은 성격을 갖고 싶어 하지만, 좋은 성격을 갖기 위해서는 가장 하
위 욕구부터 차곡차곡 채워져야 한다. 마치 기초가 튼튼해야 높은 건
물을 지을 수 있듯이 인간의 성격형성에 가장 기초가 되는 요소가 하
위욕구, 즉 기본욕구다.

인간에게는 욕구의 단계가 있다는 이론으로 알려진 심리학자는 아
브라함 매슬로다. 나는 오래전 그의 욕구 단계설을 알고 난 후 더욱 자

아실현에의 용기가 생겼다. 어쩌면 그 때 그 접촉이 지금의 이 글을 쓰게 했을 것이다. 그의 욕구단계설은 심리학과 교육학을 공부한 사람이 아니라도 한 번 쯤은 들어보았을 것이다. 그의 이론을 요약하면 결핍욕구와 성장욕구로 나온다. 하위욕구는 부족해서 채우려는 욕구이며 상위욕구는 더 성장하고 자아를 실현하고 성장하고 싶어서 생기는 욕구이다. 그것을 세분하면 5단계가 된다. 가장 밑바탕에 생리적 욕구, 안전과 보호, 소속감, 우정, 자아실현 등으로 올라간다. 가장 높은 자아실현 단계는 인격적 만족, 가치관 정신적인 것으로 나타난다. 낮은 단계로부터 올라가 고차원적인 욕구에까지 이른다.

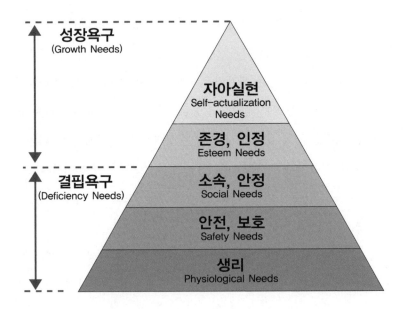

일 단계, 생리적 욕구는 인간의 식욕, 휴식, 성, 공기, 물, 등 육체적으로 필요한 의 식 주에 대한 욕구이다. 모든 인간이 생명을 유지하고 건강하게 살기위한 기본적인 욕구이다. 인간은 빵문제가 해결돼야 다른 것이 보이기 시작한다. 어린 시절 배고픔과 가난이 늘 생리적 욕구에 갈급해하는 경우도 있다. 가장 기본적이면서 중요한 욕구이므로 다른 욕구보다도 먼저 충족되어야 한다. 아프리카 같은 곳에서는 이런 욕구가 채워지지 않아 힘들다.

이 단계, 안전의 욕구는 신체적인 위험이나 심리적 공포로부터 벗어나려는 욕구를 말한다. 자기 보존에 대한 욕구를 최근에는 경제적인 욕구라고 한다. 안전의 욕구는 두려움이나 혼란스러움이 아닌 평상심과 질서를 유지 하려는 욕구이다.

삼 단계, 소속과 사랑의 욕구이다. 우리가 어떤 소속감을 느끼기 위해 단체나 카페에 가입을 한다. 사랑의 욕구를 충족하기 위해 특정한 사람과 가깝게 지내고 서로를 아끼고 관계를 통해 사랑을 주고받는다. 이 욕구는 다른 발달 단계보다도 애착이 중요한 어린 아이에게서 강하게 나타난다. 애정과 소속의 결핍으로 인해 커서는 전반적인 사회적 관계를 맺는데 우울 장애를 형성할 수 있다.

사 단계, 존경과 자존감의 욕구이다. 인간은 어디에 소속한 소속감의 욕구가 어느 정도 만족이 되면 인간에게는 내적으로 존경받고 싶어한다. 존경의 욕구가 생기면 공부를 통해 일을 통해 집단에서의 인정받고 싶어 한다. 존중에 욕구가 불균형을 이루면 자아존중감이 낮아지거나 열등감이 생긴다. 낮은 자존감은 유년시절 반복적으로 창피 당했던 사람들이나 수치감 죄책감의 표현이다. 자존감은 높이기 위해 자신을 중요하게 여기고 긍정적인 메시지를 준다. 우리가 내적으로 자신을 가치 있는 존재이며 어떠한 상황에서도 소중한 존재라고 생각한다. 이럴 때 자신감과 안정감을 가지게 된다. 존경 지위 명예를 통해서도 얻는 욕구이다. 높은 수준의 자기 존중 경험을 통해 형성된 자기 경쟁력을 갖게 해준다. 자신을 존중하고 자녀를 귀하게 여기면 밖에서도 사랑을 받는다.

오 단계, 자아실현의 욕구이다. 사람은 자존감과 존경의 욕구가 어느 정도 충족이 되면 자신의 능력을 발휘하고 싶어 한다. 최상위 욕구로서 개인의 능력 성장 잠재력을 실행하는 욕구이다. 자아실현이란 최대한의 능력개발이며 잠재능력과 소질의 충분한 발휘이다. 창조적인 경지까지 자신을 성장시켜 자신을 완성하고 싶어 한다. 요즘 사람들이 자기계발을 위해 무단히 노력하는 것은 이 단계라고 볼 수 있다. 평생 공부도 여기에 속한다. 매슬로는 인간은 누구나 인생의 노정에서 자신의 잠재력을 충족 시킬만한 자아실현의 기회를 갖고 있다고 지적했다.

나도 지금도 끊임없이 책과 글쓰기를 통해 관계도 갖고 성장하고 있다. 내 삶이 마칠 때까지 아마 이 작업을 계속 하게 될 것이라 믿는다. 살아있는 한 생명은 싹이 나고 꽃을 피우고 열매를 맺는다. 살아있는 한 인생은 계속 자아실현을 하는 공사 중이다. 인생 레시피는 계속 계발되어야 한다. "열매가 많이 달린 나무는 바람에 흔들리지 않는다." 탈무드 이야기다.

지금도 자아실현을 위해 1인 5역을 해내는 사람이 있다. 로지스㈜ 류제실 사장이다. 그녀는 결혼 전엔 대학병원 치과 간호사였다. 결혼 후 두 자녀를 기르면서 종이접기, 탁 공예, 한지공예를 배워 자녀의 초등학교 유치원에서 강사를 했다. 협회에서 상도 받고 전시회도 했다. 그 후 아들을 군에 보낸 뒤부터 회사의 여사장으로 일을 하며 대학원에 진학하여 경영과 마케팅 공부를 했다. 몸이 불편한 부모님까지 모시면서도 엄마, 아내, 며느리, 사장, 학생의 역할을 거뜬히 수행하고 있다.

모자관계 point

Q 나는 매슬로 욕구단계 이론 중 어느 단계에 와있는가?

Q 내가 자아실현의 수준에 도달했다면 그 삶은 어떠할까?

03

절대 긍정 체질로 만들어라

"마음은 이성이 전혀 모르는 자신만의 이유를 자기고 있다" (파스칼)

나는 | 강원도 평창에서 어린 시절을 보냈다. 6.25 전쟁을 겪은 세대인 어머니께서는 피난 다녀온 일을 자주 말씀하셨다. 엄마는 중학생일 때 전쟁이 나서 부산으로 피난을 갔다. 강원도서 부산까지 걸어서 갔다. 아버지도 전쟁 중에 돌아가시고 피난가다 여동생도 홍역으로 죽고 말았다. 피난지에선 남의 집 마구간이나 처마 밑에서 생활을 하고 간장 된장을 얻어먹으며 지냈다. 그래도 어머니(나에겐 할머니)가 워낙 긍정적 자아상을 가지고 있었기에 힘든시절 이었음에도 굳게 견디셨다. 전쟁이 끝나고 경상도서 봇짐을 이고 걸어서 다시 강원도 집으로 돌아오니 옷이랑 책이 다 없어져서 학교를 다닐 수가 없었다고 하셨다. 그래도 그 처지를 그대로 받아들이며 어려운 시절 지나면 좋을 날이 올 것을 믿고 인내하셨단다. 그 시절 엄마의 형제들은

긍정의 언어를 듣고 공부하여 공직에서 일했다.

어린 시절 이런 부모님 언어가 지금까지 힘이 되었다. 언제나 하늘이 도울 거라고 긍정의 언어를 사용하셨다. 긍정의 언어를 듣고 자란 사람은 열등의식과 좌절감 대신 건강한 자아상을 갖는다. 지금까지도 대를 이어 부모님의 긍정언어가 나의 삶과 자녀에게 결정체처럼 빛난다. 부모님의 긍정적인 언어, 생명의 언어가 자녀의 심지를 견고하게 한다. 명문가의 자녀교육법은 품격 있는 언어교육부터 시작된다고 한다. 아이는 하나의 인격체이지 부모의 소유물이 아니다. 나를 자녀 교육하는 기업의 통로로 사용 할 뿐이다. 존중하는 언어의 품격이 자녀의 자존감을 높인다. 그랬기에 나도 내 아들에게도 긍정적 자아상을 형성하도록 감사의 언어를 사용할 수 있었다. 〈감사의 기적〉의 저자 이영훈 목사는 "절대 긍정 감사는 문제와 어려움 너머에 예비 되어 있는 축복을 보여주는 영적인 망원경"이라며 늘 절대 긍정의 자세, 절대 감사의 태도를 가져야 한다고 강조한다. 아울러 우리에겐 부정적인 것을 지우는 삭제 버튼이 주어져 있으니 최대한 빨리 지우고 긍정언어로 대체하라고 강조한다. 안톤 체호프는 "가시에 손가락을 찔렸다면 그 가시가 눈을 찌르지 않았음을 감사하라. 성냥이 호주머니 속에서 불이 붙어 타버렸다면 호주머니가 화약고가 아님을 감사하라" 라고 하였다.

긍정적인 자아상을 가진 사람은 언어가 부드럽고 행동이 절도 있다. 어려움이 와도 그것을 승화시키는 내적인 힘이 있다. 칭찬도 잘하고 사과도 잘하고 공감도 잘한다. 용서도 잘하고 우월의식과 열등의식을 초월한다. 이렇게 자아상이란 살아오는 세월동안 자기가 사람들 속에서 배우고 느끼고, 자기를 살펴보면서 자기가 어떤 사람인가를 확인하는 것을 뜻한다. 사람들은 의식적 혹은 무의식중에 자기 자아상을 종종 살펴보고 자기의 삶의 위치를 결정한다. 반면, 부정적인 자아상을 가진 사람은 심신이 고달프고 생활이 어둡고 침울하다. 열등의식과 좌절감에 끌려간다. 열등의식이 많아 자기표현을 잘 못한다. 남과 다르게 디자인 돼 있다는 것을 알지 못하고 비교한다.

자아상이란 자신에 대한 인지적이고 정서적인 개념과 느낌을 말한다. 자기 존중감 자기 가치감과 호완 되어 사용한다. 또한 자신감과 함께 자아 성취와 인간관계 소통에 있어 아주 중요하다. 자신에게 자녀에게 건강한 자아상을 그려주도록 노력한다. 부모는 자녀의 자아상 셀프이미지를 그려주는 사람이다. 자녀는 처음에는 백지와도 같은 도화지에 비유한다. 어떤 그림을 그려 주느냐에 아이는 달라진다. 부모의 무심코 던진 말이 자녀에게 평생 상처가 될 수 있다. 교사의 역할도 그렇다. "너는 귀하구나", "어쩜 이렇게 사랑스러울까", "사람들이 너를 좋아할거야", "너를 많이 사랑한단다." "넌 세상에서 하나 밖에 없는 걸작품이야," "넌 사랑받기위해 태어났단다."

자녀는 신이 내린 최고의 선물이고 천재다. 사랑하고 존귀한 자녀라 매일 칭찬해주면 자녀는 건강한 자아 형성을 한다. 자녀는 '나는 귀하고 사랑스럽다, 사람들도 나를 좋아 할 거야, 나를 사랑하신다. 하고 굳게 믿는다. 그러면 커서 대인관계가 좋고 자신감이 있고 실패를 두려워하지 않는 건강한 자아로 뻗어 나간다. 반대로 부모가 "너는 마음에 들지 않아, 잘못 태어났어. 누가 널 좋아 하겠니, 못생겼다, 잘 하는 게 없구나." 말하면 자녀는 '나 자신이 너무 싫다, 나를 사랑하지 않는다, 아무도 나를 좋아하지 않을 거야'를 믿게 된다. 그러면 자녀는 마음속에 열등감, 무력감, 낮은 자존감, 수치감, 죄책감 분노 같은 상처를 지닌다. 그 상처로 인하여 대인관계뿐 아니라 믿음생활도 낮은 자존감을 보인다.

부모는 건강하고 아름다운 자아상을 그려 주어야한다. 그러기위해 부모는 어버이의 마음을 가지고 사랑의 시각에서 자녀를 바라봐야한다. 자녀의 생명 자체를 귀하게 여기고 소중하게 인격적으로 대해준다. 외모나 조건이 아닌 자녀의 모습 그대로 존중한다. 말 한마디라도 생명을 주는 영의 언어로 선물한다. 아기는 무엇이든지 할 수 있는 능력을 가지고 태어난다. 1개월 부터 활성화되는 아기 뇌에 건강한 자아상을 그려주는 명품 화가임을 기억하자. 건강한 자아상을 평생 삶으로 그려주는 역할을 우리에게 사명으로 주셨다. 부모의 가치관과 양육태도가 자녀의 일생을 좌우한다. 긍정 자아상이 재산이다. 멋진 아들 왕자 아름다운 공주 자녀를 선물로 주셨다. 세상에서 하나뿐인 최고로 소중한 선물이다. 긍정 자아상은 정금보다 귀한 재산이다. 레인 버슬리는 "당신 삶의 상황이 나아지기를 원한다면, 그리고 현재 살아가는 방식에 어떤 변화를 원한다면 당신의 생각을 책임지는 법을 깨우쳐라."했다.

여자가 남자보다 외모를 매우 중요하게 생각하는 것 같다. 외모가 예쁘지 않으면 사랑 받지 못한다고 생각하고 고민을 하는 경우가 있다. 지난 해 한국보건사회연구원이 조사한 바에 의하면, 청소년의 자살 위험도를 높이는 가장 중요한 요인이 바로 외모였다. 외모 콤플렉스는 열등의식이다. 외모에 자신이 없고 자기 생활에 열등의식을 가진 부정적인 자아상을 가진 청소년들이 제일 자살에 가깝다. 청소년뿐 아니라 어른들도 외모나 학력, 경제력 등에 대한 열등감 때문에 스트레스를 받고 사는데, 이런 부적절한 자아상을 가지고 있으면, 결국 실패한 인생을 살아가게 된다. 외모도 자존감이다. 마음이 건강하면 외모도 귀하게 여긴다. 어떻게 생각하느냐가 중년이후 인생 후반전이 결정된다.

모자관계 point

Q 내 부정 자아상 중 삭제버튼 눌러야 할 것은 무엇인가?
Q 자녀에게 어떤 자아상을 그려주는가?

04

감성지능으로 미래세계를 열어라

"감정지능은 자신과 다른 사람의 감정을 이해하고, 성과를 촉진하기 위해 활용하며,
감정과 관련된 지식들을 보유하고,
마지막으로 자신과 타인의 감정을 조절할 줄 아는 능력이다." (샐 로비)

현대는 | 감성이 중요한 시대이다. 추구하는 목표를 향하는 것
도 감성이란 재료로 한다. 우수한 뇌를 가진 사람보다
따뜻한 마음을 가진 사람이 세상을 이긴다. 따뜻한 심장을 가진 사람
이 사회에서도 성공한다. 가정은 인간의 마음의 그릇을 구워내는 가마
와 같다. 부모에게 자녀를 성품이 잘 만들어지도록 관리자로 세웠다.
가장 소중한 유산은 단단한 그릇으로 아름답게 쓰임 받도록 만들어내
는 것이다.

감정코칭 아동심리학자 하임 기너트(Haim Ginott) 박사는 "아이의 기
분이나 감정을 무시하지 말라"로 시작했다. 감성이 얼마나 중요한 위
치에 있는지는 다 감지하고 있다. 감성을 제대로 훈련시키는 것도 필
요하다. 하버드에서는 감성교육을 중요시하는 패러다임의 결정적인

역할을 한다고 한다. 감성이 지식보다 더위에 있다고 한다. 그동안 지능적인 요소만 강조해 왔는데 지금은 입사시험 에서도 감성이 중요시되고 인성을 많이 본다. 감성에 의해 결정된다. 감성 시스템이 구축 되리드해 나가는 것이다. 감성이 없는 인간은 로봇 같은 느낌이 든다. 감정을 잘 코칭 하는 것이다. 꿈이 있으면 이루어진다. 마음에 꿈이 강력한 동기를 부여한다. 꿈을 가진 사람이 성공 한다. 감성 시대의 주인공으로 살게 된다.

우리 부부는 큰 그림을 그리고 실행한 사람을 만났다. 젊었을 때에 삼십년 후를 바라본 사람이다. ㈜칠성섬유의 오너이자 경기도 광주시 초월읍에 있는 진새골 사랑의 집 이사장인 주수일, 오은진 부부다. 결혼 오십주년이 된 그들에게선 향기가 묻어났다. 2011년 세계 부부의 날에 자랑스러운 부부상을 받았다. 서울대를 졸업하고 1967년에 ㈜칠성 섬유를 설립하여 섬유업체를 경영해 온 사람이다. 하지만 그는 그 일보다 진새골 사랑의 집에서 하는 가정회복사역이 본업이라고 말한다. 그동안 현장에서 열심히 달려왔기에 앞으로의 비전은 가정사역을 계속 이어갈 일꾼들을 세우는 것이다. 지금도 사랑의 집에서는 '업그레이드 부부학교', '싱글들의 힐링 캠프', '하프타임 세미나', '진새골 명품 가족 캠프' 가 수시로 진행되고 있다. 그곳은 울창한 숲이 주변이 둘러져 있다. 푸른 소나무 사이에 산새들이 살아 언제나 새소리가 들린다.

그가 그 장소를 마련하게 된 것은 삼십년 전이었다. 나무도 없는 야산 5만평을 사 놓았다. 사업을 하면서도 틈틈이 나무를 심고 집을 하나씩 지어나갔다. 길을 내고 꽃밭을 만들고 정성껏 가꾸었다. 주변에 벗나무, 잣나무, 소나무, 낙엽송 등을 심었다. 1985년도에는 어머니를 위한 집 '혜수네 집'을 지었다. 1988년에 처음 가정 세미나 1회를 시작했다. 이후 이곳을 거쳐 간 부부만도 어림잡아 삼만 명이 넘는다. 지금은 여러 동의 호텔식 숙소를 갖추고 있어 각종 세미나와 수양회를 여러 곳에 나눠 할 수 있다. 또한 찻집, 갤러리, 쉼터가 있다. 그날 쉼터에서 그분이 살아온 이야기를 듣는 내내 마음이 따뜻했다. 그래서 그날 마신 칙차와 아포카토의 맛이 더더욱 좋았는지 모른다.

그는 아직도 꿈을 꾸는 요셉이다. 한국가정사역협회 멤버라 1년에 몇 번씩 만나는 분인데, 볼 때 마다 늘 한결같다. 인생의 '빅 픽처'를 그리고 시행한 사람의 모델이다.

〈이기는 습관〉〈빅 픽처를 그려라〉의 저자 전옥표는 꿈꾸는 사람들을 돕는 진정한 행동주의자다. 그는 "당신은 지금 인생의 가장 어둡고 새까만 부분을 칠하고 있는지도 모릅니다. 하지만 인생을 그리는 어두운 시간들이 큰 그림의 일부라고 믿고 끝까지 노력한다면 커다란 고래를 완성할 것입니다"라며 빅 픽쳐 이론을 설명한다. 자신만을 위한 큰 그림을 그리라고 한다. 인생의 큰 그림은 사실 너무 커서 잘 보이지 않는다. 그림을 그리는 동안 다른 사람이 비난하고 알지 못해 오해 할 수도 있다. 그러나 고래의 전체 그림을 염두에 두고 계속 그리다 보면 어느 새 큰 고래를 그리는 것이다.

〈암 치유 맘 치유〉의 저자 김혜경은 친구다. 내 이름에 들어 있는 채 자가 채송화 채 자라며 나를 채송화에 빗대어 시를 써 주었다. 채송화처럼 고운 빛깔을 내란다. 삶을 감사로 엮어 알록달록 곱게 물들이라고 했다. 내 이름 석 자를 가지고 삼행시를 써 넣은 은행잎과 선물을 보내왔다. 이리 보아도 저리 보아도 곱기만 하다는 내용을 담았다. 그 친구도 빅 픽처를 그리는 감성의 주인공이다.

모자관계 point

Q 나의 감정지수를 높이는 방안은 무엇이 있을까?

Q 내가 만난 꿈의 사람이 있다면 누구인가?

05

자연이 주는 선물을 누리고 즐겨라

"감성지능은 자신과 사람들의 감정을 현명하게 다루는 능력이다" (샐 로비)

심리학의 | 첫 출발이었던 정신분석과 뒤를 이어 탄생한 행동
주의 심리학에서는 주로 과거를 다룬다. 그래서 기
본적으로 부정적이고 인과론적 배경을 깔고 있다. 그러나 시간이 흐르
면서 과거보다는 현재를 다루자는 심리학의 사조가 형성되었고 뇌과
학의 발달로 인해 인간의 인지와 정서를 직접 다루는 분야들이 등장했
다. 과거의 부정적 기억이나 상처보다는 인간이 가진 잠재력과 같은
부분에 초점을 둔 것이다. 그 연구과정에서 성과를 드러낸 쪽은 상상
력의 힘이었다. 어떤 사람이 자신의 마음속에 어떤 목표를 이미지를
통해 생생하게 그리면, 인간의 뇌는 그것을 하나의 기정사실로 받아들
이고 모든 에너지를 거기에 집중한다는 것이다. 사실, 이 관점은 정서
지능이란 개념으로 설명된 바가 있다. 이 개념은 미래로 갈수록 더더

욱 부각되는 개념인데 이에 황부영 교수는 미래는 공감의 시대인데, 공감의 시대에는 공감 능력이 마케팅 능력이라고 하였다.

감성 지능이라는 말을 최초로 사용한 학자는 미국의 샐 로비와 메이어 교수이다. 감정지능이란 자신과 다른 사람의 감정을 이해하고, 성과를 촉진하기 위해 활용하며, 감정과 관련된 지식들을 보유하고, 마지막으로 자신과 타인의 감정을 조절할 줄 아는 능력을 말한다. 실제로 사회에서 크게 성공한 사람들을 조사한 연구들을 보면, 의외로 머리가 똑똑한 사람들 이라기보다 감성 지능이 높은 사람들이었다. 감성 지능은 자신의 감정 알기, 자신의 감정 다스리기, 다른 사람의 감정 인지하기, 인간관계 다루기, 목표달성을 위해 스스로에게 동기 부여하기의 영역이 있으므로 감정의 기복을 피할 수 있어서 쉽게 휩쓸리지 않을 뿐 아니라 감정과 관점을 깊이 통찰하여 조직의 역동을 극대화할 수 있기 때문이다.

나는 상담과 코칭을 배우면서 부모와 자녀는 어릴 때부터 좋은 관계를 맺어야 이후 청소년기 청년기까지 부모 자녀 간 코칭관계로 이어진다는 것을 알고 실천했다. 그래서 늘 마음을 읽어주려고 노력했다. 매일 학교 다녀오면 그날 있었던 행복했던 일 힘들었던 일을 충분히 이야기 하게 했다. 그러면 친구관계 학업과 선생님 모든 이야기가 쏟아져 나온다. 수업시간, 점심시간, 등하굣길의 에피소드, 친구들 이름이 모두 등장한다. 그 과정에서 아이가 기분 좋은 일, 속상한 일 다 알

수 있다. 아이들과의 친밀감 형성을 위해서 같이 놀아주고 씨름까지 했었다. 친구도 가끔 초대하고 생일잔치도 해 주었다. 아들에겐 고등학교까지 그런 관계로 이어졌다.

데이비드 멕케이는 우리 삶에서 가장 큰 행복의 요소 중 하나는 자연의 선물을 즐길 줄 아는 것이라고 하였다. 아무리 가난한 사람도 아침햇살을 맞이할 수 있고 눈부신 석양을 감사할 수 있다. 자연의 선물은 누구에게나 공평하니까. 매일 매일 주어진 것들을 향유하는 법을 안다면 그는 행복한 사람이다. 자신의 경험을 다른 사람과 나눌 수 있다면 그 또한 행복한 사람이다. 그래서 브라이언트는 향유하기는 긍정적인 경험을 자각하여 충분히 느낌으로써 행복감이 증폭되고 지속되도록 의도적인 노력을 기울이는 것이라고 하였다. 그는 향유하는 삶에는 네가지 방법이 있다고 하였다. 감사하기, 감탄하기, 자축하기, 심취하기다.

감사하기는 자신에게 긍정적 경험을 제공해준 대상에 대해서 고마움을 느끼는 것이다. 자신의 행복에 대해서 감사함으로 느낄 뿐만 아니라 기여한 사람이나 환경에도 감사함을 느끼고 표현하는 것이다. 무조건 감사 어떤 상황에서도 감사하기다. 절대 긍정 절대 감사로 이어지는 경험이 원천이다. 요즘은 감사일기로 모든 사람을 정서로 선물하는 시대이다. 꿈과 희망으로 현재와 미래까지 감사로 장식하는 정서지능시대다. 사계절을 주신 것에 감사하다는 것도 향유하기 경험이다.

감탄하기는 긍정적 경험에 몰입하는 동시에 경외감 경이로움을 느끼는 것이다. 등산이나 여행을 통해 산의 정상에 올라 창조주의 자연의 신비감 자연의 웅대함에 경외감을 느끼는 것이다. 베토벤이나 모차르트 음악을 감상하며 감동하며 감탄하는 것이다. 사막에 나무 한그루에도 감탄하기 겨울날씨에 동백꽃 한 송이에도 감탄하기이다. 나는 감탄하기를 자주한다. 아침에 일어나서 햇빛에도 감탄 길을 가다가 꽃 한 송이 나무 한그루에도 감탄을 자주한다.

자축하기는 긍정적 경험과 성취에 대해 스스로 축하한다. 스스로에게 칭찬하고 자축하면 자긍심이 증폭이 된다. 자축하는 자신의 몸에 따스한 햇볕을 쪼이며 일광욕을 하는 것 같다. 햇볕을 통해 몸을 건강하게하며 칼슘을 만들어낸다. 긍정적인 경험에 지나친 겸손과 자기비하는 행복을 저하시킨다. 충분한 자격을 갖추고 누릴 수 있는 행복감을 최대로 누리는 것이 정서지능에도 최대효과이다. 스스로에게 칭찬을 많이 해준다. '잘했어, 대단해, 축하한다, 괜찮은 사람이다.

심취하기는 긍정적 경험에 수반되는 것이다. 신체적 만족과 정서적 흥분을 자세하고 세밀하게 다각적으로 체험하는 것이다. 민감성을 가지고 느낀다. 정서적인 체험은 삶을 풍부하게 한다. 몰입하는 심취는 그 맛과 향을 더욱 심취하게 한다. 레몬 향 하나에도 라일락꽃 한 송이에도 심취하는 여유가 있는 삶이 쉼이 있다. 세밀하게 세포마다 감각을 느낀다. 커피한잔을 마실 때도 향을 음미하며 마신다.

내가 자주 만나는 분 중에 황 선생이라고 부르는 이가 있다. 그는 완전 서울 토박이로 중고등학교를 사대문 안에서 보냈다. 그분에게는 소아마비로 다리가 불편한 친구가 한 명 있었는데 황 선생은 육년 동안 그 친구의 가방을 들어주었다. 어떤 날은 친구를 업어서 등하교를 시키기도 했다. 비가 오나 눈이 오나 수족처럼 움직였다. 다리가 불편한 그 친구는 약사가 되고, 황 선생은 간호사가 되었다. 수십 년이 흘러 황 선생은 목사의 아내가 되었다. 동창모임을 가서도 늘 운동장에서 가방을 들어다주는 친구로 기억된다. 지금도 약사 친구가 가끔 황 선생과 나들이를 한다. 가방을 들고 오가는 길에 두 사람은 얼마나 많은 대화를 나누었을까?

긍정적인 희망레터가 세계지도를 그리고도 남았을 것이다. 두 사람의 우정은 천사의 우정이다. 황 선생은 목사 아내로서 교인들에게 지극한 사랑을 쏟는다. 교회 성도 중 우울증을 앓는 분이 있는데 그를 위해 기도하며 병원도 함께 다니며 성도들과 조를 짜서 그를 밖으로 데리고 나가 바람과 햇볕을 쏘이게 한다. 음식도 함께 먹게 하여 사람들과의 관계 속에 머물도록 한다. 정말 영혼을 사랑하는 마음이다.

모자관계 point

Q 지금 바로 밖으로 나가서 자연환경을 둘러보자.

Q 눈에 들어오는 꽃, 새, 나무 중 내가 아는 이름을 다 적어보자.

06

작은 일의 행복이 큰 행복이다

"모든 것이 최선이다. 이루 헤아릴 길이 없는 지혜로운 배려가
우리에게 가져다주는 것에 대해 때론 우리는 의심을 품지만 마지막으로 그것이
최선의 것이었음이 판명된다." (존 밀턴)

미국의 | 어느 작은 호텔에서 종업원으로 일하는 소년이 있었다. 가난하였기에 먹고 사는 일에 골몰하지 않으면 안 되었다. 그는 이렇다 할 꿈이 없었다. 그런데 어느 날 신문에 실린 거대한 아스토리아 빌딩을 보게 되었고 자기도 이러한 빌딩을 갖고 싶은 꿈을 꾸게 되었다. 반드시 꿈은 이루어진다는 꿈을 생생하게 꾸며 호텔 주인이 되는 것을 바라보았다. 그는 이 빌딩의 사진을 오려서 머리맡에 붙여두고 매일 바라보며 기도하였다. 그 뒤부터는 고된 일이 힘들게 느껴지지 않았다. 하루하루가 소중하게 느껴지면서 시간을 절약하여 공부를 시작하였다. 작은 스트레스 때문에 화를 내거나 다른 사람과 다투지도 않게 되었다. 그는 목표를 이루기 위하여 돈을 벌고 번 돈을 저축하기 시작하였다. 새우잠을 자더라도 고래 꿈을 꾸었다. 나

중에 그는 사진 속의 빌딩을 구입하여 자신의 이름을 딴 호텔을 개업하였는데 지금은 전 세계에 250개가 있다. 그 호텔은 힐튼(Hilton)호텔이다.

나는 내 아이들이 어릴 때부터 늘 인생에서 행복한 삶이 최고라고 가르쳤다. 학교에 다녀오는 아이에게 꼭 물었다. "오늘 친구들과 행복했니?", "오늘 선생님과 행복했니?" 그러면 아이는 자연스럽게 그날 학교에서 있었던 일을 이야기 했다. 미주알고주알 이야기를 풀어놓는 그 아이 표정엔 이미 행복이 가득하다. 어쩌면 엄마의 그 물음자체가 아이에게 행복이 삶의 최우선임을 각인시켰다고 본다. 내가 늘 행복을 강조하는 이유가 있다. 자신이 먼저 행복해야 남의 행복을 기도해 줄 줄 아는 사람이 된다고 믿는 까닭이다. 행복한 사람은 늘 긍정적이라 관계형성을 잘 한다. 그래서 지금도 내 아이들에게 "너는 행복한 사람이야"라고 축복한다. 그리고 거울 앞에 선 나 자신에게도 "넌 행복한 사람이야"라고 되뇌어 준다. 어떻게 보면 이기적으로 보일 수 있겠지만, 나는 충분히 이기적인 것을 경험한 사람이라야 이타적인 사람도 될 수 있다고 믿기에 그렇게 하고 있다. 나도 아이도 세상을 살아가면서 주변 사람들에게 선한 영향력을 행사하며 살아야겠기에 말이다.

사람들은 누구나 행복을 원한다. 행복하기란 쉽다면 쉽고 어렵다면 어렵다. 모르긴 몰라도 행복이란 것이 지극히 주관적이라는 것만은 사실이다. 행복한 삶이란 객관적으로 좋은 삶, 최선을 다하는 삶일 것이고 그 삶에 대한 주관적 평가가 좋은 것이라 할 수 있다. 성경에서 말하는 자족하는 마음상태가 행복이다. 그래서 2000년 이후 등장한 행복심리학, 긍정심리학에서는 '주관적 안녕감', '주관적 삶의 질'이라고 표현한다. 긍정심리학을 한국에 소개한 〈행복심리학〉의 정동섭 교수는 "행복은 이 시대 최고의 경쟁력이다, 행복은 삶이 지상 목표다"라고 말한다. 세계행복데이터베이스 소장인 루트 벤호벤은 행복은 생활만족도와 욕구충족에 있어 기쁨의 수준과, 세부적으로는 직무만족과 자긍심이 행복의 조건이라고 하였다.

미국 하버드대학교의 길버트 교수는 정서적 행복, 평가적 행복, 도덕적 행복의 세 가지 행복론을 말한다. 정서적 행복은 주관적으로 느끼는 기쁨, 만족, 즐거움, 환희, 황홀경, 애정 같이 주관적인 것으로서 하루 중 기분 좋은 시간이 얼마나 많은가와 행복은 비례한다. 평가적인 행복은 인생전반이나 적어도 인생의 어느 한 측면에 대한 생각이다. 스스로 행복하다면 행복한 것이고 행복하지 않다면 행복하지 않은 것이다. 웰빙, 만족, 자족과 같이 지금까지의 종합적 판단으로서의 행복이다. 도덕적 행복은 자신의 가치관과 부합되는 의미 있는 삶, 최선을 다하는 삶, 만족으로 가득 참으로 인한 행복이다. 자아실현을 구현한 상태로서 의미, 목적, 미덕, 종교를 행복과 동일시한다.

작은 일에 최선을 다하는 사람은 지금 주어진 삶에서 최선을 다한다. 어떤 정황이 닥쳐오더라도 불평하기보다는 대안을 찾으면 자기는 최선을 다한다. 그런 삶의 태도를 가진 사람은 사는 동안 겪는 크고 작은 고난이 꼭 손해 보는 일은 아니란 것을 안다. 오히려 고난은 우리가 미처 알지 못했던 많은 유익을 가져다주는 경우가 대부분이다. 우리의 노련하고 완벽한 내적인 자아와 믿음의 힘으로 갈 수 있다. 우리는 푸른 초장과 맑은 물가로 인도도 받지만 때로는 인간에게는 적당한 어려움도 있다. 또 그 고난을 이겨 나가는 초인적인 믿음의 힘이 있다. 우리가 평안할 때 알지 못했던 더 많은 유익한 것들을 알게 될 때 행복 꼭짓점으로 가게 된다. 그럴 때 교만하지도 자만하지도 않을 것이다. 낮아지면서 겸손함을 배우게 된다. 상대의 신발 속 모래알을 경험한자가 상대의 불편도 이해하게 된다.

아주 오래 전에 이스라엘과 요르단의 암만을 다녀온 적이 있었다. 목양을 하는 지역이라 주변엔 흔한 게 양 이었다. 내 눈에 들어온 풍경 중에 신기한 장면이 있었는데, 털 깎기를 마친 양들끼리 서로 서로 붙어 다니는 모습이었다. 털 깎는 시기가 계절적으로 겨울이라 추위를 타기 때문에 자기들끼리 그렇게 붙어 다닌다고 했다. 자기들 입장에선 손실이요 고난인데, 그 상황을 해결하기 위해 서로 돕는 방식을 선택한 것이었다. 양도 그런데 하물며 사람이랴. 우리도 어렵고 힘들수록 더 열심히 살고 더 서로 도와야 함께 행복하다. 그렇게 한 계단 씩 올라가다보면 행복의 꼭짓점에 이르게 될 것이라 믿는다.

07

뛰면서 생각하면 생각도 뛴다

"훌륭한 생각, 멋진 아이디어를 가진 사람은 무수히 많습니다.
그러나 행동으로 옮기는 사람은 드뭅니다. 저는 남들이 포기할 만한 일을 포기하지
않았습니다. 포기하는 대신, 무언가 해내려고 애썼습니다." (샌더스)

〈산티아고 | 가는 길〉이란 영화를 보았다. 그곳은 내면의 소리에 귀 기울이는 법을 배우려는 사람들이 간다. 길을 걸으며 내내 내가 누구인지에 대해 묻고 또 묻는다. 답을 찾기 위해서 질문을 한다. 산티아고 순례길은 포기하면 안 된다. 포기만 않으면 언젠가는 목적지에 도착한다. 매일 매일의 순례길에서 신이 나를 만드신 계획을 찾아본다. 거기서 만나는 건 자신이다. 고통도 행복을 여는 열쇠고 침묵은 수비라는 것을 알게 된다. 말의 침묵보다 생각의 침묵은 어렵다.

이 영화는 깊이 생각하라는 메시지를 전하고 있다. 그러나 어떨 땐 너무 깊이 생각하느라 아무 것도 못할 때가 있다. 그럴 땐 우선 행동을 먼저 하는 것도 필요하다. 즉, 생각하고 난 후에 뛰는 것이 아니라 뛰

면서 생각하라는 것이다. 내 딸은 후자에 속한다. 그게 때론 답답할 때도 있지만 어떨 때는 위기상황을 헤쳐 나가는 데 도리어 도움이 될 때도 있다.

어릴 때부터 미국에서 공부하고 싶어 하던 내 딸은 그 꿈을 위해 토플, 에세이, 중국어, 토익, 컴퓨터 자격증까지 차곡차곡 준비를 해 왔다. 학교에서 반장을 하고 자기 할 일은 완벽하게 수행하고 자기주도학습을 했다. 늘 긍정적이고 밝은 아이다. 어릴 때부터 창의성이 있고 호기심이 많아 학교를 다녀오면 무언가 만들었다. 악기도 열심히 배웠다. 그 아이는 뭔가를 시작하면 진득하게 물고 늘어지는 끈기도 있었다.

미국 유학을 위해 토익 시험을 보는 날이었다. 신분증을 증명하려면 주민등록증을 가지고 가야 했는데 딸은 그날 주민등록증 대신 여권을 가지고 갔다. 보통 여권은 운전면허증과 함께 주민등록증과 거의 맞먹는 신분증의 효력이 있다. 그런데 관계자는 융통성이 없는지 꼭 주민등록증을 내라고 했다. 할 수 없이 집으로 달려와 신분증을 가지고 갔는데 문이 잠겨 못 들어가게 되었다. 도움을 요청하는 딸의 다급한 목소리가 들렸다. 늦게 왔기 때문에 이번 시험은 못 본다고 시험관이 말했다. 어쩔 수 없는 상황이었지만 딸은 포기하지 않았다.

"선생님의 손에 저의 미래가 달려 있습니다. 제발 시험 보게 해주세요."

나까지 합세해서 사정했다. 그 과정에서 얼마나 문고리를 잡고 늘어졌던지 손에 물집이 잡혔고 신발에 달려 있던 리본이 달아나고 없었다. 결국 시험관은 이런 학생은 처음이라며 입장을 허락했다. 입실이 지연되었기 때문에 시험관 1명의 입회하에 시험을 치룰 수 있게 되었다. 열정이 있는 사람에겐 길이 열린다는 것을 딸을 통해서도 보았다.

그렇게 유학 자격을 취득한 후 청운의 꿈을 안고 미국으로 가는 날이었다. 유학생이 입국하려면 여권, 여권에 붙어 있는 학생비자, I-20를 제시해야 하는데 I-20를 책상에 두고 온 것이었다. 학교에서 비자가 나왔기 때문에 여권에 찍혀 있는 것이면 되는 줄 알았던 것이다. 공항 직원은 여기서 통과 된다 하더라도 미국에서 다시 되돌아올 수도 있다며 날짜를 조정해서 다시 오라고 했다. 딸은 오늘 꼭 미국으로 출발해야한다고 고집을 피웠고 나는 모든 책임은 제가 질 테니 보내만 달라고 했다. 그렇게 미국에 도착했는데 입국심사에서 역시 I-20가 문제 되었다. 딸은 서류 못 가져와서 죄송하다며 여권비자와 핸드폰으로 찍은 서류를 보여주었다. 공항 경찰은 안 된다고 되돌려 보낼 기세였다. 딸은 도리어 침착하게 "요즘 세상이 SNS 세상이고 인터넷으로 연결된 세상이잖아요. 더구나 이렇게 사진으로 찍었다는 말은 이미 발급되어 있는 서류를 찍은 것이니 명백한 증거물이잖아요. 미국에 처음 와서 미숙해서 그런 것이니 이번만 꼭 봐 주세요." 라고 물고 늘어졌다. 결국 그 끈질김에 공항 경찰은"이런 한국 학생 처음입니다. 그럼

한번 만 봐줍니다. 다음부터는 사진 찍은 것 말고 페이퍼로 된 서류를 보여 주세요."라며 통과 시켜주었다. 딸은 "엄마, 나 미국 경찰도 설득 시켰어요."라고 기쁜 소식을 보내왔다. 딸아이를 보내놓고 내내 졸였 던 마음을 풀 수 있었다.

딸아이는 그 과정을 겪은 후, 모든 일을 더 철두철미하게 준비하는 습관을 가지게 되었다. 인생을 살아가면서 실수나 장애물을 건너는 방 법도 자신이 해야 할 몫이다. 실패를 통해 다시 일어서면 그만큼 성장 한다. 따라서 칠전팔기의 용기가 필요하고 인내가 필요하다. 고난을 이겨내는 내성이 생긴다.

길거리를 걷다 보면 온화한 미소를 짓고 있는 흰 수염 할아버지상 이 있다. 바로 KFC 매장 앞이다. 그 할아버지는 KFC의 창시자 커널 할 랜드 샌더스다. KFC로고에 있는 온화한 미소의 흰 수염 할아버지 를 보면 정말 탄탄대로를 달려온 것 같지만 그의 인생은 고난의 연속 이었다.

샌더스는 어린 나이에 아버지를 여의고 어린 동생들을 돌봐야 했 다, 들어가는 회사마다 해고를 당했고 실패만 거듭했다. 도로변 주유 소에 차린 '샌더스 카페'가 치킨 요리로 호황을 누렸지만 옆으로 고속 도로가 뚫리자 고객들의 발길이 뚝 끊겼다. 결국 모든 것을 정리할 수 밖에 없었다. 그 때 나이가 65세였다. 혈혈단신이 된 그에게 남은 것이라곤 현금 105달러뿐이었다. 하지만 그는 절망하지 않았다. 절망 대신, 이런 질문을 자기 자신에게 던져보았다. '내가 다른 이들에게 보탬이 될 만한 어떤 일을 할 수 있을까? 사람들에게 무엇을 줄 수 있을까?'

그렇게 해서 처음 시작한 것이 바로 닭을 튀겨서 먹는 요리였다. 그는 그 방식을 소개하고 사업을 하기 위해 3년 넘게 전국을 돌아다니며 투자자를 찾았지만 무려 1,009곳에서 거절을 당했다. 그래도 그는 "나에게 은퇴라는 말은 없다. 어떠한 역경이 닥쳐와도 포기하지 않을 것이다. 목숨이 붙어 있는 한, 나는 계속 움직일 것이다"라고 다짐하며 마침내 KFC라는 프랜차이즈 사업을 성공시켰다.

아무리 어려워도 늘 웃음을 잃지 않았던 그였다. 어느 날, 골목에서 놀고 있던 아이 몇 명이 다가와 말을 걸어왔다.

"할아버지는 왜 그렇게 하얀 옷을 입었어요. 그리고 왜 아까부터 계속 눈을 감고 서 있기만 하세요." 샌더스는 활짝 웃으며 이렇게 말했다.

"음, 이 할아버지는 말이야. 몇 년 뒤 이곳에 커다란 식당을 하나 지을 거란다. 장사가 너무너무 잘돼서, 요리를 먹으려는 사람들이 도시의 끝까지 줄을 서서 기다릴 정도가 될 거야. 할아버지는 오늘처럼 하얀 옷을 입고, 손님들에게 웃는 얼굴로 인사를 할 거란다. '찾아주셔서 감사합니다. 조금만 기다리시면, 너무 맛있어서 뼈까지 녹는 환상적인 치킨요리를 드실 수 있습니다' 라고 말하자. 그걸 상상하고 있자니, 가슴이 떨려서 움직일 수 조차 없을 지경이란다. 현재를 보면 슬프기도 하지만, 미래를 상상하면 가슴이 벅차기만 하구나. 이 할아버지는 또 다시 꿈을 행해 나갈 거란다"

65세에 105달러로 창업, 퇴짜의 연속, 커낼 할 랜드 샌더스로, 당시 67세였다. 당시는 프랜차이즈라는 개념조차 없던 시절이었다. 그의 발상은 새로운 아이디어였다. 그는 무수한 거절의 말을 들으면서도, 결코 "내 요리는 형편없어. 나는 아마 실패할거야" 라고 말하지 않았고, 언제나 "내 요리는 완벽해. 나는 성공할 거야"라고 말하며 기도를 했다. 그리고 마침내 68세 때 1010번째 찾아간 레스토랑에서 첫 계약을 따냈다. 첫 계약자는 피터 허먼이었다. 샌더스의 치킨 맛에 매료된 허먼은 치킨 한 피스당 4센트의 사용료를 지불하는 조건으로 계약을 맺었다. 또 켄터키 프라이드치킨이라는 이름도 제안했다. 이렇게 출발한 KFC는 현재 전 세계 80여 개국에서 약 1만 3000여 곳의 매장을 가진 세계적인 프랜차이즈로 성공했다.

모자관계 point

Q 일단, 내가 저지르고 볼 일이 있다면 어떤 일인가?
Q 뛰면서 생각하더라도 끝까지 잊지 말아야할 것은 무엇인가?

Part 05

엄마와
딸
마음 가꾸기

까, 따한 친구 (까달스럽고 따뜻한 모녀관계)

01

가슴 뛰는 불꽃으로 나를 연단하라

"당신이 정말로 좋아하는 일을 한다면 어떤 강요도 필요 없다.
비전이 당신을 인도하기 때문이다." (스티브 잡스)

글을 | 쓰는 것은 내 일상이었다. 나는 늘 부모님이나 선생님, 친척, 친구들, 동생들에게 감사 편지를 썼다. 내가 사회인으로 첫 월급을 받았을 때, 그 첫 월급봉투를 부모님께 드렸다. 그 봉투와 함께 깨알 같은 글씨로 감사의 표현을 담았다. 결혼하기 전까지 이어졌다. 가족은 물론 주변 사람들의 생일에도 늘 카드를 썼다. 데이트할 때조차 말은 말이고 편지는 편지였다. 내 내 머릿속에는 누구를 칭찬할까? 궁리했다. 우리 아이들은 내가 써 준 편지들을 그대로 간직하고 있다.

우리가 부다페스트에 살 일이 있었다. 온 가족이 외국으로 나가야 했기에 같이 나가면 좋았겠지만 비자 문제로 부자가 먼저 나가고 모녀는 6개월 뒤에 가서 합류했다. 그 기간 동안 이 메일로 서로의 안부를 묻고 비록 몸은 떨어져 있었지만 매일 같은 공간에서 생활한 것처럼 마음을 나누었다. 글은 우리 가족을 연결해 주는 소중한 도구였다.

한세대 총장 김성혜는 〈음악이 없어도 춤을 추자〉, 〈네 입을 넓게 열라〉, 〈피아노 테크닉에 대한 이해〉, 〈음악의 재발견〉을 집필했고 번역서도 많이 출간했다. 그녀의 책은 세계 여러 나라의 언어로 번역되었다. 피아니스트인 그녀는 31곡의 성가를 작곡하기도 했다.

그녀가 노르웨이 기독 여성단체협회의 초청을 받아 오슬로에 갔을 때였다. 인터뷰와 강연을 마친 후 스텝들과 담소를 나누는 자리였다. 강연을 마치고 숙소로 돌아올 때면 강연을 마친 안도의 한숨이 어느새 기쁨의 춤으로 변해 자신도 모르게 춤을 추게 된다고 말했다. 그러자 그 자리에 있던 스태프 중의 한명이 지금 이 자리에서 함께 춤을 추자고 제안했고 이에 모두들 자리에 일어나 춤을 추었다. 음악이 없었음에도 즐거운 마음으로 춤을 추니 귀에 음악이 들려오는 것 같았다고 했다. 그래서 그녀는 "희망이 있는 사람은 음악이 없어도 춤춘다."는 영국 격언을 좋아한다. 불평하고 남의 험담하는 사람에겐 복된 새날이 밝아오지 않는다. 그녀가 그렇게 할 수 있었던 것은 가난했던 대학 시절, 밤늦도록 과외를 해 가며 공부했던 시절에 희망을 늘 품고 있었기 때문일 것이다.

애플 창업자 스티브잡스가 2005년 스탠퍼드 대학생들에게 행한 졸업식 연설에는 시간의 압축과 팽창에 대한 자신의 생각이 잘 표현되어 있다. 당시 50세를 막 넘긴 스티브 잡스는 자신의 일생을 바꾸었던 문구를 소개했다. "만약 매일 매일을 내 인생의 마지막 날인 것처럼 살아간다면 언젠가 훌륭한 사람이 될 것이다." 그는 그 글을 33년 동안 매일 아침 거울을 볼 때마다 읽고 스스로에게 물었다. "인생의 마지막 날이라면, 내가 오늘 하려고 하는 이 일이 정말하고 싶을까?" 그래서 스티브 잡스는 17세 때 보았던 그 문구를 꿈으로 연결하여 삶의 유연성을 갖고 살았다. 그는 사람에겐 반드시 시작과 끝이 있다는 것을 일찌감치 깨달은 현자였다.

"가장 높이 나는 새가 가장 멀리 본다"라는 카피문구는 리처드 버크의 〈갈매기의 꿈〉에 나오는 말이다. 그의 책이 베스트셀러가 되는데는 많은 고난을 겪은 후였다. 바크는 자신의 책이 베스트셀러가 되길 희망했지만 쉽지 않았다. 자신이 쓴 책의 원고를 가지고 수많은 출판사를 찾아다녀도 어디서도 받아주지 않았다. 그래도 목표가 이루어질 것을 믿으며 포기하지 않았다. 좌절할 때마다 "내 책 〈갈매기의 꿈〉은 반드시 세상 사람들로부터 인정받는 날이 온다."라는 문장을 써서 벽에 붙이고 아침에 눈을 뜨면 소리 내어 읽고 상상하며 꿈을 꾸었다. 얼마 후 그의 바람대로 어느 출판 편집자의 눈에 띄어 이후 전 세계 20여개국어로 번역되어 1천만부가 팔린 책이 되었다.

나도 가슴 뛰는 인생지도를 만들어놓고 매일 비전을 선포한다. 블로그를 통해 꿈 모닝을 연재하며 꿈이 이루어짐을 그리며 상상하며 기도한다. 매일 꿈 목록을 생각하면 심장이 뛴다. 그중 하나가 해외에서 선교하며 강의하기가 하나 있었는데 이루어졌다. 중국으로 가 상담과 관계형성코칭, 부부행복학교, 부모교육, 정서감정코칭, 미술치료 상담, 독서치료, 하프타임, 푸드 테라피, 애니어그램 강의를 했다. 치유 상담과 관계형성코칭, 부부행복학교, 부모교육, 정서감정코칭, 미술치료 상담, 독서치료, 하프타임, 푸드 테라피, 애니어그램 강의를 하고 왔다. 유럽 여행도 이루어졌다. 한국문인협회 정회원으로 글을 쓰고 매일 독서와 묵상, 에세이와 동화를 쓰고 있다. 에세이와 동화로 등단을 했다. 현재, 문학지 다섯 군데에 지속적으로 글을 싣고 있다. 문학세계가 선정한 한국 문학을 빛낸 100인에 선정되어 공동으로 책을 냈고, 코스모스 문학회에서 에세이 부분 문학상을 받았다. 연말이면 문인들이 연합으로 책을 내고 있는데 올해도 에세이스트 연간 상, 하권 '달개비 꽃빛 하늘, 문학회 가는 길' 제목으로 함께 책을 냈다.

어린 시절 문학인이 되겠다던 가슴 뛰는 불꽃 인생지도를 중년에 이루어낸 것이다. 지지해주는 가족의 도움으로 가고 있어 감사하다. 같은 꿈을 꾸는 사람을 만나면 가슴이 뜨거워진다. 아직도 꿈은 진행형이다. 기본적인 결핍욕구에서 고등욕구 성장욕구로 자아실현을 하는 것이다. 인생의 황금기는 지금 여기의 삶이다. 보이지 않은 믿음을 유형화 시키는 것은 믿음이다. 살아 온 세월만큼 축척된 양분이 영혼의 항상성을 재창조는 하는 것이다. 문학적 예술은 정서를 순화시키는 강력한 도구이다. 예술로 심리를 치료하는 것이다. 마음에서 연주소리를 하면 춤이 올라온다. 감성에 공감 기술을 적용하니 댄스 테라피가 된다. 부족하지만 나의 스토리 문학의 오케스트라 연주회가 시작이 되었다고 생각한다. 이 책이 출간되어 지금 읽혀지는 것도 불꽃인생 오케스트라 연주가 시작된 것이다. 독자도 함께 가슴 뛰는 불꽃 인생지도를 그릴 것이다. 모녀의 가슴 뛰는 불꽃 인생지도가 컬러링으로 지금도 진행형이다.

모녀관계 point

Q 만약 내가 내일 죽는다면 나는 오늘 무엇을 할 것인가?

Q 경영학의 아버지 피터 드러커의 말 "나는 사람들에게 무엇으로 기억될 것인가?"를 듣고 나는 어떤 사람으로 기억되고 싶은가?

02

너의 내면에서 핫 버튼을 찾아내라

"사람의 내면은 물속에 잠겨있는 빙산이다." (여성 가족치료사, 버지니아 사티어)

오랫동안 | 상담을 하다보면 이미 내담자가 해답을 갖고 있다
는 것을 많이 보게 된다. 그것이 핫 버튼이다. 다
만, 그는 그 버튼을 누르지 못했을 뿐이다. 핫 버튼을 누르기만 하면
그 때부터는 자신만의 스토리를 엮어간다. 나로서 삶을 살지 못했다면
감동이 없는 삶이다. 내 삶이 핫 버튼을 찾으면 내 인생은 프리즘을 통
과한 태양빛이다. 사람들은 인생길에서 수 없이 핫 버튼을 누르고 살
아간다. 자녀에게 인성이 따뜻한 사람에게는 사람이 모인다고 하며 잠
재적인 핫 버튼을 찾아 가게 한다.

자신의 핫버튼은 의식세계에 존재하지 않는다. 무의식 세계의 깊은
곳에 숨어 있다. 그래서 무의식의 세계를 탐험하지 않으면 결코 알 수
없다. 무의식은 우리가 살고 있는 3차원의 세계 저편 4차원의 세계다.

스위스의 알프스엔 한국 사람들이 즐겨 찾는 산 융 플라워가 있다. 4계절 만년설이 있을 정도로 높은 산이다. 한국 사람들이 알프스로 여행을 가면 정상에서 컵라면 먹는 것이 하나의 정형화된 행사다. 나도 거기서 컵라면을 먹어 보았다. 산소가 부족해 숨을 헐떡거리 면서도 한국의 컵라면을 먹는 묘미는 정말 짜릿했다. 그러면서도 나는 직업병인지, 전문가 의식인지 몰라도 눈 덮인 산을 보고 거대한 빙산을 생각했고 사람의 내면을 빙산에 빗댄 심리학자 프로이트와 가족치료사 버지니어 사티어를 생각하고 있었다.

가족치료사 버지니아 사티어는 시카코 대학의 정신과 의사로 1940년 초부터 가족치료 상담을 했다. 그녀의 치료법은 인간의 영적 잠재능력을 개발하고 발전시켰다는 점에서 좋은 평가를 받고 있다. 그저 병리적 특성을 부각시킨 것이 아니라 인간이 가진 높은 이상과 열정으로 넘어진 사람을 일으켜 세운사람이다. 그래서 그녀를 가족치료의 콜럼버스라 부른다. 그녀는 "넘어졌다는 것이 불행이 아니라 넘어졌으면서도 넘어진 줄 모르는 것이 더 불행한 것이 아니겠는가."라고 말하면서 우리는 주변에 넘어진 사람을 일으켜 세워야할 의무와 책임이 있다고 하였다.

버지니아 사티어 또한 인간의 정신세계를 빙산으로 표현했는데 우리가 인식하는 세계는 물 밖으로 드러난 것에 불과하다고 하였다. 물속에 잠겨 있는 90%이상의 무의식을 탐사하면 거기서 엄청난 자원을 끌어올 수 있다는 것이다.

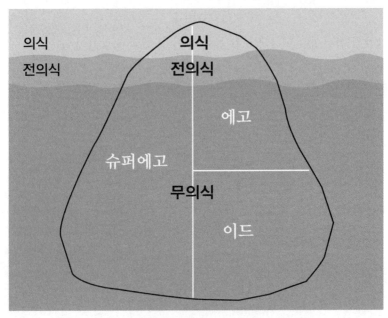

의식
전의식

의식
전의식

에고

슈퍼에고

무의식

이드

그림6 프로이트의 구조모델

　수면아래 마음을 비추어보면 사람들은 내면에 감정 느낌, 지각 관점 사고, 기대, 기대는 대상이 분명하고 열망 욕구 즉 사랑받고 인정받고 싶어 하는 욕구, 진정한 나와 만남이다. 진정한 자기에 생명력 영성 정신 핵심 본질이 들어있다. 자신의 내면과 진정으로 접촉하지 못한 채 무의식적으로 행동을 하고, 진정한 자기와 불일치한 대처 양식을 보이며 살아간다. 경험주의 가족 치료에서의 치료는 다양한 과정 질문을 통하여 개인이 진정한 자신의 경험에 접촉하도록 이끌어 억압을 풀어낸다. 진정성 있는 스토리가 욕구를 풀어내는 것이다. 감정의 노예가 아닌 책임 있는 선택을 하는 건강한 자아가 된다.그러면 자존감 높은 사람이 되어 책임 있는 선택을 할 수 있도록 도와주는 것이다. 억압을 풀어내면 당당해지고 자존감이 높아진다. 자신이 책임을 선택한다. 책임 있는 선택을 할 수 있는 자존감이 높은 사람으로 자신의 내면 접촉이 빙산의 탐색 이다.

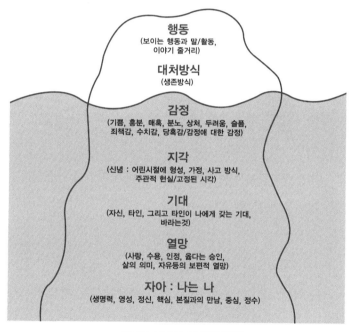

그림7 사티어 의 빙산이론

'피겨여왕' 김연아가 출연해 흘렸던 눈물이 다시 회자되고 있다. 올림픽 피겨여왕의 핫 버튼이다. 지난번 김연아는 텔레비전에 출연했

다. 당시 김연아는 소탈한 모습을 보여주며 보는 이들에게 감동을 줬
다. 모든 것에 대해 아름다운 미소를 지으며 넘기던 그녀는 자신을 도
와주던 사람들 이야기를 시작하며 숙연해지기 시작했다. 김연아는 밴
쿠버 올림픽 자축파티 이야기를 하며 "그날 저녁 가족, 제작진과 함께
계속 눈물을 흘렸다. 국적도 다른 사람들이 내 꿈을 위해 달려준 것이
너무 고마웠다"고 밝혔다. 이어 "우리를 믿어줘서 고맙다. 저의 꿈을
이루게 해 줘서 다들 너무 고마웠어요." 김연아는 최고의 자리에 올랐
음에도 주변 사람들에 대한 고마움을 말하며 결국 눈물을 터트렸다.
금메달을 따기 위해 자신이 흘렸던 땀, 좌절했던 순간들은 가볍게 말
했지만 주변 사람들 이야기 할 때에는 감정을 주체하지 못했다. 대한
체육회는 김연아를 '2016년 스포츠영웅'으로 선정하기로 결정했다.
그녀가 피겨스케이팅에서 올린 성과뿐만 아니라 따뜻한 마음씨까지도
여왕이란 타이틀에 걸 맞는 기사이다.

심리학자 조현섭 교수는 세계 중독협회(colombo plan, ICCE) 한국 초대
대표이사를 역임하고, 현재 한국중독협회 회장인 그는 평생 중독자를
회복하는 일에 매진하고 있다. 그는 지금도 강서 윌 센타에서 청소년
중독문제를 회복하는 일에 열정을 다한다. 그의 〈성격심리학〉을 수업
시간에 이렇게 말했다. "세상엔 나를 좋아하는 사람도 있고 나를 싫어
하는 사람도 있다. 그렇지만 나를 싫어하는 사람은 나의 문제라기보다

상대방의 무의식의 세계가 그렇게 만든다."라고 하였다. 그는 사소한 일에 연연해하지 않고 웬만한 일은 그냥 넘긴다고 했다. 그래서인지 그는 사람을 푸근하게 하고 사람의 마음을 공감을 잘한다.

그가 강의하는 첫 시간, 아이스 브레이킹 시간이었다. 어떤 장애아를 둔 부모가 사는 게 너무 힘들어 왔다고 하자 그는 수업을 진행하다 말고 "달리고 싶어요. 아버지" 라는 딕 호이트의 영상을 보여주었다. 영상을 보는 내내 부모는 펑펑 울었다. 그는 말없이 그 사람의 어깨를 감싸고 토닥여 주면서 이렇게 말했다.

"자녀와 긴 여행을 가야하지만 함께 갑시다."

"작은 힘이라도 되어 드리겠습니다."

아마 그는 그날 수업을 이미 다 마치고 치료를 받은 것 같은 느낌이다. 넓은 공감의 가슴으로 핫 버튼이 눌러지고 상대는 감동의 눈물이 나는 시간이었다. 누군가를 위로할 때 말보다도 따뜻하고 진실한 행함이 중요하다.

우리 부부가 만난 분 중에서 과학자인 황박사가 있다. 그 역시 핫 버튼을 찾아 눌렀던 사람이라고 믿는다. 그는 들려주는 우주 이야기는 언제 들어도 재미있다. 우리가 사는 지구와 하늘, 달, 별 모두 각각의 개체라고 한다. 우주공간엔 기본적 공명을 일으키는 주파수가 있는데 소리를 울리게 내면 그것을 청각 속에 공명 주파수를 통해 뚜렷하게 만들어 준다고 한다. 우주 공명 에너지를 뇌신경 속에 에너지가 유통이 되도록 한다. 이렇게 쓰면서도 나는 무슨 말인지 하나도 모르겠다. 그날 들은 이야기를 옮겨 적는데도 이렇다. 핫 버튼 과학자 우주를 들으면서 사람이 꿈 이야기를 하면 날이 새도 모르겠다는 생각이 들었다.

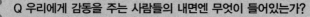

모녀관계 point

Q 우리에게 감동을 주는 사람들의 내면엔 무엇이 들어있는가?

Q 당신의 핫 버튼은 무엇인가?

03

너만의 색깔로 퍼스널 브랜드를 만들어라

"너 자신을 위해 아름다워져야 한다." (코코 샤넬)

내 | 인생은 보라색인가? 빨간색인가? 현대는 자신의 브랜드를 가
   져야 살아남는다. 에디슨하면 발명왕, 모차르트 하면 음악의
천재, 구약성경 창세기에 등장하는 요셉 하면 꿈꾸는 사람이라는 수식
어가 붙는다. 그 수식어가 그의 브랜드이다. 색깔이 없는 인생은 의미
가 없다. 내가 가장 좋아하는 것은 무엇인가? 심장을 뛰게 하는 것은
무엇인가?

　나는 오래전 하와이에서 온 강사에게 건강한 관계형성을 위한 인간
관계 프로그램을 배웠다. 이름 하여 '피플 퍼즐 세미나' 다. 1920년도
콜롬비아 대학에서 윌리엄 마스터 닥터가 개발한 것이다. 이 프로그램
은 어떤 행동유형의 사람인지, 왜 그런 행동을 하는지를 찾아내게 한
다. 그 세미나에서는 서로 인사할 때 "살맛납니다."라는 말로 하게 한

다. 비록 상대방이 살맛나게 할수도 있고 아닐 수도 있지만 그렇게 인사하게 한다. 피플 퍼즐이란 게 말 그대로 퍼즐 맞추면 인간관계를 연결하도록 하는 일이어서 그렇다. 그러기 위해서 서로 공감해주는 것이 가장 선행되기 때문에 그런 인사를 시킨다. 퍼즐이란 것은 수수께끼로 해석되지만 동사로는 어쩔 줄 모르다, 머리를 짜낸다는 의미를 지닌다. 개개인이 퍼즐 같은 존재이지만 서로 모이면 새로운 해결책을 만들 수 있다는 뜻이다.

피플 퍼즐은 관계의 기술이다. 첫째는 나 자신을 이해하고, 둘째는 자신과 타인을 존중하고, 셋째는 적응력을 가지고 전문성을 개발한다. 행복은 가장 가까이 있는 사람과 잘 지내는 것이므로 바른 관계 형성이 행복과 성공을 가져오는 결정적인 요인이다. 건강한 관계의 특징은 이해, 사랑, 배려, 인정, 양보, 헌신, 가치관, 정직, 성실, 공감, 등이다.

상담을 배우니 외국에 가서 강의하는 교수로 불리는 영광도 누렸다. 상담관련 검사지를 중국어로 번역해서 통역을 대동하고 강의 했다. 내가 배운 피플 퍼즐을 중국 사람들에게 강의한 것이다. 피플 퍼즐 관계기술과, 상담심리, 대화학교, 감정코칭, 행복코칭을 했다. 아침 9시부터 오후 5시30분까지 일주일간 강행군이었다. 그럼에도 오히려 그들이 더 기뻐하고 감사해 했다. 그 강의를 듣기 위해 최소 20시간에서 많게는 40시간씩 기차를 타고 왔다. 그 배움의 열정이 얼마나 대단한지 그저 고개를 숙일 수밖에 없었다. 오히려 그들의 에너지가 전달이 되어 내 자신이 성숙해진다. 나는 그때 선한 영향력을 나눔의 결단을 하고 혼자 강의를 하러갔었다. 또 기회가 주어지면 할 것이다.

자신을 브랜드로 만든 사람의 모델이라면 코코 샤넬 아닐까? "스타일이 없는 것보다 차라리 천박한 스타일이 낫다"라고 외쳤던 코코 샤넬은 자기 스스로를 패션이라고 자부했다. 그랬기에 백년이 넘는 역사 속에서도 샤넬은 쇠퇴하지 않고 전 세계 여성들에게 지금도 아름다움의 상징으로 우뚝 서 있다.

코코 샤넬의 어린 시절은 너무나 불우했다. 너무 열악한 환경이었다. 어머니와 바람둥이 아버지 사이에서 태어난 코코샤넬은 열두 살 되던 해 어머니가 폐병으로 숨지자 다른 자매들과 고아원에 버려졌다. 샤넬은 다른 자매와 달리 독특한 시선과 창작의 식견을 가지고 청소년기를 보냈다. 낮에는 양재사로 밤에는 카페에서 일하며 돈을 벌었다. 자신의 힘든 삶을 이어간 그는 바느질 일이 후일에 디자이너가 되는 창작의 재료와 밑거름이 되었다. 개성이 강했던 샤넬을 자신만의 색깔을 드러내는 모자를 만들기 시작했다. 그로 이해 패션디자이너로 데뷔한다. 그녀는 여성들이 관습을 제어하는 의상을 만들어 패션이 자유라는 것을 선사했다.

철학을 공유했다. 그녀는 샤넬의 독창적 개성과 자부심을 만드는 브랜드를 구축했다. 패션 창조를 통해 여성이 자신을 사랑하는 일을 한다는 것을 보여주고 자신의 브랜드를 구축했다. 지금도 프랑스 대표적 브랜드로 이어오고 있다. 퍼스널 브랜드로 명품이란 반열 자리를 지금도 지키고 있다. 지금 나의 브랜드는 무엇으로 구축할 것인가?

TV를 통해 종이 접기의 달인으로 알려진 김용만은 아이에서부터 어른에 이르기까지 모든 연령층을 대상으로 강의하는 강사다. 색종이 한 장으로 평생을 행복하게 사는 사람이다. 그는 종이접기라는 개인 브랜드를 구축한 것이다. 그도 그럴 것이 자신이 개발한 종이접기 종류만 해도 만 가지가 넘는다고 한다. 그의 인생 후반전은 전 세계의 소외된 아이들을 찾아 색종이를 접으며 꿈을 찾아주고 있다.

자신을 브랜드로 만드는 공장은 단연코 도서관일 것이다. 김병완 작가는 〈나는 도서관에서 기적을 만났다〉를 통해 도서관에서 읽은 만 권의 책이 자신의 인생 혁명을 이루게 해 주었다고 말한다. 그는 〈생산적 책 쓰기〉에서 꾸준히 독서할 것을 강조한다. 콩나물시루에 물을 부어보면 전부 다 밑으로 빠져나가는 것 같지만 콩나물은 충분히 자라는 것처럼 독서가 마찬가지다. 사람들이 많은 책을 읽는대도 생활의 변화가 없고 인생이 그대로 인 것은 읽기만 하고 쓰지 않기 때문이라고 말한다. 제대로 된 독서를 하려면 반드시 책을 쓰라고 권유한다. 그래야 피가 되고 살이 되는 더 나아가 운명이 바뀌는 독서가 된다고 한다.

고대 로마의 웅변가 키케로는 책이 없는 방은 영혼이 없는 육체와 같다고 말했고 세계 역사를 통틀어 자신의 브랜드를 만든 사람은 예외 없이 독서광이었다. 록펠러, 빌 게이츠, 스티브 잡스, 월엔 버핏... 어디 이 사람들뿐이랴. 그러니 이제는 특별한 사람만이 자신의 브랜드를 가진다고 말하지 말고 당신의 브랜드를 구축하라. 게다가 SNS 시대이니 온 세상이 다 마당인 셈이다. 책은 물론이다. 페이스 북, 트위터, 유튜브, 블로그, 브런치, 인스타 그램, 카카오스토리, 밴드, 핀티레스트, 등 색깔이 있다. 그러니 가라! Just Go!

모녀관계 point

Q 나만의 퍼스널 브랜드는 무엇인가?

Q 만약 내가 가진 재능 중 딱 한 가지만 갖고 먹고 산다면 그것은 무엇인가?

04

너 자신을 보석처럼 세공하라

"집단 무의식을 인류의 보물 창고라 했다." (칼 융)

보석전문가 | 스미스는 수석 전시회에 갔다가 유독 눈에 띄는 돌을 유심히 바라보았다. 그런데 그 돌의 가격은 25달러였다. 그래서 판매자에게 물었다.

"혹시, 이 돌 보석 아닙니까?"

"보석이면 여기서 팔겠습니까?"

주인은 돌을 사고 싶으면 십 달러 더 깎아준다는 말까지 덧붙였다. 스미스는 그 돌을 사 와서 면밀히 살펴보았다. 자기 눈엔 아무리 보아도 다이아몬드 원석 같았다. 제대로 살펴보니 놀랍게도 사파이어 원석이었다. 주인은 돌이라고 팔았지만 보석 전문가의 눈엔 원석이었던 것이다. 스미스는 그 원석을 세공해서 반지와 목걸이, 팔찌를 만들어 팔았다. 총 수입은 228만 달러, 한화로 22억이었다.

분석심리학자 칼 융은 프로이트의 무의식 이론을 보다 더 발전시킨 사람이다. 그는 개인무의식의 차원을 넘어 집단무의식의 개념을 정립한 사람이다. 그는 집단무의식을 가리켜 보물창고라고 이름을 붙였다. 프로이드가 무의식을 억압의 저장소로 여겨 부정적으로 보았다면 융은 오히려 자기를 들어내 자기 실현과정에서 꼭 필요한 보물이라고 여기며 긍정적으로 보았다. 두 사람 다 인간이 태어 날 때부터 우리의 자아가 경험을 통해 형성된 것이라고 주장했다. 우리가 마음이 신묘막측하다는 것을 보았는데 한 사람은 제거해야할 부분을 한 사람은 보물이라고 했으니 그 또한 신기하다. 나는 칼 융의 이론에 더 끌린다. 우리는 누구나 다이아몬드 원석이다. 지금 당장 보이지는 않지만 잠재적인 능력이 내재되어 있다. 그것이 개인에게 전수되고 개인이 태어나 살고 있는 그 집단의 문화와 역사 속에 내재되어 있다. 그 원석을 그저 돌로 여기고 말 것인지 아니면 세공을 해서 엄청난 부가가치를 만들 것인지는 각자의 몫이다.

누구나 마음 속 생각 창고에는 무한한 원석 덩어리가 들어 있다. 부모가 일차적으로 그것을 발견해서 빛나는 보석으로 세공하라. 세공법은 사랑, 칭찬과 격려, 존중이다. 자녀를 보물로 대하는 태도가 중요하다. 그래야 자존감도 높고 올곧은 성품을 갖게 된다. 그런 사람이 세상에 많아야 세상이 따뜻하다. 이에 톨스토이는 나 자신의 삶은 물론 타인이 삶을 아름답게 만들기 위해 끊임없이 정성을 다하고 마음 다하는 것처럼 아름다운 것은 없다고 하였다.

나이가 중년이 되었는데도 공주처럼 사는 여성이 있었다. 누가 보아도 공주 풍의 드레스를 입었다. 본인은 교양 있게 이야기를 한다지만 늘 다른 이들과 충돌했다. 감정조절을 못해 아무데서나 누구에게나 화를 낸다. 페르조나 즉 가면이 자기인 줄 안다. 아직 셀프와의 조우를 하지 못했다. 그녀의 어린 시절은 불행했다. 늘 부모와 오빠로부터 무시를 당하고 감정적인 지지와 수용을 받지 못했다. 그래서 자기 마음 속에 보물이 들어있다는 사실을 알지 못했다. 알려고도 하지 않았다. 평생 주변을 원망하고 살았다. 만약, 그녀가 자신 안에 보물창고가 있다는 사실을 알지 못한다면 그녀는 평생 그렇게 살다 죽을 것이다. 만약, 그녀가 어떤 계기를 통해서 보물창고가 있다는 것도 알고 그 속을 뒤져서 원석을 찾아내 세공의 과정을 거쳐 보석으로 만든다면 그녀의 삶은 더 이상 이전의 삶이 아니다.

나는 남매를 양육하면서 어릴 때부터 잠재적인 보물창고를 늘 기억하게 하였다. 아들에게는 "자랑스러운 보물 왕자야!", 딸은 "자랑스러운 보석공주야!"라고 불렀다. 아예 이름을 부를 때도 이름 앞에 보석이란 글자를 붙였다. 그런 추억을 떠올리며 동화를 쓴 적이 있었다. 그 동화를 외국에 나가 있는 딸에게 보내주었다. "엄마, 언제 보석이 초록별로 바뀐 거야?", "초록별이 무지개별타고 엄마별에게 보석이 왔단다.” 아마 세월이 많이 흘러 내 아들 딸이 어른이 되어 결혼하고 자식을 낳는다면 그들 또한 자기 자식을 보석이라고 부를 것이다. 로버트 프리먼은 말했다.

“인격은 위기에서 만들어지는 게 아니다. 위기에서 그대로 드러날 뿐이다”

〈사람의 마음을 얻는 법〉의 김상근 박사는 그 책을 쓰기 위해 이태리 피렌체를 스무 번을 답사했다고 한다. 350년 동안이나 부를 지배한 메디치 가문을 연구한 것이다. 보석은 하루에 다듬을 수 있는 것이 아니다. 메디치 가문은 이탈리아 중부지방 피렌체에 터전을 둔 농가였다. 그 작은 가문이 세계최고의 부자 가문이 되었고, 16세기엔 교황을 두 명이나 배출한 막강한 종교 명문가이기도 하다. 프랑스 왕실에 두 명을 시집보내 유럽 최고의 왕실 가문이 된 것이다.

메디치 가문이 그렇게 부자가문으로 거듭날 수 있었던 것은 보석을 깎는 일에 투자했기 때문이다. 인간에게 보석이란 예술이다. 피렌체와 주변 도시들에 있는 예술가와 학자를 후원하여 르네상스 시대를 열었다. 또한 가문의 모든 재산과 예술품을 전부 피렌체 시민들에게 기증했다. 미켈란젤로를 집안의 양자로 받아들여 세계 최고의 예술가를 길러낸 것도 메디치 가문이다. 지동설의 갈릴레이도 메디치 가문이 길러낸 인물이다. 근대 정치학의 아버지로 불리는 마키아벨리는 자신의 저작 〈군주론〉을 메디치 가문에 헌정했다. 종합예술의 꽃으로 부르는 오페라가 처음 탄생 한 곳도 메디치 가문이었다. 포크와 나이프를 쓰는 서양식사 예법도 메디치 가문에서 나왔다. 이 가문은 큰 생각을 가지고 변화를 두려워하지 않았다. 몸을 낮추고 옳은 일을 하고 힘의 균형을 창조했다. 관용의 리더십으로 경영했다.

메디치 가문이 오랫동안 번영을 유지할 수 있었던 것은 번영의 정점에 서 있을 때마다 "선 줄로 생각하는 자는 넘어질까 조심하라."라는 성경 구절을 모토로 삼은 까닭이었다. 경영이나 통치에 술수를 부린 것이 아니라 인간성에 초점을 맞추었다. 예술은 물론 과학에 이르기까지 후원하였고 단호함, 인간관계, 탁월함을 추구하였다. 시대정신을 탄생시킨 인큐베이터 로서 역할이었다. 사람을 뒤로 밀어내기보다 앞에서 끌어당김 으로써 위대한 가문의 역사를 펼쳤다. 메디치 가문도 메디치 가문이지만 이 자료를 모아서 〈사람의 마음을 얻는 법〉을 낸 사람도 대단하다. 책을 읽으면 정말 피렌체로 달려가고 싶은 충동이 일어날 정도였다. 그것은 이태리가 우리에게 전혀 낯설지 않아서이기도 할 것이다. 온 가족이 이태리 무라노에 간 적이 있다. 유리공예, 보석 세공을 직접 체험하였다. 보석을 세밀하게 세공하는 과정에서 무늬를 넣는 것과 작은 보석을 박아 넣는 일이었다. 그때 사 온 목걸이는 지금도 유용하게 쓰고 있다.

유대인의 천재교육법은 잘 알려져 있다. 노벨상 통계를 보면 단연코 으뜸이다. 세계인구의 0.2%에 불과하면서도 역대 노벨상의 수상자가 30% 이상을 차지한다. 경제학상 37%, 물리학상 26%, 생리의학상 26% 유대인이 받았다는 통계이다. 특히, 경제, 과학 등의 분야에서 두각을 드러내는데 그 탁월한 교육법의 이면에는 우리가 알지 못하는 것이 있다. 최근 한국에는 그들이 사용하는 학습법을 배우자는 열풍이 불고 있는데 이름하여 '하브루타' 학습법이다. 그렇게만 하면 천재가 되는 줄로 생각하지만 유대인의 천재교육법은 방법론이 아니라 사상, 철학이 바탕이 되어야만 효과를 거둘 수 있는 방법론이다.

유대인들의 천재교육법은 그들의 선택받은 민족이라는 '선민교육'이 핵심이다. 선민교육이란 정체성에 대한 교육이며, 자신들이 보석이라는 것을 어릴 때부터 각인 시킨다. 그래서 그들은 어릴 때부터 철저한 '쉐마교육'을 시킨다. 쉐마란 구약성경 신명기 6장 4-9절이 내용으로서 '쉐마' 라는 말 자체가 '들으라' 라는 히브리어다. "이스라엘아 들으라 우리 하나님 여호와는 오직 유일한 여호와이시니 너는 마음을 다하고 뜻을 다하고 힘을 다하여 네 하나님 여호와를 사랑하라. 오늘 내가 네게 명하는 이 말씀을 너는 마음에 새기고 네 자녀에게 부지런히 가르치며 집에 앉았을 때에든지 길을 갈 때에든지 누워 있을 때에든지 일어날 때에든지 이 말씀을 강론할 것이며 너는 또 그것을 네 손목에 매어 기호를 삼으며 네 미간에 붙여 표로 삼고 또 네 집 문설주와 바깥문에 기록할지니라."

그래서 이스라엘 본국은 물론 전 세계 어디든 유대인이 사는 곳에는 구약성경 토라와 탈무드를 공부하는 정통파 유대인 학교가 반드시 존재한다. 그곳에서는 둘씩 짝을 지어 서로 토론하고 논쟁하며 공부를 한다. 얼굴을 맞대고 친구를 통해 배운다. 유대인들은 수세기 동안 파트너와 함께 토라와 탈무드를 연구해 왔다. 두 사람은 함께 앉아서 본문을 큰소리로 읽고 그것을 토론하고 분석한다. 또 다른 본문과의 관계를 살피고, 관련된 정보를 찾아보고 그들의 삶과 관련지어 생각해 본다. 그들은 놀이도구 조차도 질문을 하도록 만들었다.

모녀관계 point
Q 내가 메디치가의 사람이라면 키우고 싶은 사람은 누구인가?
Q 내가 보석으로 세공하고 싶은 나의 재능은 무엇인가?

05

항상 레시피를 새롭게 구상하라

"인생은 요리와 같다. 좋아하는 게 무엇인지 알려면
일단 맛부터 봐야한다." (파울로 코엘료)

딸 | 다은이가 중학교 졸업하기 전까지 우리 집의 토요일은 늘 맛
있는 냄새로 가득했다. 온가족이 모여서 요리를 했기 때문이
다. 나는 요리하기를 좋아하는데 그것은 어린 시절 엄마가 하시는 요
리를 곁에서 늘 본 까닭이었다. 자녀와 함께하는 요리시간은 자연스럽
게 대화하게 되어 친밀감이 깊게 형성된다.

아이들을 참여시킬 요리는 쉬운 것부터 시작한다. 처음에 양파를 까
라고 시켰더니 "엄마! 양파는 껍질을 벗기니 속살이 나와요. 근데 벗기
고 또 벗겨도 또 속살이 나와요."라고 신기했다. 그러다 매운 양파 때문
에 눈물을 흘린다. 음식을 먹기 위해서 눈물을 흘리는 고통과 수고가 동
반된다는 것을 자연스레 체득하게 한다. 말 그대로 산교육이다. 양파의
질감, 냄새, 맛을 알게 된다. 많은 요리에 필수적으로 필요한 재료라는

것도 알게 된다. 다양하게 쓰이는 음식재료인 양파처럼, 사람도 그렇게 다양하게 쓰이는 존재가 되어야 함을 자연스레 교육시키는 것이다.

우리 가족은 버섯요리를 좋아한다. 여러 가지 종류의 버섯을 다듬으면서도 다양한 모양과 맛을 경험시켰더니 자연스레 버섯을 좋아하게 되었다. 양송이버섯은 올리브유에 토마토와 치즈를 얹어 살짝 구워낸다. 목이버섯은 잡채를 만들 때 함께 넣는다. 표고버섯은 양파와 피망을 구워 먹을 때 함께 굽고, 팽이 버섯은 순두부찌개 만들 때 사용한다. 향기부터 먹는다는 송이버섯의 진한 향도 느껴본다. 느타리버섯은 꼬치를 만들 때 끼워 넣는다. 자녀들과 함께 조리법을 읽고 조리법대로 해야 맛있는 음식이 나온다는 것을 알게 한다. 인생도 순서와 방법이 따로 있어야 맛있는 삶을 창조해갈 수 있다는 것도 교육한다.

또 음식은 먹는 즐거움보다 보는 즐거움이 우선된다. 음식을 만들면서 독특한 자기만의 장식도 해본다. 케이크, 카스텔라, 머핀, 식빵, 쿠키, 에그 머핀, 영양 빵, 초콜릿을 만들어 본다. 모녀가 함께 요리하는 토요일은 온 가족 모두가 기다리는 시간이다. 이 시간에 행복발전소는 힘 있게 가동된다. 레시피가 적힌 종이를 냉장고에 붙여 놓고, 저울에도 재료의 양을 재고, 버터를 녹이고 우유를 넣어 반죽하는 그 시간은 아이에게 최고의 시간이다. 흙과 가장 가까운 것이 반죽이니 아이는 반죽을 만지는 시간을 통해 한껏 놀고 있는 셈이다. 물론, 요리가 신통찮은 날도 있지만 그래도 우리 가족은 그 수고만큼은 꼭 칭찬을 아끼지 않는다.

음식을 잘 만들면 누구에겐가 선물할 때도 유용하다. 곡식을 한 가지씩 씻어 볶고 갈아 견과류를 넣고 영양 쿠키를 만들었다. 그렇게 만든 쿠키를 귀한 분들 선물하면 받는 사람들이 감동한다. 머핀 하나를 만들더라도 온갖 모양으로 아름답게 만든다. 그것 또한 선물하면 받는 사람들이 크게 감동한다. 새로운 요리를 익혀가는 재미는 작은 도전이다. 인생을 살면서 그런 도전이 없고, 그런 호기심이 없다면 무슨 재미로 살까? 지금도 딸은 공부하면서 하고 싶은 요리를 만들어 먹는 재미를 누린단다. 음악을 들으며 요리하는 시간이 그렇게 행복해한다. 요리를 통해 성취감이 올라가고 창의력이 많이 개발되었다고 자랑한다.

옛날엔 시집가는 여자에게 요리 실력은 혼수품목 중 하나였다. 어릴 때부터 부모님과 함께 요리하는 시간을 통해 자연스럽게 요리실력을 가졌다면 얼마나 좋겠는가? 요즘엔 남자들도 요리를 잘한다고 하지만 그래도 요리할 줄을 알아야 어딜 가든 대접받을 수 있다. 남자들이 요리하는 모습은 이제 낯선 일도 아니다. 백종원의 집 밥 시리즈는 모든 국민들의 관심을 한꺼번에 집중시켰다.

라따뚜이는 "훌륭한 요리 이전에 훌륭한 재료가 필요한 것처럼, 소중한 사람들이 삶을 맛깔나게 해준다."고 했다. 행복한 가정과 맛있는 요리를 연결할 수 있는 것은 요리하는 시간엔 서로의 소통이 더 풍요로워지기 때문이다. 게다가 사람은 먹어야 친해진다. 아무리 서먹한 관계라도 몇 번 밥을 함께 먹고 나면 친해진다. 먹는 행위의 즐거움에 이야기 나누는 즐거움이 더해져 생긴 결과일 것이다.

상담을 배우는 과정에서 미술치료사 1급과 푸드 테라피스트 1급 자격을 받았다. 미술치료는 투사적 검사를 대체하는 방식으로 활용되어 상담에서는 꽤 유용하게 쓰인다. 푸드 테라피는 요리가 목적이 아니라 식 재료 각각의 특성을 파악하여 그것으로 어떤 작품을 만들어내도록 하는 과정이다. 음식재료의 색깔, 모양, 질감 등을 통해서 그것으로 창의적 발상을 이끌어낸다. 그 과정에서 치유를 가져온다. 또한 음식물이기 때문에 먹을 수 있다는 것도 장점이다.

아이에게 요리를 시키는 것은 아이의 감성지수 높이는 데도 유용하다. 푸드 테라피는 음식재료를 통한 창작 행위가 되는데 그러려면 유심히 바라보아야 한다. 집중력이 자동으로 생기고 성취감도 높아진다. 그렇게 몇 번의 경험을 하고 나면 음식 재료만 보아도 호기심을 일으킨다. 요리활동을 통해 작품을 만들며 자신의 스토리를 하나씩 이루는 것이다. 오감을 청각, 후각, 미각, 촉각, 시각을 자극해서 두뇌발달에도 만족을 주는 테라피다. 요리를 통한 미술은 개인의 감정 상태를 묘사하기도 하고 깊은 정신적 내면까지 읽어내게 하는 도구다. 자신이 만든 창작을 통해 자아존중감도 높아진다. 창작은 자기주도적인 특성을 갖게 되므로 매사에 적극적인 사람이 된다. 오감을 동원해서 재료를 연구하고 구상하다 보면 조화를 생각할 수밖에 없고, 그런 과정은 사람과 사람끼리의 관계에서 조화가 필요하다는 것을 알게 되고 결국 배려할 줄 아는 사람으로 성장하게 된다.

가령, 주제를 숲 속 나라로 정했다고 하자. 그러면 아이는 자신이 아는 숲속나라의 모든 이미지를 생각해야 한다. 지금까지의 체험을 바탕으로 상상력을 더한다. 그것은 곧 사고력과 창의력을 폭발시킨다. 평면적으로 할지 입체적으로 할지도 구상한다. 이것저것을 배치하는 것을 통해 공간감각도 동원한다. 자신이 아는 모든 동물과 식물들도 동원한다. 그리고 흘깃 흘깃 다른 친구들 모습도 유심히 본다. 거기서 또 하나의 아이디어를 얻어낸다. 그룹을 지어 만들기를 하면 또래들과 많은 대화를 한다. 자신의 생각을 끝까지 주장해서 그 결과를 나타내기도 하고 때론 자기 생각을 포기하고 다른 친구의 생각을 존중하기도 한다. 완성한 후 그룹별로 발표하게 되면 그 속에서 개인의 꿈과 소망도 자연스레 드러나고 다른 사람들이 박수하고 환호할 때 분명한 하나의 목표로 자리 잡는다. 그래서 푸드테라피는 성별에 상관없고 나이에 상관없다. 실버 프로그램으로 활용도가 아주 높다. 현재도 미술 이라는 매개체로 매주 미술치료로 아이들을 부모를 상담하고 있다.

친정어머니는 요리의 대가시다. 감자 하나만 가지고도 여러 가지 요리를 만드신다. 또 요리하는 속도도 엄청나게 빨라 금세 뚝딱 한 상을 차려 내셨다. 어머니는 손이 크다는 소리를 들으셨는데 많은 음식을 하셨다. 그리고는 그 음식을 온 동네방네 나누어주셨고 나는 주로 배달부 역할을 맡았다. 그런 까닭에 우리 집엔 늘 사람이 끊이지 않았다. 나중에 교회를 다니면서 신약성경을 읽다가 무릎을 친 구절이 있었다. 로마서에는 "손님 대접하기를 힘쓰라" 라는 구절이 있었다. 내 어머니는 그것을 늘 실천했던 분이셨다. 또 어쩌면 우리 집에 왔던 그 사람들이 결코 빈손으로 오지 않았을 것이다. 손에는 들고 온 것이 없어도 마음으로는 우리 가정의 행복을 빌어주었을 테니 자연히 우리 집은 복을 받을 수밖에 없었을 것이다.

어머니로부터 배운 음식은 지금도 유용한 레시피다. 맛깔 나는 음식으로 온 동네 소문이 났던 어머니는 요즘 주방의 가장 기본인 가스레인지도 없었던 시대에 요리하셨다. 요즘은 가스레인지도 무슨 발암물질이 나온다며 핫플레이트이니 인덕션이니 하는 전기 조리 기구로 대체되고 있는데, 예전에 장작불로 요리했을 때는 정말 어땠을까? 그럼에도 불구하고 어머니는 장작불을 지펴 일반 음식은 물론 궁중요리까지 척척 해 내셨다. 요리의 기본은 밥이고 밥의 기본은 밥물 맞추는 것이라시며 그것부터 가르쳐 주셨다.

어머니의 요리는 종류도 다양했다. 약식, 메밀 전, 수수떡과 같은 것은 물론 장류를 담그는 것도 전문가셨다. 고추장, 된장, 막장은 당연히 집에서 만들어 먹었다. 어머니의 요리는 한식에만 국한되지 않았다. 팔보채 ,탕수육, 궁중전골 등의 중국요리까지 두루 섭렵하셨다. 어머니의 손이 가면 안 되는 요리가 없었다. 만두 빚을 때는 손이 안보일 정도로 빨랐다. 여러 종류 김치는 언제나 깊은 맛이 났다. 요리 하기 전 매일 같이 자신을 정결하게 단장하는 것은 경외감까지 자아내게 만들었다.

가끔 지인이나 친구를 초청해 요리를 대접하면 나보고 무슨 요리 자격증이 있냐고 묻는다. 그러면 나는 이 시대 최고의 요리사로부터 직접 사사 받았다고 자랑한다. 지금은 연로하시어 불편한 몸이시지만 지금도 요리의 멘토시다. 물으면 언제라도 대답이 나오는 요리의 달인이시다.

늘 부지런함이 몸에 밴 어머니, 부럽습니다.

정성스런 요리를 만들어 베풀기를 좋아하셨던 정 많은 어머니,

자녀를 위해 눈물로 기도하시는 어머니, 당신의 삶을 존경합니다.

나누는 삶을 몸소 보여주심으로 행복하게 하는 인생 레시피를 알려주신 어머니, 사랑합니다.

그래서 저 또한 그 레시피를 내 자식에게 물려주겠습니다. 어머니 야말로 축복의 통로입니다.

나의 어머니!

모녀관계 point

Q 라면 하나를 끓이더라도 나만의 레시피가 있다면?
Q 내가 음식을 잘 만든다면 어떤 일이 생길까?

06

되도록 많은 추억을 만들어라

"사랑은 오래참고 사랑은 온유하며 시기하지 아니하며 사랑은 자랑하지 아니하며 교만하지 아니 한다" (바울)

가족은 │ 추억을 만들어내는 공장이다. 그래서 흥부네처럼 식
구가 많을수록 좋다. 식구가 많으면 이불 하나를 서로
잡아당기는 실랑이도 해야 하고, 부대끼다 보면 서로의 체온도 느껴야
한다. 추우니 서로 부둥켜안고 잠을 자야 하지만 그것이 가족의 친밀
감을 만드는 요인이다. 나도 어린 시절을 그렇게 살았다. 아침이면 부
엌으로 통하는 작은 문으로 엄마가 누룽지를 넣어주시기도 했다. 그러
면 동기들이 옹기종기 둘러 앉아 서로 나눠 먹음 노래를 부르곤 했다.
그 장면을 생각하면 언제나 나를 미소 짓게 하고 살아가야 하는 사명
감 같은 것을 느낀다.

우리가족이 잠깐 친정에서 산 적이 있었다. 아들이 3살 때다. 남동
생이 대학을 졸업하고 취업을 했을 때라 저녁에 퇴근하면 조카들에게

동화를 읽어주곤 했다. 아이들은 외삼촌을 얼마나 좋아하는지 자려고 누웠다가도 외삼촌이 옛날이야기 해준다고 하면 그냥 벌떡 일어나 달려갔다. 외삼촌이 팔베개에 조카들을 누이고 동화 이야기를 들려주면 아이들은 이내 잠이 들고 했고 동생은 그 아이들을 안아 잠자리에 눕혀다. 지금도 우리 아이들은 외삼촌을 그렇게 좋아한다. 누군가와 맺은 좋은 추억은 관계를 평생 지속하게 만든다.

우리 부부도 아이들에 대해 애틋하게 대했다. 태교가 중요하다 하여 배에 손을 얹고 기도하며 성경책, 위인전, 동화책을 읽어주었다. 구연동화 하듯이 감정을 실어 읽어 주었다. 그렇게 뱃속에 있을 때부터 아빠 엄마가 계속 책을 읽어주었더니 커서도 책을 읽는 습관이 몸에 배었다. 초등학생 때는 책읽기 프로젝트도 했다. 책을 읽으면 한 권당 스티커를 붙이고 책 뒤편에 아빠가 사인을 해주었다. 10권 20권 30권 읽으면 그때마다 포상을 해주었다. 피자나 통닭, 외식을 했다. 또는 서점이나 박물관을 갔다. 박물관을 거의 다 갔을 정도이다. 독후감을 쓰고 줄거리를 이야기하게 했다. 독서 덕분에 아이들이 언어영역이 발달 돼 있다. 엄마도 덕분에 책을 아이를 통해 함께 성장했다. 유대인들은 태교의 중요성을 알기에 장가 간 자는 엄마가 임신을 하면 한가로이 집에서 쉬면서 태교를 하게했다.

아이들과 함께 하는 시간을 많이 갖는 건 추억을 쌓게 하는 방법이다. 아들이 다섯 살 때 열대어를 키운 적이 있었다. 아들은 유치원만 다녀오면 물고기랑 이야기를 했다. 물고기 밥은 자기가 도맡았다. 그래서인지 아들이 가면 물고기들이 아들 주변으로 모였다. 아들은 유치원에서 배운 노래, 율동, 동화이야기를 물고기들에게 해 준다. 열대어 쿠피가 치어를 낳는 과정을 지켜본 것도 아이에겐 신비로운 경험이었다. 쿠피는 임신초기면 약 3주일, 임신 중기면 약 2주일, 임신 말기면 약 1주일 안에 치어를 낳는데, 출산직전이면 배가 몹시 불렀다. 아이가 신기해하는 모습은 지금도 눈에 선하다.

그 외에도 손잡고 다닌 곳들이 많았다. 박물관도 가보고, 고궁에 가서 역사 이야기도 전해 주었다. 초등학교를 다닐 때는 경포대로 휴가를 떠났다. 먹을 것을 다 준비하여 바닷가에 텐트를 치고 먹고 자고 했다. 파도소리를 들으며 잠을 잤다. 어느 해 비가 심하게 오던 날 새벽에 밖에서 급하게 외치는 목소리를 듣고 부랴부랴 짐을 챙겨 급히 숙소를 잡았던 적도 있었다. 아마 태풍이 불어오면서 바닷물이 넘쳐 해변을 덮칠 위험이 있었던 모양이었다. 우리는 그 비오는 날의 경포대를 결코 잊지 못한다.

자녀가 여섯 살 될 때까지는 부모와의 애착 경험이 세포 구석까지 스며들 때이다. 이 때 부모는 추억을 안겨주어야 한다. 행복수업을 하는 학교가 가정이다. 가족은 내가 선택하는 것이 아니라 신의 선물이다. 나 또한 마찬가지로 가족에게 선물이다. 가족을 진정으로 묶어두는 것은 피가 아니라 서로의 삶에 대한 존경과 행복이다. 진정한 가족은 서로 꿈을 나누고 미래를 보면서 같이 울고 웃는다.

우리 가족이 외국에 살 때였다. 방학을 맞아 아이들이 집으로 왔기에 온가족이 크로아티아의 어느 바닷가로 캠핑을 떠났다. 아드리안 해안 길을 따라 달렸다. 내륙으로 가다가 해안도로를 따라가니 어느새 스피릿(Split)에 가까이 와 있었다. 해안도를 달리는 내내 끝없이 펼쳐진 푸른 바다와 눈이 부시도록 반짝이는 은빛 모래알의 조화를 볼 수 있었다. 우리도 캠핑하기로 한 것은 배들이 많이 정박해 있어 마치 베니스에 온 기분이 들게 했다. 고대 성곽이 그대로 보존되어 있는 항구 도시로서 바다를 흙으로 메워 광장을 만들고 성곽을 쌓았다. 우리는 스피릿 호텔 앞 도로 건너편 공터에 가장 전망이 좋은 곳에 승합차를 주차하고 거리로 나섰다. 스피릿은 크로아티아에서 두 번째로 큰 항구 도시다. 지중해성 기후를 가지고 있어서 유럽에서 가장 태양이 강한 도시 중 하나로 전형적인 고대 로마 도시다. 스피릿에 있는 건축물들은 대리석이라 외관이 깔끔하다. 건축물들은 비잔틴 양식, 로마, 이슬람 문명의 특색을 다 담고 있어 스피릿은 모든 문명을 그대로 받아들여 만들었고 마치 바다처럼 모든 시냇물을 다 받아들이는 것과 같았다.

우리가 저녁식사를 한 곳은 노천카페였다. 직접 연주해 주는 음악을 들으며 식사하고 있으니 중세의 영주가 된 기분이었다. 온종일 달려온 피로가 풀리는 듯했다. 거기까진 좋았다. 문제는 숙소였다. 여행 경비 절약을 위해 숙소 대신 승합차에서 자고 음식도 가급적 직접 해 먹기로 했기 때문에 식수, 과일, 라면, 밑반찬, 버너까지 다 싸가지고 왔다. 어딜 가든 가장 절박한 문제가 화장실이라 호텔 앞에 주차를 하고 호텔 화장실 신세를 질 계산이었다. 첫 날은 일찌감치 잠자리에 들었다. 아무래도 잠자리가 불편하다 보니 몸이 무겁고 뻐근했다. 그래도 눈부신 햇살을 맞이하는 아침은 환상적이었다. 뱃고동소리에 맞춰 갈매기도 노래해주고 있었다. 간단히 체조를 하고 내가 아이들과 함께 호텔에 들어가 세면을 하고 남편은 차를 보고 있기로 했다. 역할을 교대해서 남편을 호텔로 보냈는데, 한참 지났는데 남편이 오지 않았다. '호텔도 이용 안 하면서 화장실을 이용한다고 웨이터한테 걸렸나? 동양인이라 눈에 단 번에 띄어서 그런가? 온갖 걱정이 앞선다. 한참이나 더 기다리다 호텔로 찾아가려는 즈음에 남편의 얼굴이 잔뜩 상기된 채 돌아왔다. "여보, 어찌 된 일이예요" "많이 기다렸지. 아. 글쎄 화장실 문이 잠겨서 못나왔어" 딸은 깜짝 놀라서 되물었다. "근데 어떻게 나올 수 있었어요. 누가 열어줬나요?" "아빠가 문을 크게 두드리고 헬프 미! 헬프 미! 소리쳐도 안 들렸나봐"

한참 동안 문을 두드리다 소식이 없기에 문고리를 돌려보니 열리더라. 호텔 로비에서 멀리 떨어진 곳에 화장실이라 도와달라는 소리를 아무도 듣지 못했던 것이다. 졸지에 화장실에 갇힌 남편은 얼마나 답답하고 놀랐을까 생각하니 괜히 미안했다. 그만 눈물이 핑 돌았다.

"여보, 미안해요. 비용 아끼려고 자동차에서 자다가 당신을 이렇게 힘들게 했네요.

그러자 남편은 특유의 함박웃음을 띠면서 말했다. "정말 답답해 죽는 줄 알았어! 그렇지만 이 기억은 죽을 때까지 못 잊을 걸?"

남편은 연실 땀을 닦으며 말한다. 딸도 한마디 거든다.

"엄마! 다음에는 자동차에서 자는 거 없기예요. 세상에! 아빠 얼굴 좀 봐요."

그날 아침은 가족의 친밀감이 더 느껴졌다. 호텔 앞 바닷가 풍경을 촬영하고 왔다. 햇살이 따사롭게 비추는 바닷가에서 우리 가족은 아침식사를 했다. 바닥이 대리석이라 돗자리를 깔 필요도 없었지만 되레 바닥을 더럽힐까 싶어 돗자리를 깔았다. 스피릿은 그렇게 아름다웠다. 그러니 유네스코 세계문화유산으로 지정될 만도 했다. 유럽 정통의 도시 스피릿에서, 우리는 완전 토종 한국식 아침식사를 했다. 갈매기들도 예전에 보지 못한 동양사람, 예전에 모르던 신기한 음식냄새가 궁금했는지 떼거리로 구경을 왔다.

"이런 추억은 돈 주고도 못 할 거야. 그치?"

남편이 너털웃음을 웃으며 한 마디 하니 다들 맞장구를 치며 웃었다. 정말 그날 아침 그 밥맛은 잊을 수도 없다. 식사를 마치고 쉬고 있을 때 나는 커피를 준비해서 남편에게 주었다.

"여보! 이거 먹어. 요건 무사귀환 선물이야."

지금도 우리 아이들은 자기가 있는 자리에서 행복한 순간을 추억 레시피를 만들어 가는 최고의 요리사다. 가족의 관계 모빌과 같다. 자녀들이 아기일 때 머리위로 모빌이 달려있었다. 나비 하나만 건드려도 줄 전체가 움직여서 아기는 호기심으로 바라보며 웃고 안구 운동을 한다. 가족도 한사람의 아름다운 추억을 나누면 가족 전체가 행복해한다. 숨겨진 보화를 서로 친밀하게 공유하면서 순기능을 가진 가족관계 시스템이야 말로 최고의 자녀교육이다. 이런 행복수업을 하는 가정은 최고로 빛나는 아름다운 가문의 유산이 될 것이다.

> **모녀관계 point**
>
> Q 우리에게 손님이 왔을 때 보여줄 가족의 추억 세 가지만 꼽는다면?
> Q 엄청난 고생이나 위험이 도리어 추억이 된 사건이 있다면?

06Part

나의 마음
가꾸기

내면의 정원 가꾸는 법

나의 마음 정원가꾸는 관계

01

하루하루 정원 가꾸듯 글을 쓰라

"사물의 이름을 불러 주어 그 사물의 존엄성을 지켜 주라."(나탈리 골드버그)

상담학 | 과정 중에 스토리 심리학이란 과목을 수강했다. 학기 말 과제로 자신의 인생 스토리를 쓰라고 했다. 자신이 경험한 이야기를 스토리로 만들고 보니 인생의 의미와 가치가 달라졌다. 내 삶에 대해서 확신을 갖게 하였다. 또 그 내용을 서로 발표하니 서로의 삶을 나눌 수 있었고 그 또한 나의 스토리와 연결되어 서로 이해하고 공감하는 시간이었다. "아하! 그래서 그랬구나."라는 탄성을 절로 자아내게 했다. 어쩌면 그 과정은 모래알 하나가 들어 있는 신발을 직접 신어보는 것과 같았다. 당사자만이 아는 고통을 그 경험을 통해서 알게 되는 것이다.

글을 통해 스토리를 엮어내는 스토리텔링은 사람의 마음을 깊이 만져주고 꿈을 발견하는 놀라운 방법이다. 글은 쓰는 것 자체로도 치유를 가져오는데 그것은 글이 자신만의 스토리텔링으로 연결되기 때문이다. 글쓰기는 일종의 정원가꾸기와 같다. 가꾸지 않으면 아름다운 꽃을 볼 수 없듯이 지속적으로 쓰고 다듬지 않는 글은 아름답지 못하다.

내가 유럽에서 살 때이다. 그 곳 사람들은 정원 가꾸기를 자기자식처럼 정성스레 한다. 집 안에서부터 정원은 물론 바깥 골목까지 수많은 꽃을 심어 모든 사람이 오가며 볼 수 있게 한다. 그들의 정원에는 어느 집을 막론하고 아름답게 가꾼 꽃과 과실나무가 많이 있다. 담장이 없다시피 하는 그들의 집 구조로 인해 그들은 매일같이 서로의 행복을 나눈다.

정원을 가꾸기 위해 수없이 숙련된 손과 발을 움직여야 한다. 가꾸는 일을 그들은 행복 전달자로 모두 사는 것이다. 처음에 가서는 꽃집을 하는 것도 아닌데 꽃 대신 채소를 심어서 먹으면 좋겠다는 생각도 했다. 우리나라 사람들은 집 밖보다 집 안을 더 단장한다. 문화적인 차이인 것 같다. 유럽 사람들은 정원 가꿈을 통해 씨 뿌리고 가지치고 약을 치는 행위를 즐긴다. 누군가의 집에서 잔디 깎는 날은 향긋한 풀냄새가 온 동네를 뒤덮는다. 그 냄새가 얼마나 좋은 지 코끝까지 싱그럽다. 그것처럼 오랜 내면의 정원을 가꾼 사람이 글이라는 가꿈을 해서 만들어낸 글은 우리를 행복하게 한다.

글은 눈에 보이는 세상을 묘사할 수 있을 뿐 아니라 보이지 않는 사람의 생각과 깊은 무의식속 세계까지 묘사할 수 있다. 자라온 추억은 기억력을 통해서, 현재의 일은 눈에 보이는 대로, 미래의 일은 상상력을 동원하면 얼마든지 쓸 수 있다. 어쩌면 말과 글은 사람에게 주어진 가장 신비로운 선물이다.

글쓰기는 구체적인 목표를 실현하는데도 좋다. 몰입하여 글을 쓰는 수준까지 이르려면 많은 인내와 훈련이 필요하다. 몰입을 하면 심층적인 글이 나온다지만 그것도 자신의 내면을 표출하는 갈망이 있어야 할 수 있다. 쓰다보면 자신이 경험하고 공부한 내용이 술술 나온다. 글쓰기는 인스턴트식품이 될 수 없다. 오랫동안 묵혀서 숙성된 김치처럼 농익은 맛이 나야 한다. 누구도 흉내 내지 못할 나만의 인생 스토리가 있다면 그것은 세상에서 단 하나뿐인 걸작이다.

애플의 설립자 스티브 잡스의 창의성도 글쓰기에 있었다. 그가 "나는 가난 때문에 대학을 자퇴했다. 하지만 그것은 내 생애 최고의 결정 가운데 하나였다."라고 하였다. 자퇴 이후에 그가 끊임없이 글쓰기를 하는 가운데 자신이 원하는 일을 찾은 것이다. 그래서 그는 늘 "끊임없이 찾고 그 가운데 최선을 다했을 뿐이다"라고 말했다.

글쓰기의 소재는 삶의 어떤 부분도 다 가능하다. 화려하고 멋진 삶보다 외려 옹이가 많은 나무처럼 삶의 굴곡, 삶의 풍파가 많았던 사람에게 글감이 훨씬 더 많이 주어진다. 그들에겐 지금의 평범한 시간도 평범한 시간이 아니라 아주 특별한 시간이다. 지금 곁에 있는 평범한 사람도 아주 특별한 존재다. 지금여기의 삶, 지금 살고 있는 곳이 바로 정원이요, 주변의 모든 것들이 꽃이요 열매다. 지나온 시간들은 씨앗이고 뿌리이다. 지금의 꽃과 열매는 곧 그 사람이다.

글을 쓰게 되는 시점은 공교롭게도 독서를 많이 했을 때다. 책을 쓰는 사람들은 대부분 읽는 것으로는 만족 할 수 없어 글을 쓰게 되었다고 말한다. 그리고 그 작업이 그에게는 즐거운 작업이 된다. 자신의 삶을 통해 얻어낸 가치와 의미를 녹여서 글로 풀어내는 작업은 일종의 연금술과도 같다. 일반 금속을 녹여서 금을 만들어내는 기적을 이뤄낸다. 글을 쓰는 사람들은 글 쓰는 작업을 통해서 자신의 생각의 틀이 더 확장되었다고 말한다. 생각은 끊임없이 솟아나는 샘물과 같아서 퍼낼수록 그 물은 더 달고 퍼낼수록 더 많은 물이 나온다. 그래서 새로운 동기를 부여하고 또한 새로운 의미를 첨가할 수 있다.

글쓰기가 마음을 치유할 수 있는 것은 글쓰기를 통해 생각과 감정을 다스릴 수 있기 때문이다. 글쓰기 자체가 자신과의 대화가 되므로 내면을 가꾸는 정원사의 기능을 하는 셈이다. 농부가 논에 물을 대듯 글쓰기는 감정이란 논에 물을 대는 역할을 한다. 그러다 보면 감정은 풍성해지고 나중엔 열매를 맺게 된다. 자기감정을 알아차리고 그 감정을 조절할 줄 아는 감정의 주인이 되게 한다. 잘 다듬어진 내면을 가진 사람에겐 사람이 따라 붙는다. 자기는 아무리 조용히 있고 싶어도 사람들이 찾아온다. 그에게서 향기가 나는 까닭이다.

내가 글쓰기와 자연스레 인연을 맺을 수 있었던 것은 주변 환경이 시골이었기 때문이다. 어릴 때 집집마다 꽃이 많았다. 동네 어귀에서 공동으로 만들어 놓은 꽃밭이 있었다. 계절별로 다양한 꽃을 볼 수 있었다. 게다가 야생화는 또 얼마나 많은 지 정말 계절마다 꽃이 없을 때가 없었다. 하다못해 겨울에도 하얀 눈이 내려 눈꽃을 피워주었다. 그래서 나는 채송화라는 단어만 들어도 즉각 어린 시절 장독대 옆에 나지막이 핀 채송화를 사진으로 기억해낸다. 빨간색, 노란색, 주황색, 겹겹이 쌓인 꽃잎, 뾰족하고 통통한 조그만 초록 잎사귀, 햇빛을 향해 피어나던 채송화 꽃 사진이 바래지 않은 채 기억 속에 저장되어 있다. 작은 채송화 꽃 속에 작은 수술들은 언제보아도 신기했고 꽃을 찾아와 꿀을 따는 노랑나비의 날개 짓이 못내 안쓰럽기도 했었다.

이름만 들어도 가슴 설레게 하는 꽃 채송화. 채송화 꽃잎 하나에도 온 세상을 담을 수 있다. 창작의 숨결을 고르게 하면 문학소녀의 감성을 담을 수도 있고 귀족 같은 고귀함을 드러낼 수도 있고, 도시문명 속에 사는 현대인들까지도 무난히 담아낼 수 있다. 꽃이란 내가 먼저 숨결을 느끼면 그 꽃도 항상 내 가슴에 들어와 춤추며 노래한다. 작은 꽃 하나라도 그 깊은 내면으로 들어가면 그 곳에서도 깊은 바다를 만난다. 그래서 문학적 상상력은 언제나 신비롭다. 유안진의 들꽃 언덕이란 수필에는 이런 표현이 나온다. "들꽃 언덕 에서 깨달았다. 값비싼 화초는 사람이 키우고 값없는 들꽃은 하나님이 키우시는 것을 그래서 들꽃 향기는 하늘의 향기인 것을 그래서 하늘의 눈금과 땅의 눈금은 언제나 다르고 달라야 한다는 것도 들꽃 언덕에서 깨달았다"라고.

내 가슴을 설레게 하는 또 하나의 소재는 별이다. 나는 언제나 별이 좋았다. 어느 때부터인가 몽골에 가고 싶다는 생각이 들었는데, 누군가로부터 몽골의 밤하늘엔 별이 정말 아름답다는 말을 들은 후부터였다. 별이 아름답다는 말만 들어도 가슴이 설렌다. 외국에 살 때도 늘 별을 보면 마음이 저절로 맑아졌다. 자연환경이 깨끗하니 별도 더 맑았다. 그래서 내 글속에 별이 자주 등장한다. 아주 어릴 때도 나는 우리 집에 놀러온 어른들 틈에서 놀았다. 여름 마당에 멍석을 깔아 놓으면 이웃에서 어른들이 놀러왔다. 별이 쏟아지는 밤하늘 아래서 어른들의 이야기는 무궁무진했다. 살아가는 이야기들은 물론 역사 이야기, 문화, 자녀교육, 문학, 공동체, 사랑, 농사 등등 다양한 소재였다. 그런 이야기를 들으며 누우면 밤하늘의 달과 별도 웃는 것 같았다.

책을 많이 읽으면 글을 쓰게 되지만 글을 쓰게 되면 좋은 책을 고르는 안목도 생긴다. 좋은 글을 쓰는 사람은 양질의 책을 더 많이 읽게 된다는 장점이 있다. 또 다른 사람의 글을 읽다가 아이디어를 얻어서 자신의 글을 쓸 수도 있다. 그래서 어떤 작가는 글감이 떠오르지 않을 때 한 시간 동안 다른 사람의 책을 읽고, 삼십 여분 정도 묵상을 한다고 한다. 그렇게 하면 또 글을 쓸 수 있는 영감과 에너지를 동시에 얻는다고 한다. 그러니 글을 쓰는 것과 읽는 것은 떼려야 뗄 수 없는 불가분의 관계다. 내가 글을 잘 쓴다는 개념은 어쩐지 어색하지만 적어도 지금까지 살면서 그 어떤 날도 책을 잡아보지 않고 지난날은 없었다고 자부한다. 손에서 책이 떠나지 않아야 글을 쓸 수 있다는 것을 신념처럼 가슴에 새기고 살았다. 책을 읽지 않더라도 만지기라도 하라는 성현들의 말씀을 들었던 모양이었다. 아마 또 독서가 씨앗이 되어 언젠가는 싹을 틔우고 줄기를 내고 꽃을 피우고 마침내 열매를 맺게 해줄 것이라 믿었기 때문일 것이다.

글 쓰는 것과 정원을 가꾸는 것은 동일하다. 독서한 것이 마음의 정원에 심겨 싹이 나고 잎이 피고 꽃이 피고 열매를 맺는 것이다. 글을 쓴다는 것은 한 순간보다 평생에 걸쳐 사명처럼 이루어야 하는 숙련이 필요하다. 하루 한권 아니면 성경 열 페이지라도 읽어야 육신의 밥도 먹는 다는 정신으로 책을 읽는다. 그래서 나탈리 골드버그는 〈뼛속까지 내려가서 써라〉에서 "고유성을 허락하라. 사물에도 인간과 똑같이 이름이 있다. '창문가의 꽃'이 아니라 '창문가의 제라늄'으로 묘사하는 것이 훨씬 좋다. 제라늄 이라는 단어 하나가가 훨씬 구체적이고 특별한 영상을 만들어내고 우리는 그 꽃의 존재 속으로 더욱 깊이 들어가게 도와준다."라고 했다. 그래서 나도 그냥 꽃이라 쓰지 않고 채송화라고 이름을 붙인다. 윌리엄 카로스 윌리엄도 〈바로 당신 코앞에 있는 것을 쓰라〉에서 사물은 자신만의 고유한 총체성을 지니고 있다고 강조했다. 그 고유한 총체성을 찾으려면 유심히 바라보아야 한다. 바로 코앞의 채송화를 유심히 바라보면 그 속에서 깊은 통찰을 얻어낸다. 소중한 글감을 뽑아낼 수 있다. 해바라기 꽃도 자세히 관찰해 보아라. 그 수많은 꽃잎의 개수와 씨앗의 개수를 일일이 세어 보면 생명의 신비를 느끼게 된다. 이왕이면 영그는 씨앗들을 만져서 그 까칠한 질감까지 느껴보자.

나의 마음 가꾸기 point

Q 매일 하루 20분씩만 글쓰기를 해 보자

Q 글쓰기를 통해서 내가 어떤 문제를 해결했던 경험은?

02

만권의 독서로 사람과 세상을 알라

"가슴속에 만권의 책이 들어 있어야 그것이 흘러 넘쳐서
그림과 글씨가 된다." (추사 김정희)

책이 │ 사람을 만들고 사람이 책을 만든다. 책속에 길이 있다. 지금까지 책이 나의 인생을 만들어가고 있다. 학위보다도 책을 많이 읽고 묵상하는 사람은 대화가 다르다. 그는 인생의 공부를 책을 통해 했으니까. 그래서 조상들은 회초리를 때려서라도 독서법부터 가르쳤다. 다산 정약용 선생은 독서가 낳은 천재다. 조선이 낳은 천재 학자라는 수식어가 붙은 정약용의 저서 목민심서와 다른 모든 책은 지금도 영향을 준다. 그는 사세에 이미 천자문을 익혔고 십세 이전에 한시를 쓴 것을 모아 삼미집을 편찬했다. 그가 500여권이 집필할 수 있었던 것은 어린 시절의 많은 독서가 기초가 되었다. 그는 18년이라는 유배기간 중에서도 책을 썼다. 문학은 기본이요 농업, 과학, 의학 등에 걸쳐 다양한 책을 썼다.

나는 올해 삼백 권의 책을 목표로 삼았다. 중학교 때 국어 선생님께서 하신 말씀을 아직도 새기고 있다. 그분은 늘 입버릇처럼 말씀하셨다. "너희들이 책 만권을 읽으면 인생이 달라질 것이다."라고 말이다. 지금도 그분의 음성이 귓가에 선명하다. 왠일인지 나이가 들수록 그분이 그립습니다. 아이들이 어릴 때도 우리 집엔 책읽기 표를 만들어 독서 감상문을 쓰게 했다. 한 달에 몇 권 목표를 정해놓고 한 권 읽을 때마다 책 줄거리를 쓰고 이야기하게하고 사인을 해주었다. 10권 단위로 읽을 때마다 학용품, 레고. 피자, 치킨, 놀이공원가기, 운동화 등 아이들이 원하는 것들을 사 주었다. 아이들이 읽은 책은 위인전집, 명작전집, 시집, 동화, 성경만화, 역사책, 단행본 등 다양했고 그 결과는 각종 웅변대회와 논술 반에서 상도타고 가족신문 만들기에서는 대상을 탔다. 그런 까닭에 큰아이가 초등학교 3학년 때에는 담임교사의 부탁으로 명예교사가 되어 독서 논술 반 지도를 할 수 있었다. 독서는 하겠는데 논술이 문제라 결국 내가 먼저 학원에서 논술을 따로 배워 학교에 가서 가르쳤다.

요즘의 방과 후 학습에 해당된다. 한 삼십 명 정도가 모였다. 도서관에 있는 책을 한 권씩 읽고 줄거리를 쓰게 했다. 그날 읽고 느낀 점을 발표하게 했다. 논술 반에 왔어도 처음에는 책도 읽기 싫어하고 감상문도 잘 쓰지 못하고 발표도 서툴렀다. 일 년을 그렇게 훈련하니 모두 잘 하였다. 아이들에게서 나타는 공통점으로 첫째는 독서습관이 좋아졌다는 점이다. 독서 습관을 익힐 때까지는 주로 칭찬과 격려를 사용했다. 학교 갈 때마다 아이들 포상용으로 간식도 가져가서 격려도 해주었다. 그렇게 했더니 학년 말에는 아이들의 독서 감상문만으로 한 권의 문집을 만들 수 있었다. 직접 그린 그림도 넣고 아이들이 직접 손글씨로 쓴 문집이었다. 담임선생님과 교장선생님도 드리니 모두 놀라워했다. 독서를 통해 아이들의 행복한 모습이 성장세포가 확장된 것이다. 둘째, 몰입이 몸에 배었다. 책을 잡으면 시간 가는 줄 모르고 책 속으로 들어가는 것처럼 읽었다. 셋째, 자기 표현력이 좋아졌다.

아이들의 독서지도를 한 것을 바탕으로 나중에 독서치료 자격증까지 따게 되었고 지금도 여전히 〈글사랑〉이란 독서모임을 하고 있다. 한 달에 한번 모이는데 선정한 도서를 세 시간 정도 읽은 후 소감을 나눈다. 한 두 챕터씩 나눠 읽고 줄거리를 통합하고 적용 점을 찾는다. 계절이 좋을 때는 야외로 나가 자연 속에서 모인다. 자연환경까지 좋으면 서로의 마음이 저절로 연결되니 독서를 통한 자동 힐링이 된다. 어느 날은 자신의 깊은 것까지 통찰해 내면의 나를 만난다. 자아실현도 하는 것이다. 나는 지금도 하루 한권의 책을 읽으려고 노력한다. 이것도 자기와의 싸움이다. 꿈 모닝을 통해 미라클 몰입 독서가 될 것이다. 지금까지 수천 권 읽었으니 곧 만권을 달성할 것이다.

사람들은 자기만의 독서법을 가지고 있다. 작가 김병완은 공부법,

독서법, 기업 경영, 전략 분석, 인물 비평, 경제 등의 분야를 자유자재로 넘나들어 '신들린 작가'라고 불린다. 베스트셀러 작가로 열정적인 집필을 하는 출판계의 신성이다. 그는 삼성전자에서 10년 이상 연구원으로 근무하다 어느 날 사표를 냈다. 부산으로 내려가 3년 동안 도서관에 거의 칩거하며 '책 1만 권'을 읽었다. 그렇게 해서 깨달은 것을 글로 써 낸 것이 〈글쓰기의 즐거움〉이었다. 그는 '3년 만권 독서, 3년 60권 출간'의 기적같은 기록을 통해 '신들린 작가'라는 호칭을 얻었다. 그의 대표적인 책으로 〈나는 도서관에서 기적을 만났다〉〈초의식 독서법〉 등이 있다. 그의 책은 국내에서 베스트셀러가 된 것을 물론 문화체육부에서 선정한 '한 해 동안 국립 중앙 도서관에서 이용자들에게 가장 많이 읽혀지는 책'에 뽑혔다. 그는 현재 미래 경영연구소 김병완 칼리지 대표이다. 인생의 2막 이야기는 도서관에서 시작한다. 한 해 동안 국립 중앙 도서관에서 이용자가 가장 많이 읽은 책이 이 작가의 책이다. 바로 꿈을 꾸면 이렇듯 세상에서 가장 귀한 보석함이 되는 것이다.

오래전 강의도 하고 중국 국립대 교수로 있는 친구도 만날겸 해서 중국을 갔었다. 친구의 아파트 베란다에서 들어오는 멀리 압록강 너머의 떠오르는 태양은 유달리 신비로웠다. 태양이야 어느 곳이든 어김없이 뜨고 있다지만 그곳의 일출은 며칠 동안 유심히 지켜보았다. 주위가 어두운데 한줄기 찬란한 태양빛이 비추기 시작하니 금세 온 세상이 밝아졌다. 어디에서나 볼 수 있다지만, 그 광경을 보는 다양한 지식의 눈이 있을 것이다. 천문학자나 우주물리 학자라면 그 광활한 우주에 있는 별 중에 저토록 찬란하게 비치는 태양빛의 아름다움에 감탄할 것이다. 하나님께서 창조하신 그 창조의 세계를 공부한다는 것이 얼마나 기쁜 일일까? 작가 로건 피어솔 스미스는 말한다. "인생의 목표는 단 두 가지이다. 하나는 당신이 원하는 것을 얻는 것이고, 다른 하나는 그것을 즐기는 것이다. 현명한 사람을 두 번째 목표를 이룬다."

　　나는 지금까지 지내온 것은 그저 하나님의 은혜라고 생각한다. 어릴 때부터 독서하는 아버지의 모습을 보고 자랐다. 아버지는 책을 읽고 신문을 보며 늘 좋은 글귀 한문과 영어를 옮겨 쓰는 습관을 갖고 계셨다. 아버지의 내핍생활도 좋은 교육이었다. 신문 사이에 끼어 들어온 광고지 한 장도 허투루 버리지 않고 메모지로 활용하셨다. 광고지 뒷장엔 늘 아버지의 글이 있었다. 그러면서 사람은 늘 책을 많이 읽어야 지혜롭고 영리할 뿐 아니라 남에게 영향력을 행사하며 산다고 하셨다. 그때는 날마다 쓰는 아버지의 그림 같은 언어를 보고 참 우리 아버지께서 쓰는 것을 좋아하시는구나 하면서 모습만 보아도 기뻤다. 연세가 들어서는 매일 한문과 성경을 읽고 쓰셨다. 그런 아버지 영향으로 지금 내가 이렇게 글을 쓰는지도 모른다. 자녀는 부모의 뒷모습을 보고 배운다 했으니까. 아버지는 가슴속에 만권의 책이 들어 있어야 그

것이 흘러 넘쳐서 그림과 글씨가 된다는 추사 김정희 선생님의 뜻을 이미 안지도 모른다. 지금은 이 땅에 안계시니 직접 여쭈어 볼 수도 없어 아쉽다.

천자문과 영어를 알려주시던 백과사전 같은 아버지, 존경합니다.

책 만권을 내면에 이미 소유하시던 분, 그립습니다.

세수한 물도 꽃밭에 주시며 몸소 근검절약하셨던 아버지 .

남에게 싫은 소리 한번 안하신 온유한 아버지, 사랑합니다.

다시 태어나도 너의 엄마랑 결혼할거야 고백하던 아버지, 존경합니다.

당신이 가진 자원을 가족을 위해 다 쏟으셨습니다. 독서보다 더 귀한 헌신의 삶으로 세상에서 가장 귀한 사랑의 독서를 온 몸으로 하셨습니다. 삶으로 명작을 그리신 아버지 천국에서 빛나는 골드인생 최고의 삶이였습니다.

나의 아버지!

나의 마음 가꾸기 point

Q 나는 일 년 동안 몇 권의 책을 읽는가?

Q 내 내면을 정원으로 꾸민다면 거기서 어떤 책을 읽고 싶은가?

03

마음으로 몸으로 감사하라

"말로만 감사하는 것은 진정한 감사가 아니다. 진정한 감사는 마음으로 감사하고 행동으로 나타내는 것이다" (영국의 시인 윌리엄 블레이크)

내가 | 유럽에서 살 때 일이다. 그곳은 수돗물에 석회질이 많았다. 설거지를 하고 나면 반드시 마른 행주로 물기를 깨끗이 닦아내야 했는데 그러지 않으면 그릇이 쌀뜨물이 묻은 것처럼 뿌옇다. 이 물로는 머리를 감아도 뻣뻣하고 빨래를 빨아도 누렇게 변색된다. 한국에서는 전혀 걱정하지 않았던 부분이라 처음엔 엄청 불편했다. 석회질이 너무 많으니 음료수로 쓸 수 없어 먹는 물은 모두 생수로 대체해야 했다. 밥할 때, 국 끓일 때 다 생수를 쓸 수밖에 없었다. 생수는 주로 이태리나 프랑스, 크로아티아에서 수입해 온 것들이었다. 생수 구입에 따른 지출이 만만치 않는데 그래도 아프리카를 생각하며 감사하기로 했다. 그리고 그동안 한국에서 물 걱정 전혀 하지 않고 살았다는 것에도 감사했다.

물을 사 먹다 보니 생수에 대해서도 훤히 꿰게 되었다. 생수 중에 가장 비싸게 팔리는 것은 에비앙이다. 이 생수는 프랑스에 있는 레반 호수를 끼고 있는 마을에서 생산된다. 말만 들어도 깨끗한 이미지를 떠오르게 하는 생수이다. 에비앙 생수를 광고할 때 첫 문구는 물이 아니라 약수라는 콘셉트를 사용했다. 그 덕분에 광고효과를 톡톡히 보았다고 한다. 그래서 사람들은 비싸다는 느낌보다 약수라는 이미지가 더 크게 각인되었기 때문에 그 물을 가장 선호한다. 브랜드 가치가 얼마나 큰 지를 보여주는 사례다. 제대로 만든 브랜드는 강력한 힘을 발휘한다. 이에 질세라 크로아티아도 센티끼라이라고 하는 생수를 판매하고 있고 청청해역 아드리안 해역의 줄기의 생수도 물맛 자체를 브랜드로 내 세웠다.

미래로 갈수록 개인이 브랜드다. 따라서 기업은 물론이거니와 개인도 자신만의 브랜드를 가져야 살아남는다. 그래서 넘버 원(Number one)이 되려 하지 말고 온리 원(Only one)이 되어야 한다. 자신을 브랜드로 만든 사람의 몸값은 상상을 초월한다. 자신의 가치는 스스로 만드는 것이다. 그러니 자신을 어떻게 브랜딩하고 계속 진행형으로 나갈 것인가를 끊임없이 생각하자. 퍼스널 브랜딩이란 특정 개인을 대할 때 느껴지는 가치와 이미지로서 개인은 자신의 존재를 브랜드화해 상대방에게 자신의 가치를 어필 하는 것이다. 개인의 자기개발과 일반적인 상품의 브랜드 전략을 섞은 개념이다. 개인이 브랜드가 되었다면 그 자체가 감사 아닐까?

　내가 가끔 즐겨 찾는 구산정이란 이름의 청국장집이 일산에 있다. 식당이 있을만한 위치가 아님에도 불구하고 언제나 인산인해다. 청국장이란 게 워낙 냄새가 심해 호불호가 극명하게 갈라지는 음식이라 청국장은 좋아하는데 냄새가 싫어 못 먹는다는 사람이 의외로 많다. 그런데 이 집 청국장은 냄새조차 구수하다. 사람들의 입은 어쩜 그렇게 정확한지 정성이 들어간 음식과 아닌 음식을 단번에 구별해 낸다. 이 식당의 모든 조리는 주인이 직접 한다. 재료 또한 직접 준비한 것들이다. 그래서 청국장, 고추장, 된장, 간장, 매실효소 엑기스 그 어느 것 하나 정성이 들어가지 않은 것이 없다. 천연재료에 정성까지 더해진데도 주인의 철학까지 더해졌으니 그것이 구산정이란 청국장 집만의 브랜드가 된 것이다. 그날 음식재료는 주인이 직접 새벽시장에 가서 꼼꼼히 살펴보고 고른 산채들이다. 나물 하나도 손님의 주문을 받은 후에라야 바로 무친다. 미리 무쳐 놓으면 맛이 변한다는 철학 때문이다. 주인만의 특제 양념에 바로 무친 나물의 맛이 어떨지는 말할 필요도 없다. 그 식당의 브랜드 가치는 슬로건에 고스란히 배어있다. '고객을 가족같이 감사로 대접하자' 이다.

　게다가 청국장이란 음식이 귀족의 음식이 아니라 서민의 음식이다. 따라서 이 집은 1인분의 양이 다른 집에서 2인분 양과 같다. 충분히 배

부르게 먹도록 하되, 청국장 자체가 발효음식이라 청국장을 먹고 탈난 사람을 본 적 없다는 것이 강점이다. 음식에 정성이 있고 철학이 있다는 것을 먹는 사람은 자연스레 알게 되는데, 주인이 인생의 쓴맛을 경험하고 난 후에 연 청국장 가게가 제공하는 맛이기 때문이다. 주인은 금영 부품 사업을 하다가 부도를 맞았다. 정말 죽고 싶은 심정으로 죽을 고생을 하다, 마지막 기회라고 두 손을 불끈 쥐고 시작한 것이 청국장 식당이었다. 그리고 식당을 시작할 때의 모토는 차별된 서비스였다. 결국 자신만의 브랜드 구축에 성공한 것이다.

우리 가족은 매일 밤마다 그날의 감사를 이야기하고 기도로 마무리한다. 감사 일기를 쓴다. 자녀가 어릴 때는 힘들어 했지만 체질화를 시켰다. 어느 날은 감사한 것 100가지씩 써보기로 했다. 감사일기 쓴 것을 가지고 서로 공유하면 삶이 풍성해진다. 생일을 비롯한 각종 기념일과 가족행사 때에 무조건 감사편지를 쓴다.

장성한 아이들은 자신들이 있는 위치에서 역시 감사로 하루를 마무리 하고 있을 것이다. 우리 부부 또한 매일 밤 감사한 일과 힘든 일을 서로 나누고 감사기도로 하루를 마무리한다. 그러다보면 힘든 일도 감사한 그릇에 잠겨버린다. 그렇게 감사일기 나눔은 삼십삼 년 동안 하는 우리 가족의 일상이요, 심장에 새겨진 프로그램이 되었다.

새해가 되면 그 해에 이룰 감사 목록을 가지고 기도를 했다. 올해도 삼십 가지를 적었다. 어떠한 형편에 있더라도 자족하고 감사하기로 다짐했다. '그럼에도 불구하고'의 감사까지 포함한다. 감사인생으로 사는 것이 선물이다.

　낸시 레이 드모스는 〈감사가 이끄는 삶〉을 통해 감사는 필수덕목으로써 힘든 상황에서도 감사를 표현하면 모든 일상이 다 감사로 바뀌는 기적을 경험할 것이라고 하였다. 삶의 스타일 자체를 완전 감사로 바꾸는 것이다. 관점을 바꾸는 순간 감사거리는 언제나 주변에 늘려 있다. 세상을 살아 보니 정작 감사를 고백하며 사는 사람은 오히려 감사할 수 없는 사람들이 훨씬 더 많았다. 사지가 마비된 사람은 자신의 상황을 '약간 멍이 든 축복이다', '검은색으로 포장된 선물이다' 라고 고백하기도 했다. 윌리엄 로는 "만약 당신이 기적을 이룰 수 있다면, 당신 힘으로 하기 보다는 감사하는 마음으로 해야 한다. 그래야 더 큰 기적을 이룰 수 있다. 감사하는 마음이 있으면 말 한마디 로 아픔을 치유하고 그 마음이 닿은 모든 것이 행복해지기 때문이다"라고 하였다.

　영화 〈설리 허드슨 강의 기적〉은 2009년 1월, 뉴욕 공항을 이륙한 지 새와의 충돌로 인해 2분 만에 허드슨 강에 불시착한 사건을 소재로 만든 영화다. 이 사건은 탑승객 155명 중 단 한명도 죽거나 다친 일이 없는 기적이었다. 세월호의 아픔을 기억하는 내 눈에 가장 인상 깊었던 장면은 추락한 비행기에서 기장이 승객의 탈출을 돕는 장면이었다.

비행기 안으로 물이 꽤 차올랐는데도 기장은 승객을 다 밖으로 내보내고 난 후에야 자신도 탈출했다. 그러면서도 승무원들에게 계속 숫자를 물어본다. 끝까지 자신의 소임을 다하는 모습을 보여주었다. 비록 탈출 이후에, 허드슨 강에 불시착 한 것이 잘 했느냐 못했느냐의 논란이 있기도 했지만 마지막까지 승객의 안전을 생각하고 맨 마지막에 탈출하는 직업정신을 보여준 사람의 결정이라면 나는 무조건 그의 편을 들어주고 싶다. 그는 그저 "우리는 할 일을 했을 뿐이다."라고 말할 뿐이다. 영화가 끝나고 크레딧이 올라간 후 사고기 기장과 비행기 안에서 살아온 승객들이 함께 등장한다. 그 승객들은 기장에게 감사를 전했다. 그들은 지금도 감사의 편지를 보낸다고 한다. 나는 그 기적이 감사할 줄 아는 사람이라 주어진 것이라고 생각한다. 감사할 줄 모르고 불평하고, 이기심으로 똘똘 뭉쳐 자기만 살겠다고 바다에 먼저 뛰어내린 모 선장의 이야기와 대조가 되었다. 그 사람에게 '감사' 란 말이 성립될까?

〈평생감사〉의 저자 정광 목사는 자신의 인생 키워드가 감사라고 말한다. 그래서 그는 지금 감사경영, 감사훈련 프로그램을 운영한다. 한 개인의 이름이 감사브랜드가 된 것이다. 감사는 습관이고 훈련이다. 감사표현도 구체적으로 하면 배나 행복하다. 그가 진행하는 21일간의 감사훈련은 감사 체질로 바꾸는데 필요한 시간이다. 사람이 새로운 습관을 훈련하고 몸에 익히는데 최소한 21일이라고 한다. 마치 알에서 병아리가 탄생되기까지 21일이 필요하듯 감사 인생으로 거듭나는 데는 그만큼의 시간이 걸린다고 주장한다. 우리도 그렇게 감사훈련을 해야 평생 감사 체질로 바뀐다. 감사는 '지금여기' 부터 감사의 시작이다. 〈땡큐 레터〉의 신유경 작가는 감사편지 365통이 그에게 있어 삶의 에너지를 바꾸는 강력한 방법이었다고 말한다. 절박한 가운데 시작한 감사편지가 자신의 삶을 기적 같이 바꾸었다고, 그 내용을 생생하게 담았다. 오늘 당신이 쓴 감사편지 한통이 당신의 내일을 바꿔 줄 것이라고 자신 있게 말한다. 그렇게 '땡큐 레터' 가 확산 되면 어느새 '미라클 메이커' 가 될 것이라고도 말했다.

그럼에도 불구하고 사람들은 감사할 줄도 모르고 표현할 줄도 모른다. 감사하지 않는 사람과 감사하는 사람의 비율은 9:1이라고 말하는 분이 있다. 신약성경 누가복음에는 예수님께서 10명의 나병환자를 치료해주신 기록이 있다. 집에서 쫓겨나 집단생활을 하고 있던 그들이 예수님을 만나 치유를 받았다. 그런데, 자신의 몸이 완전하게 나았다는 사실을 깨닫고 예수님께로 돌아와 감사를 표현한 사람은 단 한명 뿐이었다.

나는 어느 쪽 사람인가? 감사를 모르는 90%의 사람인가? 감사를 알고 표현할 줄 아는 10%의 사람인가? 돌아와 예수님께 감사표현을 한 그 사람은 이미 감사학교 졸업장을 딴 것이다. 동시에 그는 그 때부터 매 순간이 감사의 삶이 되었을 것이다. 지극히 작은 들꽃 하나에도 감사하고 햇빛 주신 것도 감사하고 그저 먹고 마시고 잠들고 일어나고, 화장실 가서 용변을 보는 일과 같은 지극히 평범한 일상도 감사할 것이다. 그렇게 사는 사람은 지금까지 받은 복을 세어보는 것만으로도 감사한다. 그러니 살의 지혜란 감사할 '꺼리'가 있어야 감사하는 게 아니라 감사하니 감사할 '꺼리'가 온 사방에 널려 있다는 사실을 깨닫는 일일 것이다.

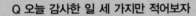

나의 마음 가꾸기 point

Q 오늘 감사한 일 세 가지만 적어보자

Q 내가 감사편지를 쓴다면 누구에게 보낼 것인가?

04

지금까지 나를 도와준 사람들을 기억하라

"여러분이 할 수 있는 가장 큰 모험은 바로 여러분이 꿈꾸는 사람으로
사는 것입니다" (오프라 윈프리)

남쪽에서 | 매화가 피었다는 소식, 개나리가 피었다는 소식을
들을 때면 나는 늘 마음이 설렌다. 꽃 소식에 마음
이 설렌다는 사실에 스스로 감격에 빠진다. 아무래도 좋다. 여름은 여
름대로 설레고 가을은 가을대로 설렌다. 겨울에 눈이 내릴 때 들리는
소리에도 가슴 설렌다. 그럴 때면 나이를 잊는다. 아니 나이 따윈 이미
잊고 산지 오래다. 나이는 꿈을 꾸는 사람에겐 찾아오지 않는다. 그런
사람은 아기 때부터 백세가 되어도 꿈을 꾼다. 그리고 그 꿈속에 살아
간다.

그리고 꿈을 꾸게 하는 원동력은 언제나 책에 있다. 책을 읽으면 제
속에 내재되어 있던 꿈, 설렘, 따뜻함, 열정, 사랑과 같은 단어들이 꿈
틀댄다. 이 단어들은 내가 평생 사는 동안 늘 사랑하고 아끼는 말이다.

그래서 나는 윤동주의 〈서시〉에서 하늘의 별을 다 못 헤아리는 것은 쉬 새벽이 오는 까닭이라는 표현을 좋아한다. 나이가 들고 보니 하늘을 우러러 한 점 부끄럼 없기를 바랐던 그의 마음을 조금은 알 것 같다.

내가 나이가 들수록 오히려 더 분명한 꿈을 꿀 수 있었던 것은 내 가슴 깊은 곳에 꿈을 심어 주신 중학교 2학년 때의 국어선생님 덕분이다. 사실, 나는 처음엔 글을 쓰고 책을 내는 것과는 전혀 상관없는 사람인 줄 알았다. 부모님께서는 아직 7살인 나를 초등학교에 입학시켰다. 생일도 안 되는데 1학년을 2년 하는 한이 있더라도 고집 피워 보내셨다. 초등학교 일 학년 때 '코끼리가 코로 물을 뿌~움 습니다.' 라는 대목을 읽는데 너무 더듬거리며 읽는 바람에 지진아로 분류되어 혼자 남는 공부를 했던 적도 있었다. 그런 날은 학교에서 돌아와 대청마루에 앉아 펑펑 울었다. 그런 내 모습이 안쓰러웠는지 아버지가 책을 많이 읽어 주셨다. 그 덕분에 한글을 읽게 되었고 책에 대한 공포감이 사라지고 책 읽기를 좋아하게 되었다. 그러면서 문학소녀의 꿈을 막연히 꾸었다. 그 막연한 꿈을 확실한 목표로 바꿔주신 분이 중학교 2학년 때의 국어선생님 이시다. 그분은 늘 나에게 이렇게 말씀하셨다. "너는 크면 국어학자나 문학가가 되면 좋겠구나!" 나는 겉으로 애써 부인하면서도 선생님의 말씀을 가슴에 새기고 문학소녀로 자라길 시작했다. 그 선생님의 칭찬이 문학도로서의 내 심장을 뛰게 하셨던 것이다. 그래서 비록 아직 어리고 서툴렀지만 나름 시를 쓰기도 하고 작사도 해서 노래를 만들고 편지를 썼다. 커서는 세계문학전집과 한국문학전집을 수없이 읽었다. 그 선생님의 칭찬이 나를 책벌레로 만들었다. 그때 생긴 꿈이 생생하게 남아 수십 년이 지난 지금까지 꿈으로 설레며 갈망하고 있다. 그 후 셀 수 없는 책은 나의 친구가 되었다.

나의 가슴에만 간직했던 꿈을 끄집어 내 준 가장 큰 공로자는 남편이다. 그동안은 늘 내 인생은 그저 평범한 삶이라고 여기고 살았는데 3년 전 결혼 30주년 때 그 생각을 완전히 바꾸었다. 그날 나는 남편으로부터 장미 꽃다발과 열다섯 권의 소책자를 선물로 받았다. 그 소책자는 내가 그동안 가정상담가로 1남 1녀 자녀를 돌본 세월동안 노트나

블로그에 조금씩 써놓았던 글을 남편이 엮어서 만든 것이었다. 에세이, 동화, 시, 글을 모아 편집하고 제목 달고 소제목까지 세심하게 달았다. 남편이 '세상에서 하나뿐인 보물 소책자'를 만들어 왔다. 출판사 사장도 아닌 사람이 그 책을 만들었으니 얼마나 고맙고 얼마나 감격스럽던지... 한 권당 100페이지 정도니 딱 시집 만큼의 두께다. 남편의 그 선물 이후로 나는 글 쓰는 데 더 큰 에너지를 얻을 수 있었다. 그 책을 받는 날은 마치 결혼식장의 신부의 설렘이 있었다. 그 날은 생각만으로도 나를 감격케 하는 나만의 스토리 보석함이다. 그러니 이 책이 제대로 만들어진 책이 되어 세상에 나오는 날은 내 생애 최고의 기쁜 날이 될 것이다. 아마 이글을 읽는 독자도 응원해 주리라 생각한다.

남편의 선물은 단지 선물 이상이었다. 그것은 남편이 나를 '작가'로 인정한다는 뜻이었다. 그것이 계기가 되어 그때부터 매 주 에세이, 동화를 배우는 문학수업을 수년간 받고 있다. 물론 지금도 은퇴한 국문학 교수님, 원로 소설가, 시인들과 정기적으로 공부를 하고 있다. 또 그는 흑기사 되기를 늘 자처하였다. 밤늦게까지 공부를 하는데도 그 문제로 고민할 필요가 없었던 건 그가 기꺼이 픽업을 해 준 덕분이다. 남편의 외조가 아니면 아무것도 이룰 수 없었을 것이다. 평생 성실로 식물을 삼는 남편에게 감사하고 존경하는 마음이다. 남편 덕분에 나도 항상 긍정적이 되었고 인생의 어려운 고비들도 믿음으로 승화시킬 수 있었다. 늘 스마일 얼굴로 변함없는 그 마음 감사할 뿐이다.

남편 덕분에 할 수 있었던 일은 그 뿐 아니다. 상담과 코칭을 배우는 데도 큰 도움이 되었다. 그 동안 이 분야와 관련된 자격증과 수료증이 어림잡아 삼십 가지가 넘는다. 이 많은 것들 중에는 남편과 함께 한 것도 많다. 또 남편의 배려와 수고, 전폭적인 지원이 있었기에 마음 놓고 공부할 수 있었다.

또한 그동안 독서 모임을 지도했던 것도 큰 도움이 되었다. 지금까지 〈글 사랑〉 독서모임을 육년 째 하고 있다. 독서 모임을 지도하려고 보니 전문적인 능력이 필요해서 독서치료사 1급 자격증까지 취득했다. 어쨌든 내 인생은 언제나 늘 책과 함께 할 수 있었는데 그 덕에 또 자연스레 글을 쓸 수 있는 기회가 있었고 문학상에 응모할 수 있는 정보도 얻게 되었다. 고맙게도 여러 곳에서 등단도 할 수 있었고 신인 작품상을 받았다. 한국을 빛낸 문학상도 받았고 지금은 에세이와, 동화를 몇 군데 문학지에 번갈아가며 글을 올린다. 올해도 에세이 부분 문학상을 받았다. 부족하지만 있는 모습 그대로 자녀들을 사랑하는 마음으로 여전히 글을 쓴다. 남편은 가끔 날보고 '책벌레' 라고 별칭을 부르면서 "책벌레는 나보다 책이 더 좋은 가배" 라고 웃으며 빈정댄다.

나의 마음 가꾸기 point

Q 나에게 고마운 사람인데 내가 잊고 있는 사람은 없는가?

Q 나는 혹시 내가 받고 있는 도움을 당연하다고 여기고 있지 않은가?

05

나이는 잊고 항상 새로운 시작을 하라

요즘은 | 은퇴의 시기가 빨라지고 있다. 은퇴를 창조적 은퇴로 바꿀 수 있다면 은퇴는 그다지 나쁜 게 아니라 오히려 기회가 된다. 그 기회는 자신의 핵심가치를 발견하고 장기계획을 세우고 준비했던 사람에게 주어진다. 그래서 나는 코칭을 배우는 중에 일찌감치 나 자신의 핵심가치를 설정했다. 행복한 가정사역, 전문성, 선한 영향력, 지혜로운 자녀교육, 삶의 균형, 희망 메신저 등이었다. 그것이 설정되어야 그것에 연결할 파이프라인을 만들 수 있다. 그래서 경영학자 양혁승 교수는 핵심원리를 비전, 전략, 사역모형, 조직모형, 목적성취로 정의했다. 그래야 목적지를 기준으로 효과와 효율이라는 두 가지 토끼를 다 잡을 수 있다는 것이다.

나에게 꿈을 꾸게 한 이야기 중 하나는 존 고다드 이야기다. 존 고

다드는 꿈을 행해 도전한 사람이었다. 15세가 되었을 때 인생을 살면서 하고 싶은 일을 한 장의 종이 위에 적었다. 그가 이루려는 목표는 모두 127개였다. 거기에는 나일 강 탐험하기, 에베레스트 산 등반하기, 수단의 원시부족 연구하기, 성경을 처음부터 끝까지 한 번 읽기, 바다 잠수하기, 피아노로 월광곡을 연주하기, 브리태니커 백과사전 완독하기, 세계일주하기 등이 있었다. 부푼 꿈을 안고 길을 나서 존 고다드는 열여덟 번의 죽을 고비와 무수히 많은 위험을 넘겼다. 그리고 마침내 59세에 106개 목표를 달성했다. 존 고다드는 자신의 꿈 덕분에 탐험가나 누릴 법한 명예도 얻게 됐다.

나에게 꿈을 꾸게 한 이야기 중 하나는 〈갈매기의 꿈〉 저자인 라차드 바크의 이야기다. 그는 "가장 높이 나는 새가 가장 멀리 본다"라는 말로 우리에게 잘 알려진 작가다. 그의 책이 베스트셀러가 되는 데는 많은 고난을 겪은 후였다. 바크는 자신의 책이 베스트셀러가 되기를 희망했지만 쉽지 않았다. 자신이 쓴 책의 원고를 가지고 수많은 출판사를 찾아다녀도 어디서도 받아주지 않았다. 그래도 목표가 이루어질 것을 믿으며 포기하지 않았다. 좌절할 때마다 "내 책 〈갈매기의 꿈〉은 반드시 세상 사람들로부터 인정받는 날이 온다."라는 문장을 써서 벽에 붙이고 아침에 눈을 뜨면 소리 내어 읽고 상상하며 꿈을 꾸었다. 얼마 후 그의 바람대로 어느 출판 편집자의 눈에 띄어 이후 전 세계 20여개국어로 번역되어 1천만부가 팔린 책이 되었다.

나에게 꿈을 꾸게 한 이야기 중 또 하나는 구약성경 창세기에 나오는 아브라함 이야기다. 하나님이 그를 불러내어 주시는 약속 장면은 마치 영화의 한 장면과 같다. 그에게 "네 자손이 하늘의 별과 같고 바닷가의 모래알 같게 하리라"라고 약속해 주는 그 장면을 읽을 때면 나도 가슴이 뛴다. 남의 꿈도 이렇게 가슴을 뛰게 하는 데 진짜 자신의 꿈을 꾸었다면 나이 따위가 무슨 상관이랴. 그의 꿈 실현은 나이가 아주 많이 들어서였다. 오히려 인간적인 관점에서 일체의 소망이 다 끊어진 시점에서 꿈이 이뤄졌다.

그리고 막연한 꿈을 하나의 확실한 비전으로 바꾸는 법을 배운 것은 수년전 근로공단 프로그램에 참여하여 〈나의 보물지도〉를 만들었던 경험 덕분이다. 그 때 나는 나의 버킷리스트를 생각하며 베스트셀러 작가의 큰 사진을 붙였다. 일 년, 오년, 십 년 후 하고 싶은 일을 그려 넣었다. 그때 다시 작가의 꿈으로 담장을 넘는 담쟁이 넝쿨이 될 것을 다짐했다. 시각화하며 상상의 날개를 그린 것이다. 그동안 삼십 여년의 상담 공부한 시간들을 모아 '딜리버링 해피니스'로 사랑을 전달한다.

2017년 올 해는 큰 용기를 냈다. 내 글을 세상에 선보일 계획을 세웠고 이제 실행하고 있다. 이 책이 출간되고 난 이후의 삶을 생각하면 한껏 설렌다. 분명 이 책은 나에게 희망메신저가 될 것이다. 이 책 출간을 계기로 앞으로도 계속 책을 써 내고 싶다. 독자로 하여금 소망을 주고 읽는 것만으로 치유가 되는 그런 책 말이다. 그래서 지금도 '꿈 모닝'이란 이름의 모닝 페이지를 매일 아침 펜으로 쓰며 내 인생 100개의 꿈을 향해 달려간다.

미국 새들백 교회의 담임목사인 릭 워렌은 "사명은 항상 무언가에 의해 움직인다."라고 말하고 있고, 인생 전략 코치 댄 설리번은 코칭의 첫 질문을 이렇게 한다. "앞으로의 인생에서 당신은 무엇을 하려고 합니까?" 그는 삶에서 소박함, 집중, 균형, 자신감을 얻게 하는 프로그램을 이끌고 있다. 그는 늘 자신이 생각하는 것보다 더 큰 그림을 그리라고 하는데 좀 더 큰 그림을 그릴 때 보다 긴 장기적 안목으로 볼 때 이뤄낼 가능성이 높아진다고 믿는다. 즉 뱀을 그리더라도 목표는 용을 그리듯 하라는 뜻이다. 용을 그리다 보면 최소한 뱀의 모양은 갖추는데, 처음부터 뱀의 모양을 그리려 하다 보면 결국 지렁이만 그린 꼴이 된다는 것이다.

그래서 나도 가슴 뛰는 인생지도를 만들어놓고 매일 비전을 선포한다. 블로그를 통해 꿈 모닝을 연재하며 꿈이 이루어짐을 그리며 상상하며 기도한다. 매일 꿈 목록을 생각하면 심장이 뛴다. 그중 하나가 해외에서 선교하며 강의하기가 하나 있었는데 이루어졌다. 중국으로 가 상담과 관계형성코칭, 부부행복학교, 부모교육, 정서감정코칭, 미술치료 상담, 독서치료, 하프타임, 푸드 테라피, 애니어그램 강의를 했다.

유럽 여행도 이루어졌다. 한국문인협회 정회원으로 글을 쓰고 매일 독서와 묵상 에세이 동화를 쓰고 있다. 에세이와 동화로 등단을 했다. 다섯 군데 문학지에 지속적으로 글을 싣고 있다. 문학세계에 한국 문학 100인에 들어 작년에는 책을 내었다. 남편이 엮어준 소책자 열다섯 권과, 에세이스트는 해마다 문인들이 연합으로 연간 집 책을 내고 있다. 지난해는 에세이스트 연간집 상, 하권 '달개비 꽃빛 하늘, 문학회 가는 길' 제목으로 함께 책을 냈다. 그리고 코스모스 문학회에서 에세이 부분 올해 문학상을 받았다. 어린 시절 문학인이 되겠다던 가슴 뛰는 불꽃 인생지도를 중년에 이루어낸 것이다.

그렇다고 나이든 사람에게 꿈이란 단지 어떤 성취와 성공만을 의미하진 않는다. 나이가 들었다는 말은 사람들이 흔히 말하는 돈, 명예, 지위, 학력... 과 같은 요소를 성공이라고 말하지 않는다는 것이다. 오히려 그 보다 사람을 얼마나 사랑했느냐의 기준이 훨씬 더 높아진다. 그래서 나이 들수록 봉사하고, 도리어 더 낮아지는 쪽을 선택한다. 그런 리더십을 서번트 리더십이라고 한다. 군림하고 통치하는 리더십이 아니라 자신을 낮춰 다른 사람을 이롭게 하는 리더십이다. 그래서 제임스.C.헌터는 "누구든지 리더가 되려는 사람이라면 먼저 봉사하는 법부터 깨우쳐라" 라고 하였다.

아마 서번트 리더의 모델이라면 단연코 테레사 수녀일 것이다. 그녀 앞에는 '마더'라는 수식어가 붙어 있다. 그녀의 삶을 대변해 주는 말일 것이다. 그녀가 죽었을 때 사람들은 자발적으로 그녀의 이름 앞에 또 하나의 수식어를 붙였다. 'Saint'였다. 그녀를 성인(聖人)의 반열에 올린 것이다. 그녀가 바랐던 것은 아니었지만 그녀의 삶 자체가 섬김이었고 사랑이었기에 사람들이 사랑과 봉사의 권위 앞에 무릎을 꿇은 것이다. 그녀는 자신이 그렇게 살았던 이유를 예수님에게서 찾았다. 그녀는 "십자가를 진 예수그리스도가 삶의 모델이었습니다. 그분은 서번트 리더십을 보여주셨습니다."라고 말하면서 자신은 거창한 사랑을 한 게 아니라고 말했다. 자신도 욕심 많고 게으를 뿐 아니라 이기적인 사람일 뿐이라고 했다. 단 한 가지 차이점은 내가 받고 싶은 것을 남에게도 해 주는 것, 즉 신약성경 마태복음 7:12의 황금률(Golden rule)을 실천하려고 했을 뿐이라고 했다.

결국, 대접받고자 하는 대로 남을 먼저 대접하라는 황금률이 곧 서번트 리더십이다. 이에 미국의 거대 통신회사 AT&T에서 38년 동안 경영과 교육관련 연구를 담당했던 로버트 그린리프(Robert K. Greenleaf)는 서번트 리더는 먼저 섬기는 자(종)가 되는 것이라고 했다. 윌리엄 제임스의 말, 사람에게는 누구나 인격의 한 가운데 인정받고 싶어 하는 욕구가 있다는 말인데, 그것은 결국 인정받고 싶은 욕구만큼 남을 먼저 인정해 주는 리더가 되어야 한다는 뜻이다.

나의 마음 가꾸기 point

Q 나의 〈보물지도〉를 만들어 보자

Q 내가 받고 싶은 것을 준다면 그 첫 대상자는 누구인가?

06

나를 별(☆)로 생각하라

"상처가 별이 되다." (김양재)

나이가 │ 든다는 것의 의미는 무엇일까? 늙어간다는 표현이 맞
는 것일까? 노사연 씨의 노래 〈바램〉을 듣다가 "우린
늙어가는 것이 아니라 익어가는 겁니다." 라는 부분에서 얼마나 공감
했는지 모른다. 노화라기보다 완숙이라고 하는 표현이 훨씬 더 부드럽
고 따뜻하다.

사실 나이가 들면 살이 붙는다. 또 적당히 살이 붙어야 힘을 쓸 수
있다. 여성의 신체 지방의 평균 비율은 40대에 23%, 50대는 46%, 60
대는 55%다. 체중이 폐경기 무렵에 재배치되어 가슴과 허리 등 위쪽
에 지방 증가를 초래한다. 나이가 들면서 기초 대사율이 느려지고, 기
름기 적은 신체 조직은 감소하는 반면 지방은 증가 하게 된다. 그렇다
고 노화가 전적으로 좋거나 나쁜 것은 아니다. 경험, 성숙, 발달, 인생

주기의 변화, 심지어 보이지 않음 까지도 좋은 점과 도전을 둘 다 가지고 있다. 균형을 찾고 우선 재배치하는 것에 초점을 맞춘다면 중년은 몸과 싸우는 것을 그만두고 몸에 감사하는 것을 배우기에 완벽한 시기일 수 있다. 배우고 일하는 것이야말로 삶을 견딜 수 있고 균형 있게 만드는 유일한 방법이다. 평생공부가 우리를 젊게 살게 한다.

나이 드는 것의 여유, 나이가 들어가는 것의 아름다움은 삶의 부정적 요소를 억지로 피하거나 외면하지 않으려는데 있는 것 아닐까? 아픔은 인간에게 주어진 좁은 길이다. 젊을 때는 고난의 의미를 모르기 때문에 무조건 피하려고만 하고 주변 사람들을 돌아볼 여유가 없다. 그로 인해 인격이 미성숙할수록 더 견디기 힘들다. 그러나 아픔 속에 다이아몬드가 숨어있다. 아픔공부를 잘 통과하면 고난 속에 신비처럼 축복이 숨어있기 때문이다. 아픔 안에는 치유의 손길도 들어있다. 성숙한 아픔 후에 상처가 별이 되어 빛난다. 인생에 무지개가 있다면 그 의미는 반드시 비가 왔다는 뜻이다. 사람은 아픔을 통과하면서 성숙해진다. 세상이 더 넓게 보고 엉킨 실타래도 푸는 기술을 익힌다. 그런 사람에겐 중년이 오아시스와 같다. 중년기부터 오히려 창조와 통찰이 더 풍성해진다. 예리한 통찰력, 탁월한 감각, 재치가 넘치고 유연성을 갖춘다. 인생 굴곡의 파도타기를 잘하고 뛰어 넘을 줄도 알고 때론 버틸 줄도 안다.

무엇보다 사람이 진액이 된다. 돌봄의 사랑도 진하다. 자신을 볼 수 있는 영의 눈도 열리고 남도 헤아리는 깊은 마음도 있다. 나만이 시간을 보내는 세계도 발견한다. 다음 세대를 이어가는 이정표도 만든다. 나만의 시간을 잘 보내는 것도 실력이다. 다만 중년의 아픔과 갱년기 반란을 잘 거쳐야만 얻는 선물이다. 식물도 온실 속에서만 자라면 노지에 나왔을 때 금세 죽는다. 사람은 존귀한 대접과 사랑을 받아야 마땅하지만 때론 낮은 자리에 처해질 때도 참고 견디는 것도 필요하다. 벼논은 항상 물이 있는 게 아니다. 물을 댈 때와 뺄 때를 조절한다.

그래서 〈온전한 삶으로 여행〉의 파커 팔머는 이렇게 말한다.

"삶의 온전함이란 완전함이 아니라 깨어짐을 삶의 불가피한 부분으로 받아들이는 것이다"

최근 몇 달 사이에 치아가 급속도로 나빠져 치료 불가 진단을 받은 치아 두 개를 뽑고 그 자리에 두 개의 인공치아를 심는 임플란트 시술을 받았다. 두 시간 남짓 걸리는 동안 마취 상태에서 치아 뽑는 소리를 들어야했다. 깊은 뿌리가 안 나왔다며 망치까지 동원할 때는 정말 소름이 끼쳤다. 치아를 뽑은 자리에 우선 인공뼈를 이식하긴 했지만 있던 이가 없어서 많이 허전했다. 뿌리가 약해서 일 년 동안은 반대편 치아로 음식을 씹어야 한다고 했다. 그러다 보니 음식 먹을 때 시간이 많이 걸렸다. 오래전 치아가 약하셨던 부모님이 음식 드실 때, 그 불편함을 공감해 드리지 못한 것이 못내 후회가 되었다. 임플란트 시술은 남편이 나보다 선배인데 꽤 오랫동안 연한 음식만 골라 먹어야 했다. 남편이 시술 받았을 때는 나보다 시간도 더 걸렸고 입이 비뚤어지고 얼굴이 부어 전혀 다른 사람처럼 보였다. 얼마나 심했으면 그 모습을 본 딸아이가 안쓰러워 울었을까? 그러나 나이가 들어 임플란트 시술을 받게 되는 것을 서글프다고만 할 수 없다. 충분히 젊음의 시절을 거쳐 왔다는 말이요, 그동안 나를 위해 수고해 준 치아에게 감사할 시기가 되었다는 뜻이기도 하다. 치아의 존재를 까마득히 잊고 살았지만 지금에야 그동안의 고마움을 알아주는 여유를 갖게 되는 것이다.

그렇다면, 내가 세상에 태어나 살면서 지극히 당연하다고 여겼던 것들이 지극히 당연한 것들이 아니었다는 말 아니던가? 그렇다면 나는 마땅히 고마움을 표현했어야 할 대상에게 아직도 그 고마움을 표현 못한 채 도리어 아직도 못해준 그 무엇에 불평하고 있는 것은 아닐까?

심리학자 록산느 코헨 실버박사는 "인생에서 겪는 좌절의 수와 만족도는 U자형 커브를 보인다. 고 했다. 한 번도 좌절을 겪지 않은 사람은 없다는 것이다. 행복지수가 가장 높았던 사람들은 살아가면서 3~6회 정도의 좌절을 경험한 사람들이었고 이들이 느끼는 스트레스가 가장 낮았다. 온실 속에서도 비바람이 필요한 것이다. 아픔과 좌절을 잘 견디고 성숙으로 가고 인생을 승리한 셈이다. 나는 미켈란젤로의 작품을 보면 감탄이 절로 나온다. 어떻게 이런 작품을 만들 수 있었나 감탄할 뿐이다. 나중에 그의 일대기를 읽고 난 후에야 그 비밀을 알았다. 그 작품을 만드는 이면에는 홀로 지낸 고독의 시간, 단순한 작업의 반복을 견뎌내는 인내, 그리고 완벽한 작품을 만들겠다는 완벽에의 열정, 때론 때려치우고 싶은 좌절감에 맞서 다시 마음을 고쳐먹는 일의 반복이 있었다는 것을 말이다.

스티브잡스는 20대에 차고에서 사업을 시작했다. 그의 모토는 "오늘이 내 마지막 날이다"라는 것이었다. 그 모토 덕분에 그는 결혼까지도 성공으로 연결시켰다. 대학에서 강의할 때 어떤 여성을 보고 첫 눈에 반해서 사랑에 빠졌다. 어영부영 하다가는 놓칠 대상이었다. 인생의 마지막 날이라면 프러포즈를 못할 일이 없었다. 만약, 실패하더라도 내일 죽어 없어질 건데 뭐가 문제겠는가? 강의 후에 용기를 내어 전화번호를 그 사람에게 주고 가다가 다시 그 모토를 떠올리고 회의를 가는 대신 그 여성과 데이트를 선택했다. 그것이 성공의 요인이었다. 만약, 오늘이 내 인생 마지막 날이라면 무엇을 할 것인가? 오늘이 내 인생 마지막 날이라면 나는 누구를 만날 것인가? '지금 여기'에서 만나는 그 사람 안에는 온갖 보물이 다 들어있다. 그래서 사람에겐 늘 내 곁에 있는 사람이 가장 중요하다.

제2의 사춘기?, 나에겐 완경기, 이젠 친구로 맞이하자. 이시기의 자녀는 질풍노도의 시기, 지랄총량의 법칙이 적용된다는 사춘기고, 여자에겐 갱년기를 맞이해 호르몬의 불균형이 시작되는 급격한 신체적 변화와 주체할 수 없는 감정적 변화가 동반되는 사추기다. 물론 남자들이라고 해서 예외는 아니다. 사춘기가 되었든 사추기가 되었든 핵심 물음은 똑 같다. 나는 누구인가?

나는 갱년기를 아주 심하게 겪었다. 외국에서 살던 시기라 병원도 여의치가 않아 곤혹을 겪었다. 시간별로 열이 오르내리고 다시 춥고 옷을 계속 벗었다 입었다 하며 땀을 흘리며 힘들었다. 밤이 되면 수시로 체온이 바뀌는 바람에 잠을 못 이루고 불면증에 시달리기도 하였다. 무슨 중병에 걸린 건 아닌지 덜컥 겁이 났다. 갑자기 얼굴이 벌겋게 달아올랐다. 평생 술 한 모금 마신 적도 없는데, 영락없이 술 취한 여자의 얼굴이다. 화장도 먹히지 않아 화장도 할 수 없었다. 병원에 가니 길게 묻지도 않고 약만 처방해 주고 며칠 동안 먹으라고 했다. 불면증도 생겼다. 아무리 잠을 자려고 해도 잠이 오지 않았다. 그렇게 꼬박 밤을 지새운 날도 부지기수다. 고문 중에 잠을 안 재우는 고문이 있다는 말을 그 때야 생각했다. 사람이 잠을 못 잔다는 것이 얼마나 큰 고통인지도 알았다.

신체의 변화만이 아니었다. 감정도 걷잡을 수 없었다. 근거 없는 화가 치밀어 오를 때는 남편도 놀랐겠지만 정작 내가 더 놀랐다. 그래도 남편은 묵묵히 옆에서 참고 기다려주었다. 아마 남편의 배려와 인내가 없었다면 나는 갱년기 증상을 이겨내지 못했을 것이다. 가족이 함께 한다는 느낌, 가족이 서로 돕는다는 것을 그 때만큼 뼈저리게 느낀 적은 없다. 그 계기를 통해 나는 내가 얼마나 연약한 인간인지를 거듭 생각했다. 막연한 생각에서 피부에 와 닿는 느낌으로 저장되었다.

어느 정도 갱년기 증상이 누그러들 때 쯤 나는 정말 진지하게 물었다. 나는 누구인가? 나는 그동안 무엇을 하며 살았나? 그리고 어떻게 살 것인가? 이것은 중년기에 접어드는 사람에게 공통으로 주어지는 숙제다. 그 물음 앞에 진지하게 자신을 돌아보는 사람은 그 인생 후반전이 또 새로운 인생으로 자리매김 하겠지만, 그 물음을 우습게 여긴 사람은 그저 생물학적 인간으로 살다가 죽을 가능성이 높다. 다행히 나는 그 물음 앞에 진지했다. 정말 진지하게 고민했더니 어떤 방향을 찾을 수 있었고, 내가 살아왔던 인생이 꽤 괜찮았다고 자신할 수 있었다. 그 기분은 내가 이제껏 느껴보지 못했던 느낌이었고 가슴이 벅차올랐다. 그리고 내 속에 어떤 큰 자원이 있었다는 것도 새삼 깨닫게 되었다. 그것은 '회복탄력성' 이었다. 고맙게도 나는 어떤 어려움이 생기면 절망하고 포기하는 쪽이라기보다 그것을 딛고 일어서는 쪽에 가까웠다. 갱년기를 맞으면서 그 자원을 새로이 인식했으니 마치 사면초가의 상황에서 천군만마의 지원군이 온다는 소식을 들은 것만 같았다.

남자도 중년기에 접어들면 아내에게 인정받고 싶어 하는 욕구가 더 커진다. 호르몬의 변화는 남자에게도 예외가 아니다. 호르몬의 변화는 기존의 남성성에서 여성성으로의 전환도 가져온다. 좋게 말하면 부드러워지는 것이고 나쁘게 말하면 어린애 같아지는 것이다.

그럼에도 불구하고 오히려 중년 이후의 삶이 더 아름답다고 감히 말할 수 있는 것은 이때에 이르러서야 비로소 자신을 위한 삶을 시작하기 때문이다. 여성들은 이 욕구가 급증하여 가출을 감행하거나 예전에 하지 않았던 일들을 과감히 시도한다. 남편에게는 도발적인 행동으로 보이겠지만 여자로서 더 이상은 이렇게는 안 살겠다는 의지의 표현이요, 용기 백배 해서 나서본 것이다.

젊을 때부터 미리 준비한 사람은 중년의 충격을 최소화한다. 중년이 되면 조금 뻔뻔해질 필요가 있는데, 내가 할 수 없는 것들은 다른 사람을 도움을 받고, 내가 알지 못하는 부분은 물을 수 있는 용기다. 그래서 공부하는 일이 즐겁다는 말을 비로소 이해하게 된다. 그래서 미국 속담에는 "늦게 핀 꽃, 늦게 맺는 열매는 더 잘 여문다."라는 말이 있다. 마치 비오는 불편을 생각하는 젊은이의 시각이 아니라 비 갠 후의 무지개를 기다리는 중년의 여유일 것이다. 또한 남을 위해서만 사는 것도 아니고 자신만을 위해 사는 것도 아닌, 자신을 사랑하는 법을 먼저 익혀 남을 사랑하는 삶의 비밀을 알고 실천하는 나이의 여유를 즐길 것이다.

오스카 와일드는 이 비밀을 알고 이렇게 말했다.

"자신을 사랑하는 것이야말로 평생 지속되는 로맨스다."

나의 마음 가꾸기 point

Q 내가 나를 대접한다면 가장 먼저 무엇부터 해 주고 싶은가?

Q 내가 살아오면서 주변 사람들로부터 듣고 싶었던 말들을 다 적어서
  나에게 편지로 써 주자.

07

무지개 인생을 살아라

"성공하기 위한 요소는 내 희망과 꿈을 다른 사람과 나누는 것이다" (밥 버포드)

상담전문가 | 이병준 박사는 〈다 큰 자녀 싸가지 코칭〉에서 부모는 자신의 인생을 잘 살아야 한다고 강조한다. 특히 '서드 에이지' 라는 용어를 설명한다. '퍼스트 에이지(first age)' 란 부모에 의해서 결정된 시기로서 태어나서 사회로 나가기 전까지의 준비기간을 말하고 '세컨드 에이지(second age)' 는 결혼과 직업에 의해서 결정된 시기이다. 이때까지 부모의 의무는 자식들 먹여 살리고 공부까지 시키고 시집 장가보내는 것 까지다. 그런데, 예전엔 그 때쯤엔 노인으로 취급 받았지만 지금은 전혀 다르다. 현대사회에선 사람의 수명이 대폭 늘어나 누구나 100세를 산다는 수명 100세의 시대가 왔다. 따라서 세계 모든 심리학자들은 50세 이후의 50년에 대한 연구를 하면서 새로운 용어를 만들어 내었는데, 50세 이후부터 시작되는 새

인생을 '서드 에이지(third age)'라고 한다. 그리고 마지막 노년기를 '포쓰 에이지(forth age)'라고 하는데, 서드 에이지를 잘 산 사람은 마지막 순간까지 포쓰 에이지를 경험하지 않고 죽는다고 한다.

정말 요즘 주변을 보면 서드 에이지가 도래했다는 것을 보여주고 있는데 요즘은 투 잡, 쓰리 잡이라는 용어들이 일상이 되었다. 한 가지 직업이 아니라 여러 가지 직업을 가지는 경우를 지칭한다. 직업이 사라지고 고용이 불안정하기에 준비하는 경우도 있고, 자신이 원하는 직업을 찾았거나 찾아가는 과정에서 여러 직업을 갖게 되는 경우도 있다. 또는 인생의 후반전을 멋지게 살기 위한 준비로 삼는 사람도 있다. 요즘 이삼십 대의 자기계발 작가들의 모습에 감탄한다. 여행을 하거나 시간관리, 내면의 숨겨진 자신 찾기, 꿈 목록 확인하기, 관심목록 정리하기, 자신만의 미션 찾기 등 폭넓은 분야를 두루두루 섭렵한다. 젊은 시절에 큰 나무가 될 수 있도록 기름진 토양을 만드는 것이다.

준비된 사람은 중년기의 삶이 더 복되다. 인생 후반전이 더 넓고 깊다. 그래서 비록 젊어서 자신의 꿈을 이루지 못했을 지라도 인생 2막엔 날개를 펴고 비상할 수 있다. 그 때쯤엔 경쟁보다는 자신의 내면에서 나오는 목소리에 집중하므로 그리 거창하지 않아도 좋고, 자연에 순응하는 것도 좋아한다. 행복한 중년은 누구나 원하는 이상향이다. 그러기 위해서 인생의 작전타임인 하프타임이 필요하다. 전반전을 너무 열심히 뛰었다면 더더욱 하프 타임이 중요하다. 하프타임이란 경기의 전반과 후반 사이에 있는 휴식 시간을 말한다. 경기에서 전반전이 끝나고 주어지는 십분 정도의 시간의 하프타임은 감독이나 선수들에게 있어서 중요한 작전 시간이다. 팀의 승리를 굳히거나 역전의 변화를 가져올 전략을 짤 수 있기 때문이다. 후반전을 준비하는 시간이다.

〈하프타임〉의 저자 밥 버포드는 후반전의 삶을 성취하고 싶은 사람은 자신의 존재 목적을 관리하고 의미 있는 삶을 살라고 한다. 인생의 전반전보다 더 성공적인 인생을 원한다면 먼저 하프타임을 갖는 것이 중요하다고 말했다. 밥 버포드와 함께 공부한 한국 하프타임 대표 박호근 작가는 〈애프터 하프타임〉, 〈인생에도 리허설이 있다〉 등의 책을 내었다. 몇권의 책을 낸 저자이다. 그가 한국형 하프타임을 만드는데 20년이 되었다. 그는 하프타임은 인생의 참의미를 알고 인정받고 보다 나은 삶으로 자기 성찰과 결단의 시기라고 말하면서 인생 후반전의 축복은 만남과 지혜와 형통함에 있다고 강조한다.

일본의 시바타 도요는 98세에 〈약해지지 마〉라는 시집을 냈는데 발매 6개월 만에 70만부가 팔렸다. 그녀의 생애 최초 시집이었다. 그녀의 시는 산케이신문 1면 '아침의 노래' 코너에 실렸다. 구십 평생 시 쓰는 법에 대해 공부한 적도 없고, 써 본 적도 없었던 그녀의 시가 선정된 것은 댓가를 바라지 않는 솔직하고 순수했기 때문이다. 유명시인이자 산케이신문 아침의 노래 심사위원인 신카와 가즈에는 시집 서문에 시바타 도요처럼 살아가고 싶다고 밝히기도 했다. 92살에 글쓰기 시작해 98세에 첫 시집을 출간했다. 그녀의 시엔 굴곡진 인생역정을 긍정의 힘으로 풀었다. 세상을 향한 왕성한 호기심이 장수의 비결이었다. 92세를 산 여성이 잔잔한 필체로 풀어내었기에 많은 일본인에게 감동과 공감을 선사하고 있다. 시바타의 시에는 인생이 녹아 있고, 삶의 용기를 북돋아준다.

시바타의 장수비결은 다름 아닌 왕성한 호기심이다. 그녀는 눈에 보이는 것, 들리는 것 모든 것에 관심을 갖고, 침대 머리맡에도 거실에도 언제나 펜과 종이를 두고 생각나는 것을 메모한다. 100세에도 "나도 인터넷을 해보고 싶다"라는 의욕을 비치기도 하고, 아침에 일어나면 매일같이 깨끗한 기모노를 입고 모자를 쓰며 화장을 한다. 100세가 되어서도 그 이상이 되어도 언제나 여자로서 살고 싶다는 소망이 시바타를 건강하게 장수하도록 한 것이다. 삶이 지치고 힘들고 괴로운 당신이라면, 그녀의 시집을 펼쳐 보아라. 그러면 매일이 즐겁고 감사한 시바타로부터 전달되는 긍정의 힘을 느낄 수 있을 것이다. 101세의 삶을 산 그녀는 후반전 인생이 훨씬 더 아름답다는 것을 보여준 모델이다.

미국 39대 대통령 지미 카터는 자기 스스로를 '대통령 일보다 목수일을 더 잘하는 사람' 이라고 불렀다. 그는 임기가 끝나고 카터 센터를 세우고 해비타트 운동을 벌여 사랑의 집짓기 봉사활동을 했다. 그 공로를 인정받아 2002년에는 노벨 평화상을 받았다. 지미 카터는 나눔의 즐거움을 "더욱 깊고 오래 지속되는 일"이라고 했다. 그는 대통령으로서의 젊은 시절보다 은퇴 후의 시간을 더 큰 아름답게 만들었다. 산을 오를수록 숨은 차지만 시야는 더 넓어진다. 행복을 나누는 그는 가족여행, 가계도 만들기, 아내와 조깅, 친구들과 아름다운 시간 만들기를 실천했다. 사람들과 소중한 경험을 나누고 감사와 기쁨을 공유하는 것이 인생에서 가장 큰 환희다.

헨리 나웬은 〈하프타임〉 추천사에서 "의미 너머의 단계는 바로 자기 포기다"라고 말했다. 하프타임에 접어들면 자기 포기의 관문을 통과해야 한다. 그래야 적극적 경청과 내려놓음을 할 수 있고 그 과정을 거쳐야 집중과 결단이 생긴다. 그동안의 자신의 경험과 지식을 나눔의 미학을 실천하게 되고 인생의 깊고 넓은 목표가 완벽하게 조화를 이룬다. 자신을 녹여야 빛을 내는 양초의 삶이랄까?

나도 하프타임 공부를 통해 메이커스, 빌더스, 티처스 과정의 배운 점을 적용하고 있다. 인생 후반전을 계획하고 준비했다. 전반전의 불균형을 찾고 재정, 직업, 대인관계, 영성, 가정, 건강을 점검했다. 여섯 가지를 라이프 레이더에 찍고 원을 연결하니 전반전 동안 내가 살았던 삶의 패턴이 확연히 드러났다. 그것을 가지고 부족한 부분을 재정비했다. 내 인생후반전은 베푸는 삶, 이타적인 삶, 성숙된 삶이다. 앞으로

5년, 10년, 20년 후의 삶의 모습을 생의 곡선으로 그리고 큰 줄기 인생 사명선언서를 썼다.

　KBS 앵커였던 신은경 아나운서는 7년 전 하프타임을 공부하고 사명선언서를 쓴 것이 그대로 되어 지금은 청소년들을 도와주며 강의를 하는 사람이 되었다. 인생 누구나 하프타임이 있다. 인생 사명선언서를 작성하여 선포하고 실행하면 그대로 된다. 그것이 사차원의 영성이다. 나는 누구인가 정체성과, 무엇을 하고 싶은가의 목적과, 어떻게 할 것인가의 방법을 통해 자신에게 맞는 인생 사명 선언서를 작성해 보아라. 세상에서 무엇이 나를 가장 가슴이 뛰게 하는가, 무엇을 할 때 열정을 느끼는가, 생각하며 적어라. 🎨

> **나의 마음 가꾸기 point**
> Q 만약, 내가 새 인생을 산다면 나는 어떤 일을 하고 싶은가?
> Q 마지막에 세상에 남길 말은 어떤 말인가?

도끼를 갈아서
바늘을 만드는 자세로

마부작침(磨斧作針)의 자세로

스티브 | 잡스는 스탠포드대학의 졸업식 강사로 초청되었을 때 "타인의 견해가 여러분의 내면의 목소리를 삼키지 못하게 하세요."라고 하였다. 대학을 졸업하고 세상을 향해 나아가려는 젊은이들에게 가장 필요한 것이 자신의 목소리란 뜻이다. 사람은 오롯이 자신만의 생각을 갖고 살아가야 한다. 부모나 직장 상사, 친구에 의해 주입된 생각에 사로잡힐 때가 있다. 우리가 늘 접하는 영상매체도 우리의 생각을 가로막는다. 그럴 때일수록 내면의 목소리에 귀를 기울이고 타인의 견해가 내 생각을 좌지우지 하지 못하도록 해야 한다. 이렇게 하는 좋은 방법은 독서와 글쓰기다.

글을 쓴다는 게 이렇게 어려운 줄 알았다면, 쉽사리 도전하지 못했을 것이다. 아이를 둘이나 낳아보았지만 책을 만드는 것 또한 임신과

출산, 그리고 이후 양육의 과정을 거친다는 것을 새삼 깨달았다.

산모가 꼬박 달수를 채워 순산하는 과정으로 세상에 내 보내는 동안 원고의 수준을 급격하게 올려준 이병준 박사님께 감사드린다. 그는 〈남편사용설명서〉와 〈다 큰 자녀 싸가지 코칭〉 외에도 몇 권의 책을 내 본 경험이 있는 베스트셀러 작가였기에 가능했다.

2017년 새해를 맞이하면서 '스스로 빛이 나는 스피치' 라는 프로그램을 열었다. 그와 나는 16년 전 지구촌 가정훈련원에서 만났다. 프로그램 보다 사람이 더 반가웠다. 그가 하는 강연은 결국 말과 글은 하나요, 말을 잘 하기 위해서는 글이라는 바탕이 튼튼해야 한다는 것이었다. 그의 강의를 듣고 난 후 난 조심스레 책 출간에 대한 이야기를 꺼냈다.

"음! 집들이 손님을 초대해 놓으신 상태네요. 근데 어쩌나요? 손님은 고사하고 지금은 재료가 너무 많아 주인도 집에서 잠을 잘 수 없는 상태인 걸요. 이 상황은 집을 지으려고 필요하고 좋은 재료를 구해 놓은 상태라고 할 수 있습니다. 아직 집을 지은 게 아니거든요. 그래서 튼튼하게 준비한 재료들로 한 동안 집짓는 작업을 해야겠습니다."

그 과정을 통해서 나는 집을 짓는 과정을 제대로 볼 수 있었다. 그리고 나중에 또 다른 책을 쓸 때에 어떻게 해야 할지 개념을 잡을 수 있었다. 처음엔 급한 마음에 속이 타기도 했고, 너무 날카롭게 지적하는 바람에 부끄러워 얼굴이 화끈화끈 달아올랐지만 돌아서고 보면 그 말이 전적으로 옳았다. 그랬기에 그를 만난 후, 조금 예리해졌다. 그저 쇠뭉치에서 도끼가 되었다고나 할까? 그리고 최종 목표는 바늘을 만드는 것이다. 도끼를 갈아서 바늘을 만들었다는 마부작침(磨斧作針)의 주인공처럼.

책은 결코 한 사람의 노력으로 나오는 것이 아니다. 수많은 사람이 필요하다. 나는 그것을 절실히 느꼈다. 나는 지금 인생의 후반전을 멋지게 살고자 하는 분들에게 꿈을 심고 가슴 뛰게 하는 일을 하고 싶다. 그들에게 희망 메시지를 전해주는 메신저가 되고 싶다. 그래서 매일매일 독서하고 글쓰기를 하고 독서모임을 하고, 자신을 브랜드로 만들기 위해 고군분투하고 있다. 그동안 상담관련 공부를 통해 수많은 임상을 가지고 있으니 그것만으로도 충분히 나만의 브랜드를 구축할 수 있을 것 같다. 내가 할 일이란, 내가 완벽한 전문가가 되는 것이 아니라 나보다 조금 더 아픈 사람, 나보다 더 불행한 사람, 내가 누려왔던 '평범'의 행복조차 누리지 못한 사람들을 도와주는 일이니까.

그리고 첫 책을 내는 글을 흔쾌히 출판해 주겠노라고 해 주신 프로 방스 출판사 조현수 대표님께 감사드린다. 책 출간 과정에서 도움을 주신 분들께 진심으로 감사를 드린다.

책의 출간을 위해 나보다 더 애쓰고 수고한 평생 친구 같은 보배로운 남편에게 감사한다. 늘 나보다 더 마음 졸이고, 나보다 더 애틋해하고, 나보다 더 안타까워했다. 그래서 이 책의 출간을 나보다 더 좋아하는 사람이다. 또 지금까지 건강하게 성장한 사랑하는 아들딸에게도 감사하다. 천국에 계신 아버지 지금도 평생 기도하시는 존경하는 어머니께 이 책을 바친다.

부족한 사람이지만 기쁜 마음으로 추천사를 써주신 존경하는 모든 분께 다시 한 번 감사를 드린다.

그동안 빛나는 보석하나를 세상에 내놓기 위해 다듬고 다듬는 시간들이었다. 밤새워 책을 읽고 글을 쓰는 시간들이 나에게는 더없이 설레며 행복했다. 끝으로 이 모든 과정을 경험하게 하신 하나님 은혜에 감사드린다.

세상에 태어나서 한번 뿐인 인생 사랑만 해도 부족한 세월이다. 이 인생 레시피 책이 조금이라도 행복해지고 도움이 된다면 필자에게는 감사할 일이고 행복한 것이다. 끝까지 읽어주신 분께 감사를 드립니다.

2017년 새아침에

저자 이경채(한나)

부록

축제
인생을
즐기는
5방법?

의사소통유형검사지

자존감(SEI) 검사

01 세상에서 하나뿐인 자기 자신이 되어라

"모든 것이 최선이다. 이루 헤아릴 길이 없는 지혜로운 배려가 우리에게 가져다주는 것에 대해 때론 우리는 의심을 품지만 마지막으로 그것이 최선의 것이었음이 판명된다." (존 밀턴)

나로 살 것인가? 맘으로 살 것인가? 이 시대의 브랜드는 자신의 이름이다. 나만의 콘텐츠가 필요한 시대이다. 사람은 태어나면 이름이 주어진다. 동물들도 창조주가 이름을 지어주었다. 얼룩말이면 '줄 무늬 바람같이' 브랜드가 있다 . 퍼스널 브랜드는 살아 있고 걸어 다니는 기업이다. 콘텐츠를 만든다는 것은 사람의 가치가 최고로 부여되는 것이다. 나의 중심을 어디에 가치를 두나 하는 것이다. 사랑을 만드는 가치에 두면 사랑을 따라 가는 것이다.

행복을 만든다는 가치에 두면 살면 행복 최고의 꼭 지점에 살고 있는 것이다. 나만의 브랜드 이제는 생존기능이며 살아가는 인간의 기술이다. 거울 속에 내 모습이 있듯 모든 해답은 내안에 있다. 나 자신은 세상에서 하나뿐인 독특한 선물이다.

02 별(☆)의 꿈을 꾸어라

꿈은 우리의 소원을 두고 행한다. 알록 달록의 꿈을
바라봄의 법칙으로 꾸는 시각 이미지에는 굉장한 힘이 있다.
선명하고 생생히 그린 꿈은 반드시 실현된다.

"꿈은 마음에 소원을 이룬 그릇이다" 꿈꾸는 자가 오는 도다 자신을 반영해 꿈꾸는 사람은 반드시 이루어진다. 하늘의 별을 바라보는 마음으로 많은 꿈을 꾼다. 그 과정이 아무리 괴로워도 희망을 버리지 말고 굳세게 믿고 인내하면 이루어진다. 꿈은 우리의 소원을 두고 행한다. 알록 달록의 꿈을 바라봄의 법칙으로 꾸는 시각 이미지에는 굉장한 힘이 있다. 선명하고 생생히 그린 꿈은 반드시 실현된다. 그렇다고 꿈이 아무 때나 아무 곳에서나 이뤄지는 것은 아니다. 정해진 때와 장소가 있기 마련이다. 꿈이 자라는 생장점은 따로 있다. 나무의 새로운 싹과 새순 줄기와 잎을 만드는 곳이 생장점이듯 꿈도 생장점을 담은 그릇이 있어야 싹을 틔우고 성장한다.

03 눈부신 사랑을 뜨겁게 하라

사랑은 모든 것을 참으며 믿으며 모든 것을 바라며
모든 것을 견딘다. 사랑만 하기에도 부족한 세월 일생의 한번 뿐인
사랑의 선물로 눈부신 사랑을 뜨겁게 하라.

사랑은 인간의 본능이다. 본능은 무조건 따르는 것이지 선택하는
것이 아니다. 만약 본능을 거부한다면 여러 가지 부족한 삶이 될 것 같
다. 이 세상을 살아가는 모든 사람들은 사랑을 한다. 그러나 사랑을 표
현하는 방식은 개개인마다 차이가 있다. 아가페적인 희생적인 사랑이
모든 것을 녹일 수 있는 것이다. 사랑은 오래참고 사랑은 온유하며 시
기하지 아니하며 사랑은 자랑하지 아니하며 교만하지 않는다. 사랑은
무례히 행하지 아니하며 성내지 아니하며 악한 것을 생각하지도 아니
한다. 사랑은 모든 것을 참으며 믿으며 모든 것을 바라며 모든 것을
견딘다. 사랑만 하기에도 부족한 세월 일생의 한번 뿐인 사랑의 선물
로 눈부신 사랑을 뜨겁게 하라.

04 가슴 설레는 여행을 해라

여행을 우리의 영혼을 살찌게 하고 설레는 선물을 준다.
여행은 자신의 성장이고 고난을 통과하는 관문이 기도한다. 여행은
언제나 추억이고 신비고 문화며 유적이고 재산이다.

가슴 설레는 여행을 한다는 것은 참으로 소중한 추억이다. 누구나 한번쯤 세계 여행을 하는 꿈을 꾼다. 자신만의 꿈꾸는 감상에 빠져 가슴이 촉촉하고 아침 햇살처럼 따사로움을 느끼고 싶다. 석양의 햇살이 바다 속으로 들어가는 것을 바라보며 가슴 설레는 여행을 하고 싶다.

다음날 아침, 혹은 1년 후 5년 후 언젠가, 10년 후의 어느 날 마주했을 때 나를 만나는 감성의 흔적을 남기고 싶다. 여행을 통해 늘 담백하고 균형 잡힌 감성으로 자신을 오롯이 바라보고 싶다. 여행을 우리의 영혼을 살찌게 하고 설레는 선물을 준다. 여행은 자신의 성장이고 고난을 통과하는 관문이 기도한다. 여행은 언제나 추억이고 신비고 문화며 유적이고 재산이다.

만남을 통한 대답 속에서 나는 나만의 답을 찾아냈다. 내가 밟은 모든 길이 답이 들어 있다고..

05 내면의 정원 이야기를 글로 써라

"사물의 이름을 불러 주어 그 사물의 존엄성을 지켜 주라."
(나탈리 골드버그)

글쓰기는 눈에 보이는 세상을 묘사할 수 있을 뿐 아니라 보이지 않는 사람의 생각과 깊은 무의식속 세계까지 묘사할 수 있다.

자라온 추억은 기억력을 통해서, 현재의 일은 눈에 보이는 대로, 미래의 일은 상상력을 동원하면 얼마든지 쓸 수 있다. 어쩌면 말과 글은 사람에게 주어진 가장 신비로운 선물이다. 글은 읽는 것으로는 만족할 수 없어 글을 쓰는 것이다. 글 쓰는 사람은 일종의 자신이 즐기는 일을 하는 것이다. 자신의 경험을 통해 알아낸 가치와 의미를 말함으로 깊은 속안에 녹아낸 마음이 들어있기 때문이다. 생각은 끊임없이 솟아나는 샘물 같아서 목마른 가슴에 갈증을 해소하는 것이다. 깊숙한 생수를 퍼내는 작업이 글쓰기인 것은 삶을 바라보는 관점이 들어있고 동기를 부여하기 때문이다. 또한 글쓰기는 자신만의 생각창고를 전달하는 창의적인 일이다. 양서로 내면을 채우지 않으면 가시밭이 된다. 그러기 위해서는 생각창고를 먼저 채우는 일이 필요하다. 독서를 통해 마음속에 돌밭, 가시밭 같은 마음을 먼저 개간 하는 것이다. 그럴 때 마음 밭이 옥토가 되어 가꾼 후 영향력이 생기는 것이다. 수많은 인재와 훌륭한 사람들을 책을 통해 만나고, 또한 글쓰기 수업을 통해 자신만의 싸움을 하면서 내면의 정원을 가꾸게 된다. 글쓰기를 사랑하는 사람으로 살면 영혼이 맑아진다.

의사소통 유형 검사지

★다음 글을 읽고 자신에게 해당하는 문항에 ? 표하세요. ( )

1. 나는 상대방이 불편하게 보이면 비위를 맞추려 한다. ( )

2. 나는 일이 잘못되었을 때 자주 상대방의 탓으로 돌린다. ( )

3. 나는 무슨 일 이든지 조목조목 따지는 편이다. ( )

4. 나는 생각이 자주 바뀌고 동시에 여러 가지 행동을 한다. ( )

5. 나는 타인의 평가에 구애받지 않고 내 의견을 말한다. ( )

6. 나는 관계나 일이 잘못되었을 때 자주 내 탓으로 돌린다. ( )

7. 나는 다른 사람들의 의견을 무시하고 내 의견을 존중하는 편이다. ( )

8. 나는 이성적이고 차분하며 냉정하게 생각한다. ( )

9. 나는 다른 사람들로부터 정신이 없거나 산만하다는 소리를 듣는다. ( )

10. 나는 부정적인 감정도 솔직하게 표현한다. ( )

11. 나는 지나치게 남을 의식해서 나의 생각이나 감정을 표현하는 것을 두려워한다. ( )

12. 나는 내 의견이 받아들여지지 않으면 화가 나서 언성을 높인다. ( )

13. 나는 나의견해를 분명하게 표현하기 위해 객관적인 자료를 자주 이용한다. ( )

14. 나는 상황에 맞게 적절하지 못한 말이나 행동을 자주하고 딴전을 피우는 편이다. ( )

15. 나는 다른 사람들이 내게 부탁을 할 때 내가 원하지 않으면 거절한다. ( )

16. 나는 사람들의 얼굴 표정, 감정, 말투에 신경을 많이 쓴다. ( )

17. 나는 타인의 결점이나 잘못을 잘 찾아내어 비판한다. ( )

18. 나는 실수 하지 않으려고 애쓰는 편이다. ( )

19. 나는 곤란하거나 난처할 때 농담이나 유머로 그 상황을 바꾸려는 편이다. ( )

20. 나는 나 자신에게 대하여 편안하게 느낀다. ( )

21. 나는 타인의 배려하고 잘 돌보아 주는 편이다. ( )

22. 나는 명령적이고 공격적인 말투로 상대가 공격받았다는 느낌을 줄 때가 있다. ( )

23. 나는 불편한 상황을 그대로 넘기지 못하고 시시비비를 따지는 편이다. ( )

24. 나는 불편한 상황에서 안절부절 못하거나 가만히 있지를 못한다. ( )

25. 나는 모험하는 것을 두려워하지 않는다. ( )

26. 나는 사람들이 나를 싫어할까 두려워서 위축되거나 불안을 느낄 때가 있다. ( )

27. 나는 사소한 일에도 잘 흥분되거나 화를 낸다. ( )

28. 나는 현명하고 침착하지만 냉정하다는 말을 자주 듣는다. ( )

29. 나는 한 주제에 집중하기보다 화제를 자주 바꾼다. ( )

30. 나는 다양한 경험에 개방적이다. ( )

31. 나는 타인의 요청을 거절하지 못하는 편이다. ( )

32. 나는 자주 근육이 긴장되고 목이 뻣뻣하며 혈압이 오르는 것을 느끼곤 한다. ( )

33. 나는 나의 감정을 표현하는 것이 힘들고 혼자인 느낌이 들 때가 있다. ( )

34. 나는 분위기가 침체되거나 지루해 지면 분위기를 바꾸려 한다. ( )

35. 나는 나만의 독특한 개성을 존중한다. ( )

36. 나는 내 자신이 가치 없는 것 같아 우울하게 느껴질 때가 있다. ( )

37. 나는 타인으로 부터 비판적이거나 융통성이 없다는 말을 듣기도 한다. ( )

38. 나는 목소리가 단조롭고 무표정하며 경직된 자세를 취하는 편이다. ( )

39. 나는 불안하고 호흡이 고르지 못하고 머리가 어지러운 경험을 하기도 한다. ( )

40. 나는 누가 나의 의견을 반대하여도 감정이 상하지 않는다. ( )

의사소통유형 채점표

같은 항목별로 (V)체크한 수를 합하여 개수가 많은 항목이 주로 쓰는
의사소통유형 방식이다.

A: 회유형 1, 6, 11, 16, 21, 26, 31, 36 　　**B: 비난형** 2, 7, 12, 17, 22, 27, 32, 37

C: 초이성형 3, 8, 13, 18, 23, 28, 33, 38 　**D: 혼란형** 4, 9, 14, 19, 24, 29, 34, 39

E: 일치형 5, 10, 15, 20, 25, 30, 35, 40

자존감(SEI) 검사

자존감은 우리가 얼마나 자신을 사랑스럽고 가치 있다고 느끼는가를 평가하는 심리 개념
이다. 자아실현은 사람의 속 사람을 의미하는 자아상에 의해 결정된다. 이 자아상을 만들
어 내는 자기 자신에 대한 정서를 자존감(self-Esteem)이라 한다. 이 자존감 검사는 자
존감의 결여, 혹은 자존감의 감소가 인생과 어떤 관련이 있는지 알아보고 감소된 자존감
을 증진시켜 자아실현의 승리자가 될 수 있도록 돕는 자료이다.

자존감 설문지(Self-Esteem Questionnaire)

다음과 같은 방식으로 아래의 질문에 답하십시오. 물음의 내용이 당신이 평소에 느끼는
바를 묘사하는 것이라면 "예" 난에 V를 하십시오. 그러나 물음의 내용이 평소에 당신이
느끼는 바를 묘사하지 않는다면 "아니오"라는 난에 V를 하시기 바랍니다. "예"와 "아니
오" 중 어느 하나에만 V를 하십시오. 있는 그대로 자신을 솔직하게 점검하시기 바랍니다.

예 아니요

1. 당신에게는 다만 몇 명의 친구만 있습니까?　　　　　　　　　　( )( )

2. 당신은 평소에 기쁨의 삶을 누립니까?　　　　　　　　　　　　( )( )

3. 당신은 다른 사람들 못지않게 많은 일들을 해 낼수 있는 능력이 있습니까? ( )( )

4. 당신은 대부분의 자유 시간을 혼자서 보냅니까?　　　　　　　　( )( )

5. 당신은 당신이 남성(또는 여성)인 것에 만족하십니까?　　　　　( )( )

6. 당신이 알고 있는 대부분의 사람들은 당신을 좋아한다고 느낍니까?　( )( )

7. 당신이 중요한 과제나 과업을 시도할 때 보통 성공하는 편입니까?　　( )( )

8. 당신은 지적 수준이 높은 사람입니까?　　( )( )

9. 당신은 스스로가 중요한 인물이라고 생각하십니까?　　( )( )

10. 당신은 쉽게 의기소침해지는 편입니까?　　( )( )

11. 할 수만 있다면, 당신 자신에 대하여 많은 것을 변경시키고 싶습니까?　　( )( )

12. 당신은 다른 사람 못지않게 잘 생긴 편입니까?　　( )( )

13. 많은 사람들이 당신을 싫어합니까?　　( )( )

14. 당신은 평소에 긴장하거나 불안해합니까?　　( )( )

15. 당신은 자신감이 부족합니까?　　( )( )

16. 당신은 자주 당신이 쓸모없는 존재라고 느낍니까?　　( )( )

17. 당신은 남 못지않게 건강하고 튼튼합니까?　　( )( )

18. 당신의 감정은 쉽게 상하는 편입니까?　　( )( )

19. 당신은 당신의 견해나 감정 상태를 표현하기가 어렵습니까?　　( )( )

20. 당신은 종종 당신 자신에 대하여 부끄러움을 느낍니까?　　( )( )

21. 대체로 다른 사람들이 당신보다 더 성공적이라고 생각합니까?　　( )( )

22. 당신은 왠지 이유 없이 자주 불안감을 느낍니까?　　( )( )

23. 당신은 다른 사람들이 행복해 보이는 것처럼, 행복해지기를 원하십니까?　　( )( )

24. 당신은 실패자입니까?　　( )( )

25. 당신은 당신이 생각하는 바를 좋아하십니까?　　( )( )

26. 당신은 새로운 사람들을 만나기가 쉽지 않습니까?　　( )( )

27. 당신은 자주 화를 내는 편입니까?　　　　　　　　　　　　( )( )

28. 대부분의 사람들이 당신의 견해를 존중합니까?　　　　　　( )( )

29. 당신은 다른 사람들에 비하여 예민한 편입니까?　　　　　( )( )

30. 당신은 다른 사람들만큼이나 행복한 삶을 누립니까?　　　( )( )

31. 당신은 무슨 일을 시도할 때 주도권을 잡는 능력이 참으로 부족하다고 느낍니까? ( )( )

32. 당신은 많이 걱정하는 편입니까?　　　　　　　　　　　　( )( )

자존감 설문지 평가방법

1. 각 항의 설문답안대로 표시한 경우 1점으로 계산하여 총점을 낸다.

★ 설문답안 - 예 : 2, 3, 5, 6, 7, 8, 9, 12, 17, 25, 28, 30

아니오 : 1, 4, 10, 11, 13, 14, 15, 16, 18, 19, 20, 21, 22, 23, 24, 26, 27, 29, 31, 32

예) ① 설문지 1번 문항에서 "예" 난에 표시(V)한 경우 ; 1번의 답안은
"아니오"이므로 1번의 점수는 0점이다.

② 설문지 2번 문항에서 "예" 난에 표시(V)한의 경우 ; 2번의 답안은
"예"이므로 2번의 점수는 1점이 된다.

2. 개인 총점은 다음의 기준에 따라 자존감의 수위를 가늠할 수 있다.

30점 이상 | 아주 높다

27~29 점 | 높다

20~26 점 | 중간보통

15~19 점 | 낮다

14점 이하 | 아주

인생 레시피

초판인쇄	2017년 2월 10일
초판발행	2017년 2월 15일
지은이	이경채 (한나)
발행인	조현수
펴낸곳	도서출판 프로방스
마케팅	최관호 조재호 신성웅
표지&편집 디자인	오종국 Design CREO
일러스트	이준천
ADD	경기도 고양시 일산동구 백석2동 1301-2 넥스빌오피스텔 704호
전화	031-925-5366~7
팩스	031-925-5368
이메일	provence70@naver.com
등록번호	제2016-0001126호
등록	2016년 06월 23일
ISBN	979-11-959424-7-3-03810

정가 15,000원